Autodesk®官方标准教程(AOTC)

AutoCAD® 2008－2009 培训教程

Autodesk，Inc. 主　编

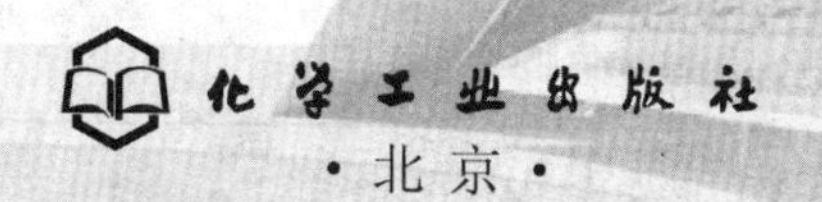

·北京·

本书由Autodesk公司授权出版，是Autodesk官方标准教程（AOTC）之一。

本书通过大量具体应用的实例和模型，介绍了AutoCAD 2009版本较之AutoCAD 2008版本功能上的更新。这些新功能包括：创建、编辑和执行动作宏，以加快处理重复的任务和过程；自定义功能区和其他界面元素；使用ViewCube和SteeringWheels在三维建模环境中轻松导航；使用ShowMotion在视图中创建电影效果和漫游；使用DWFx文件格式与客户和同行共享设计数据并进行协作等。本书通俗易懂、详略得当，有助于读者轻松掌握AutoCAD 2009软件的知识和使用技巧。

本书可作为Autodesk授权培训中心（ATC）基础教材，也可供相关企业工程技术人员及高等院校相关专业师生学习参考。

图书在版编目（CIP）数据

AutoCAD® 2008—2009培训教程/Autodesk, Inc. 主编. —北京：化学工业出版社，2009.2
Autodesk®官方标准教程（AOTC）
ISBN 978-7-122-04526-3

I. A… II. A… III. 计算机辅助设计-应用软件，AutoCAD 2009-技术培训-教材 IV. TP391.72

中国版本图书馆CIP数据核字（2009）第002440号

责任编辑：武　江　贾　娜　　　装帧设计：周　遥
责任校对：徐贞珍

出版发行：化学工业出版社（北京市东城区青年湖南街13号　邮政编码100011）
印　　装：三河市延风印装厂
787mm×1092mm　1/16　印张$10^{3}/_{4}$　字数223千字　2009年3月北京第1版第1次印刷

购书咨询：010-64518888（传真：010-64519686）　售后服务：010-64518899
网　　址：http://www.cip.com.cn
凡购买本书，如有缺损质量问题，本社销售中心负责调换。

定　　价：29.00元

前　言

Autodesk公司是世界领先的数字化设计和管理软件以及数字化内容供应商，其产品应用遍及工程建筑业、机械制造业、工业造型设计、土木及基础设施建设领域、数字娱乐及无线数据服务领域，能够普遍地帮助客户提升数字化设计数据的应用价值，有效地促进了客户在整个工程项目生命周期中管理和分享数字化数据的效率。

为了给Autodesk产品用户提供优质服务，Autodesk通过授权培训中心（Autodesk Authorized Training Center，简称ATC）提供产品的培训服务。ATC是Autodesk公司授权的、能对用户及合作伙伴提供正规化和专业化技术培训的独立培训机构，是Autodesk公司和用户之间赖以进行技术传输的重要纽带。ATC不仅具有一流的教学环境和全部正版的培训软件，而且有完善的、富有竞争意识的教学培训服务体系和经过Autodesk严格认证的高水平的师资作为后盾。

深为广大用户了解并应用的AutoCAD，是Autodesk公司基于二维平台开发的专业设计软件，同时与Autodesk公司开发的其他三维软件有着良好的互通性，集成了微软公司的Visual Basic for Applications，可对用户的特殊要求进行二次开发，拥有良好的开放性。

本书是基于Autodesk AutoCAD 2009软件中文版本的设计培训教程，通过大量具体应用的实例和模型，介绍了AutoCAD 2009版本较之AutoCAD 2008版本功能上的更新，使用户无需重学，即可轻松完成版本过渡。为了说明在设计中怎样应用好AutoCAD，本书对AutoCAD的功能做了进一步的解释，这对AutoCAD功能的进一步理解和灵活运用，是相当必要的。

我们真诚地希望《AutoCAD® 2008—2009培训教程》这本书的出版，能够为提高全国各地用户的软件应用水平和机械设计行业的数字创新尽一份微薄之力！本书如有疏漏之处，敬请广大读者谅解并指正，以期再版时修订。

Autodesk软件（中国）有限公司

致　谢

Autodesk Official Training Courseware（AOTC）小组希望借此机会，感谢所有参与本项目开发的人员，尤其要感谢Ron Myers先生和CrWare，LP公司在课件编写与主题专业知识方面做出的重大贡献。

CrWare，LP从2001年开始发布Autodesk® Inventor® 课件。此后，公司经过不断发展，现已拥有一支由全职课程开发人员、主题专家和技术作者组成的团队。每位团队成员在行业经验和技巧上都有自己的独到之处，从而让CrWare能够准确、贴切地编写出符合用户和目标读者学习需要的内容。

公司的创始人兼主要合伙人Ron Myers先生早在1989年便已开始使用Autodesk产品。此后，他在制图和设计领域均有所涉猎，直到1996年选择应用工程师、讲师和作者作为自己的职业。1996年至今，Ron Myers一直在为Autodesk精心制作课件和其他培训材料，他曾为AutoCAD®、Autodesk Inventor、AutoCAD® Mechanical、Mechanical Desktop®和Autodesk® Impression编写和制作过培训材料。

AOTC小组

简介

欢迎学习Autodesk® 官方标准教程（AOTC）《AutoCAD® 2008—2009培训教程》，这是用于在授权培训中心（ATC）、企业培训和其他课堂讲授中使用的培训课件。

尽管本课件是专为在教师指导下学习的读者设计的，也可以用于自行掌握进度的读者学习。本课件鼓励通过使用AutoCAD® 帮助系统进行自学。

（1）主题

- 教程目标
- 教程要求
- 使用本课件
- CD内容
- 完成练习
- 从CD安装练习数据文件
- 英制和公制数据集
- 注释、提示和警告
- 反馈

本课件是软件文档的补充内容。有关特性和功能的详细说明，请参考软件中的“帮助”。

（2）教程目标

- 使用功能区、面板和快速访问工具栏在界面中导航，使用菜单浏览器快速查找工具和命令，使用快速查看界面元素预览和访问图形和布局，并使用快捷特性和无模式的图层特性管理器有效地改进工作流程。
- 创建、编辑和执行动作宏，以加快处理重复的任务和过程。自定义功能区和其他界面元素。
- 使用ViewCube和SteeringWheels在三维建模环境中轻松导航。使用ShowMotion在视图中创建电影效果和漫游。
- 使用DWFx文件格式与客户和同行共享设计数据并进行协作。

（3）教程要求

本教程的目标对象是对升级到最新版本的软件具有经验的用户。您应该熟悉以下内容：

- 早期版本的AutoCAD。
- Microsoft® Windows® 2000、Microsoft® Windows® XP或Microsoft® Windows® Vista。

（4）课件使用

各节课程是彼此独立的。但是，仍建议您按课程出现的顺序学习这些课程，除非您熟悉这些课程中描述的概念和功能。

每一章都包含下列内容：

- 课程　通常每一章中都包含两节或两节以上的课程。
- 练习　符合实际情况的实用示例，供您使用刚刚学习的功能进行练习。每个练习都包含分步步骤和图形，以帮助您成功完成练习。

（5）CD内容

附在本书封底的CD包含完成本教程中的练习所需的所有数据和图形。

（6）完成练习方式

可以按以下两种方式完成练习：使用书或在屏幕上。

- 使用书按照书中的分步练习执行操作。
- 在屏幕上单击桌面上的“AOTC-AutoCAD 2009：从AutoCAD 2008过渡”图标（这是从CD安装的），然后按照屏幕上的分步练习执行操作。屏幕上的练习与书中的练习是相同的。屏幕版本的优点是，您可以专注于屏幕，而不必低头去看书。

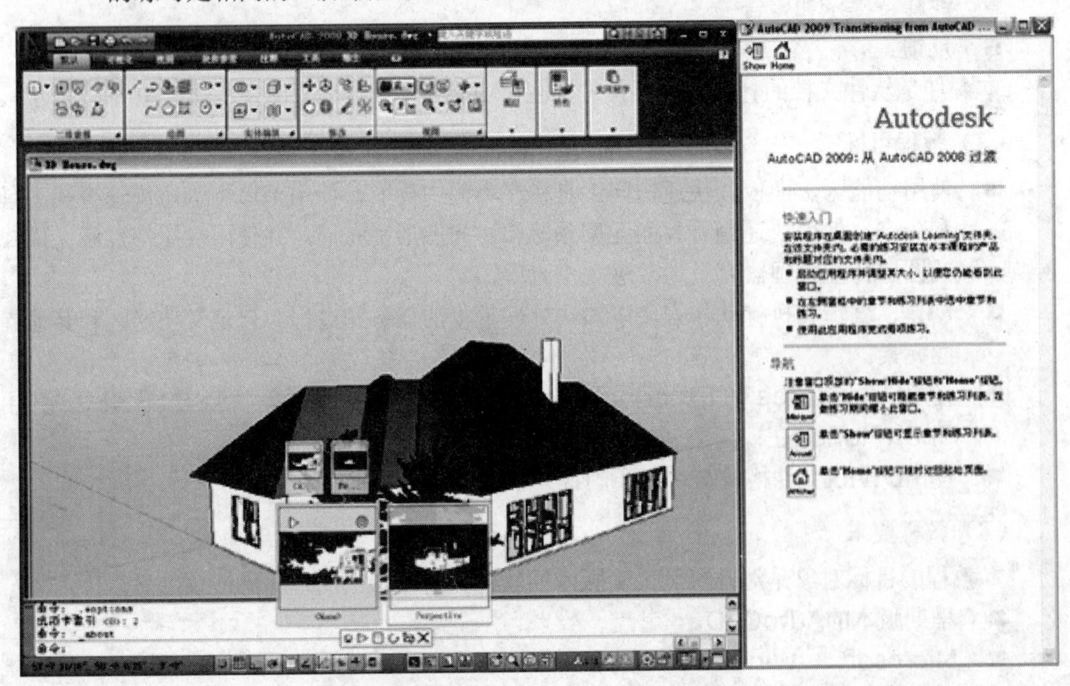

启动屏幕上的练习后，可能需要改变您的应用程序窗口的大小以对齐两个窗口。

（7）从CD安装练习数据文件

若要安装供进行练习的数据文件，请执行下列操作：

① 插入课件CD。

② 安装向导开始后，请按照屏幕上的说明安装数据。

③ 如果该向导没有自动启动，请浏览到CD的根目录，然后双击“Setup.exe”。

除非您指定了其他文件夹，否则练习文件会安装在以下文件夹中：

C:\Documents and Settings\All Users\Autodesk Learning\AutoCAD 2009\Transitioning from AutoCAD 2008。

从CD安装数据后，此文件夹包含完成本教程中的每个练习所需的所有文件。

（8）英制和公制数据集

在指定测量单位的练习中，会按下例中所示的方式提供替代文件：

■ 打开“i_stair_settings.dwg”（英制）或“m_stair_settings.dwg”（公制）。

在练习步骤中，英制值后面的括号中是公制值，如下例所示：

输入“13'2"（4038 mm）”作为长度。

对于没有特定测量单位的练习，会按下例中所示的方式提供文件：

打开“c_stair_settings.dwg”（公用）。

在练习步骤中，没有单位的值会按下例中所示的方式进行指定：

输入“400”作为“长度”。

（9）注释、提示和警告

在整个课件中，需要特别注意各种注释、提示和警告。

“注释”包含指导原则、约束和其他说明信息。

“提示”提供用于提高工作效率的信息。

“警告”提供有关可能会导致数据丢失、系统故障或其他严重后果的操作的信息。

（10）反馈

我们始终欢迎您对Autodesk Official Training Courseware提出反馈意见。完成本教程后，如果您有任何改进建议，或者要报告书中或CD上的错误，请将您的意见发送至AOTC.feedback@autodesk.com。

目录

第1章 | AutoCAD 2009用户界面

第4章 | DWFx简介

附录 | 其他支持和资源

AutoCAD 2009 用户界面

第1章

AutoCAD 2009界面的功能已增强，使AutoCAD更易于使用，同时提供了尽可能多的屏幕空间。在本章中，将了解AutoCAD中的新用户界面，以及如何利用新的功能区选项卡和控制面板、快速访问工具栏、菜单浏览器以及大量其他省时的界面功能。

还将学习如何使用全新的无模式图层特性管理器。在使用AutoCAD® 时，该管理器可以保持活动状态。对图层特性进行更改时，这些更改将立即显示在图形对象中。您不必再关闭图层特性管理器。

目标

完成本章后，您将能够：

- 在AutoCAD用户界面中导航。
- 使用菜单浏览器在AutoCAD中执行常见任务。
- 使用状态栏上的快速查看控件在图形视图和布局中导航。
- 使用“快捷特性”选项板调整几种不同对象类型的对象特性。
- 在图层特性管理器对话框打开并可用的情况下，管理图层特性并执行其他任务。

1.1 课程：在AutoCAD界面中导航

1.1.1 概述

在本课程中，将学习在AutoCAD用户界面中导航。首先，将了解快速访问工具栏以及它所提供的命令，然后，了解功能区面板和状态栏控件，最后修改界面元素的外观，如图1-1所示。

了解用户界面（UI）以及如何快速访问重要的命令，对于提高使用软件的效率是很重要的。

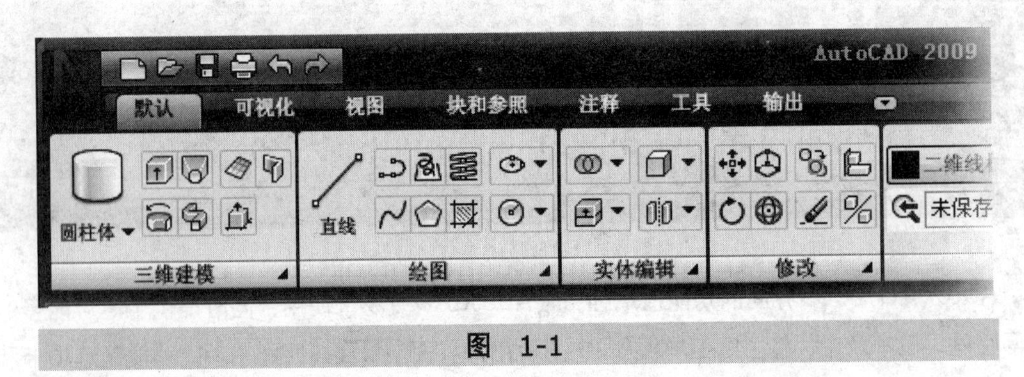

图 1-1

目标

完成本课程后，您将能够：

- 介绍快速访问工具栏的作用和控件。
- 介绍功能区控制面板和工具的功能。
- 查找和识别状态栏控件。
- 调整各种用户界面对象的显示特性。

1.1.2 关于快速访问工具栏

通过快速访问工具栏，可以访问使用最频繁的命令和工具，例如“新建”、“打开”、“保存”、“打印”、“放弃”和“重做”，如图1-2所示。

可以针对每个工作空间定义在快速访问工具栏上显示的不同命令。如果要创建工作空间以简化工作流程，可以通过添加、删除和重新定位快速访问工具栏上的命令对其进行优化，以满足您的需求。

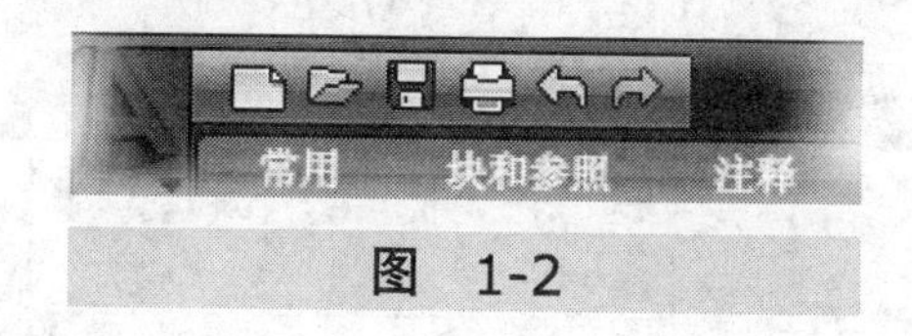

图 1-2

（1）快速访问工具栏

首次安装软件时，在快速访问工具栏上会提供下列命令，见表1-1。

表1-1 工具栏命令

图标	说明
	新建—— 显示“选择样板”对话框。请选择所需样板来创建新图形
	打开—— 显示“选择文件”对话框。请选择所需图形以将其打开
	保存—— 使用QSAVE命令保存当前图形
	打印—— 显示“打印”对话框
	放弃—— 撤消最近执行的操作
	重做—— 撤消上一个放弃命令所执行的操作

（2）快速访问工具栏快捷菜单

在快速访问工具栏快捷菜单上提供了下列选项，如图1-3所示，选项说明见表1-2。

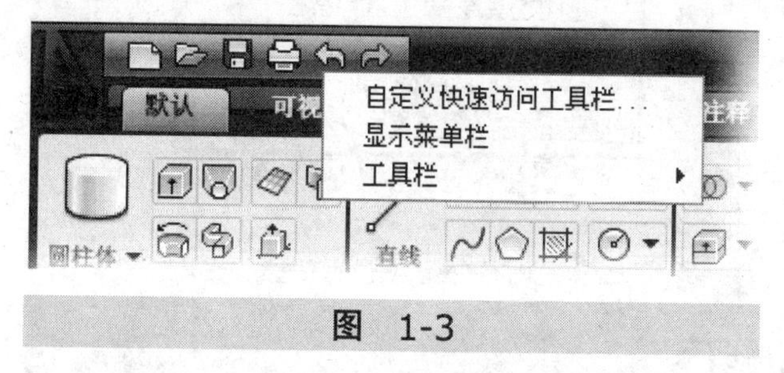

图 1-3

表1-2 快速访问工具栏快捷菜单选项说明

选项	说明
自定义快速访问工具栏...	显示“自定义用户界面”（CUI）对话框，可以在其中为工具栏添加工具
显示菜单栏	在屏幕中显示菜单栏或从中删除菜单栏
工具栏	用于访问“AutoCAD”、“Express”和“Impression”工具栏

可以将光标移到快速访问工具栏中的任何工具上，以显示包含该工具的名称、快捷键、说明和命令信息的工具提示，如图1-4所示。

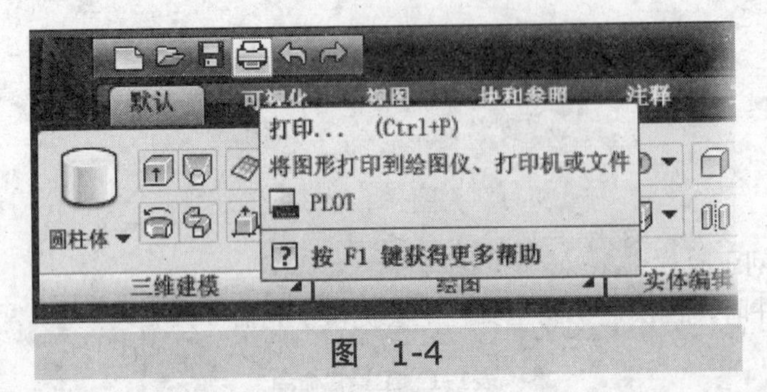

图 1-4

可以指定显示哪些工具提示以及在显示这些工具提示之前所等待的时间。在“选项”对话框中的“显示”选项卡上可以实现此操作，如图1-5所示。

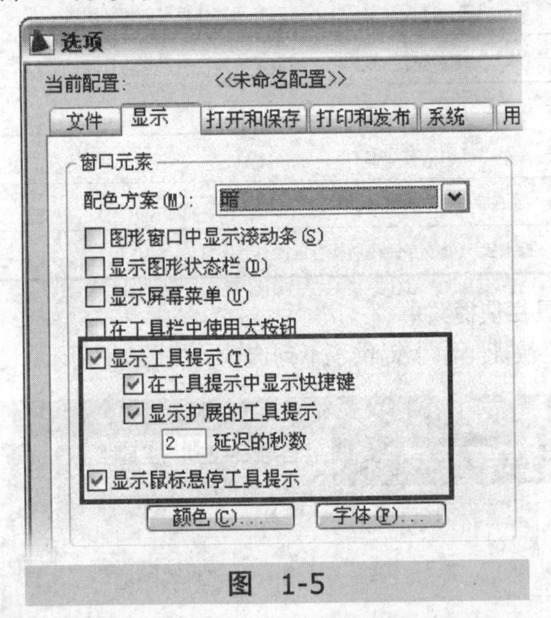

图 1-5

1.1.3 关于功能区

功能区包含一组选项卡和面板，通过这些选项卡和面板可以轻松地访问AutoCAD工具。每个选项卡包含多个面板，而每个面板又包含多个工具和控件（与工具栏类似）。有些面板可以展开以访问其他工具。

默认情况下，功能区固定在AutoCAD窗口的顶部。但是，通过快捷菜单可以控制功能区的显示和行为，以最大化图形空间和提高工作效率。此外，还可以使面板在功能区中浮动，其行为像自由浮动的工具栏。

（1）功能区

在功能区上提供了下列选项，如图1-6所示。

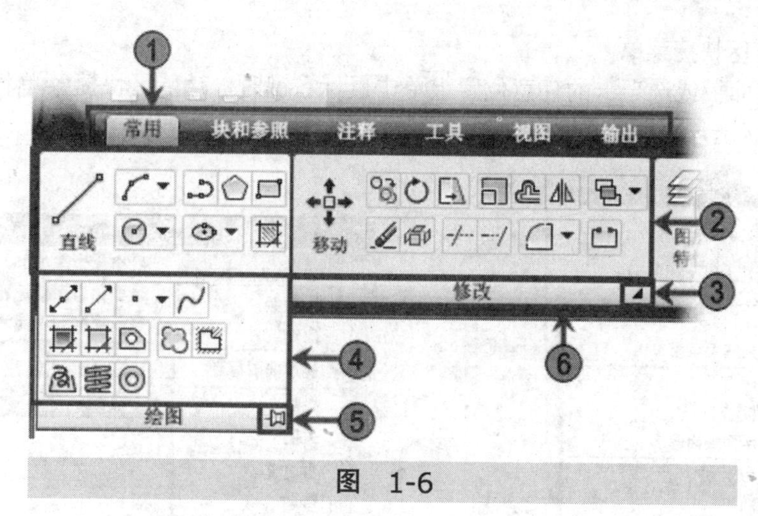

图 1-6

❶ **选项卡**	显示在所选选项卡上组合在一起的面板。可以拖放功能区选项卡，以重新排列选项卡的顺序。
❷ **面板**	显示工具的集合。可以拖放功能区面板，以更改它在功能区选项卡上的位置。
❸ **展开节点**	展开指定的面板，以显示其他工具。
❹ **展开的面板**	显示单个面板中的其他工具。
❺ **固定**	锁定或取消锁定展开的面板。可以单击“固定”，在展开的位置锁定面板，或者再次单击“固定”以收拢面板。
❻ **面板标题**	显示各个面板的标题。

显示的功能区与正在执行的任务或对象选择有关。例如，启动“多行文字”命令，然后编辑多行文字或编辑表格时，功能区会更改为多行文字编辑器，如图1-7所示。

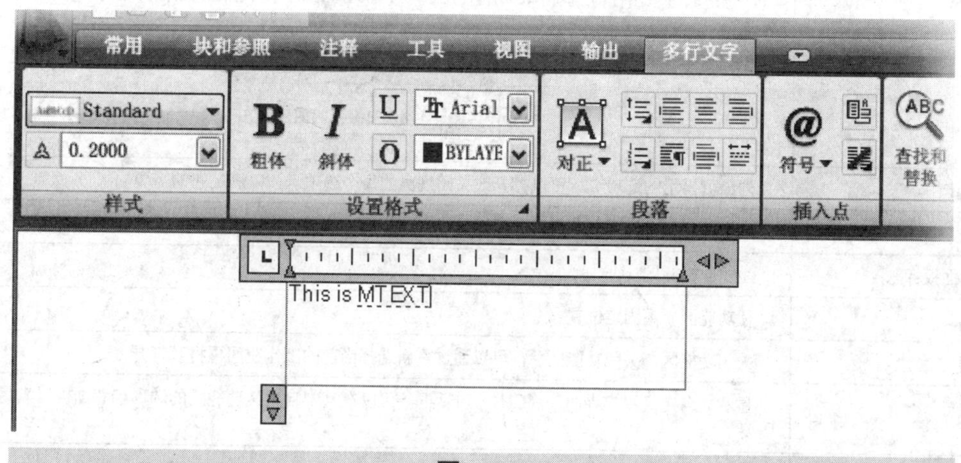

图 1-7

（2）功能区快捷菜单

在功能区面板或选项卡的任意位置上单击鼠标右键时，功能区快捷菜单将提供下列选项，如图1-8所示，选项说明见表1-3。

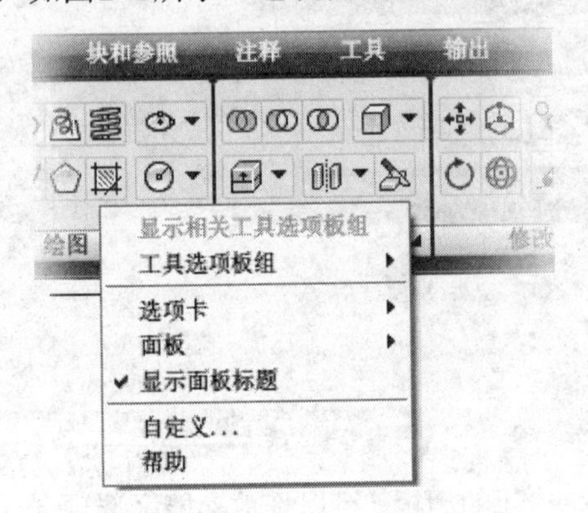

（a）功能区面板快捷菜单

（b）功能区选项卡快捷菜单

图 1-8

表1-3 功能区快捷菜单选项说明

选　项	说　明
显示相关工具选项板组	仅显示从“工具选项板组”选项中选择的工具选项板组。如果在“工具选项板组”中选择“无”，则此选项灰显且无法选择
工具选项板组	列出可用的工具选项板组。工具选项板组是由工作空间定义的，可以进行自定义以满足您的需要 注意：首次安装该软件时，“二维草图与注释”工作空间未定义任何工具选项板组
最小化	控制固定功能区的显示。显示选项为“最小化为选项卡”、“最小化为面板标题”和“显示完整的功能区” 注意：通过双击任何选项卡，或者使用选项卡旁边显示的“最小化”图标，也可以循环访问这些选项
选项卡	列出可显示的选项卡。可以打开或关闭列出的每个选项卡，以满足您的需要
面板	列出针对各个选项卡所提供的面板
显示面板标题	显示面板标题
浮动	使功能区脱离固定位置
关闭	关闭功能区。关闭功能区后，可以通过重新选择当前的工作空间再将其打开
自定义	显示“自定义用户界面”（CUI）对话框，可以在其中自定义功能区的选项卡和面板以满足您的需要
帮助	显示“帮助”对话框

当功能区处于浮动状态时，可以在功能区标题上单击鼠标右键来访问下列选项，如图1-9所示，选项说明见表1-4。

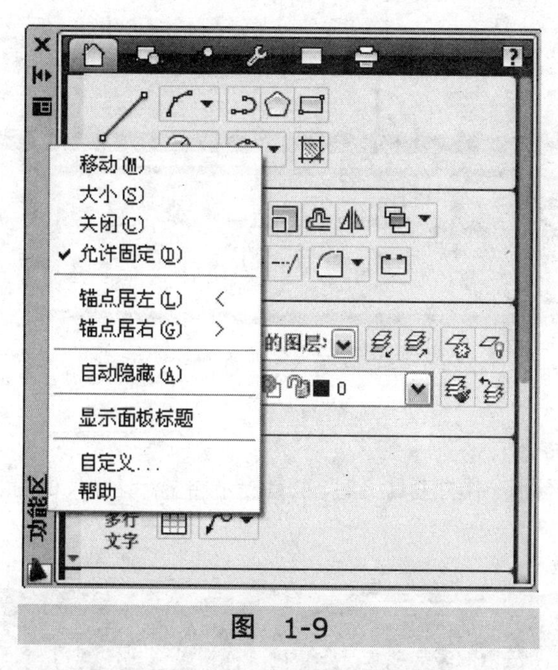

图 1-9

表1-4 浮动功能区上的标题快捷菜单选项说明

选　项	说　明
移动	用于移动功能区。此外，也可以通过仅选择标题栏并将其在屏幕上拖动来移动功能区
大小	用于调整功能区的大小
关闭	在图形屏幕中关闭功能区
允许固定	允许功能区固定在图形屏幕的任一侧上
锚点居左<	将功能区固定在图形屏幕的左侧
锚点居右>	将功能区固定在图形屏幕的右侧
自动隐藏	将光标从对话框移开时隐藏功能区
显示面板标题	显示面板标题
自定义	显示“自定义用户界面”（CUI）对话框，可以在其中自定义功能区的选项卡和面板以满足您的需要
帮助	显示“帮助”对话框

（3）浮动功能区面板

可以将某功能区面板从功能区删除，将其作为浮动面板放到屏幕上的任何位置。若要实现此操作，可以从功能区拖动面板。在浮动面板上，单击“发送到功能区”（如图1-10中亮显的按钮所示）以将其放回到功能区。还可以将面板拖回到功能区。

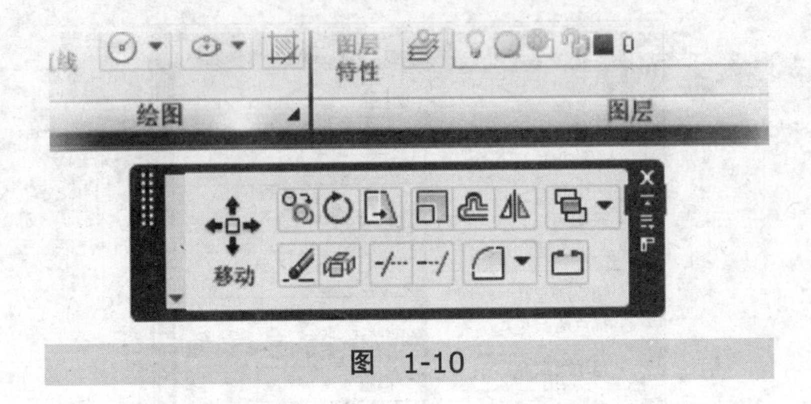

图 1-10

（4）功能区工具提示

将光标移到功能区面板中的工具上时，工具提示将显示名称、说明和命令信息，如图1-11所示。

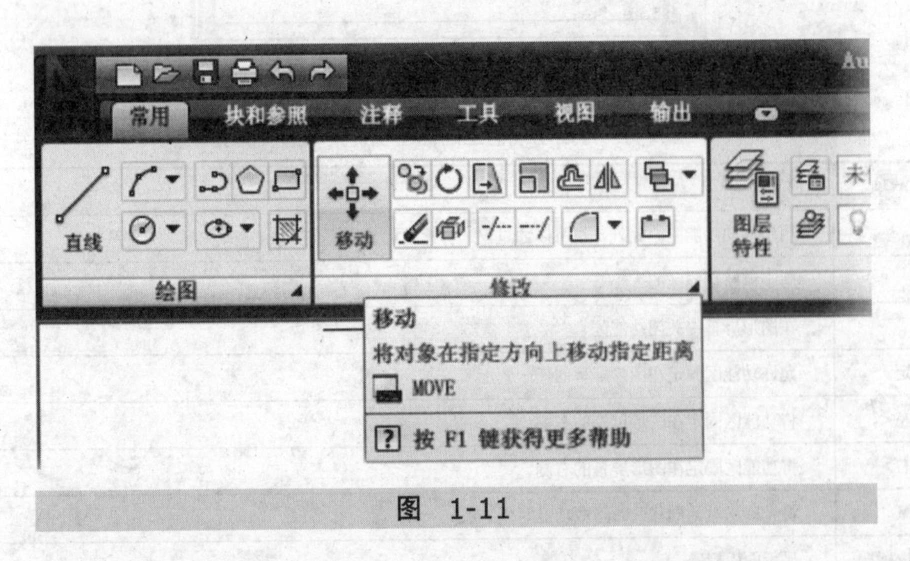

图 1-11

可以将光标在工具上停留几秒钟以自动展开工具提示，工具提示显示有关命令的其他文本和图形信息。

图1-12显示了“修改”面板上“移动”命令的展开工具提示。

可以指定显示哪些工具提示以及在显示这些工具提示之前所等待的时间。在“选项”对话框中的“显示”选项卡上可以实现此操作。

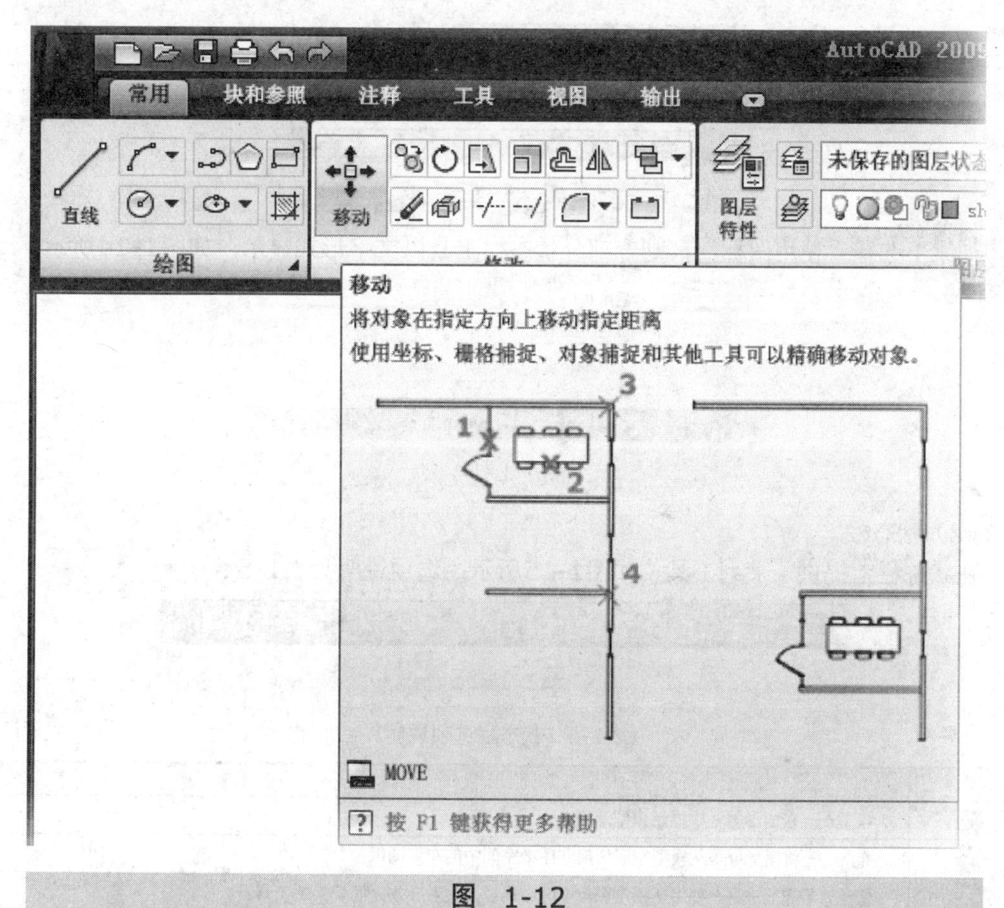

图 1-12

1.1.4 关于状态栏

状态栏位于应用程序窗口的底部，左侧包含用于访问和控制绘图辅助工具（如“栅格显示”、“对象捕捉”和“动态输入”）的图标，右侧包含显示工具，如“模型和布局”、“快速查看”和几个其他显示工具。

可以激活可选的“图形状态栏”（位于图形窗口的底部）。开启“图形状态栏”时，图形状态控件（如“注释比例”和“可见性”）将从“应用程序状态栏”移到各自的“图形状态栏”。

（1）状态栏显示选项

使用快捷菜单，可以在图标和传统的文字标签之间轻松地切换状态栏显示。选择“使用图标”设置后，所有状态栏工具都以图标形式显示，如图1-13所示。

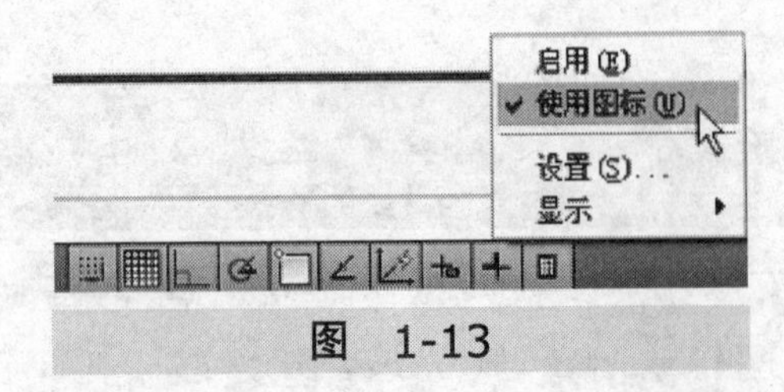

图 1-13

如果不选择“使用图标”，则一部分状态栏工具以文字形式显示，如图1-14所示。

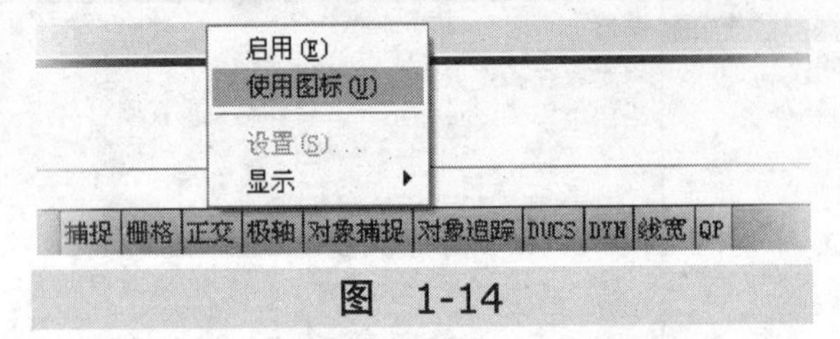

图 1-14

（2）状态栏

在状态栏上提供了下列工具，如图1-15所示，选项说明见表1-5。

图 1-15

表1-5 状态栏选项说明

选 项	说 明
	模型—— 在图形屏幕中显示模型空间
	布局—— 将图形屏幕从模型空间切换到图纸空间中的布局图纸
	快速查看布局—— 一种用于预览图形中的布局以及在各布局之间切换的工具
	快速查看图形—— 一种用于预览打开的图形和布局以及在打开的图形和布局之间切换的工具
	平移—— 启动“平移”命令可以在图形内平移
	缩放—— 启动“缩放”命令
	SteeringWheels—— 一种用于操作当前模型视图的工具
	ShowMotion——用于在当前图形中的命名视图之间进行可视导航
1:1	注释比例—— 显示当前的注释比例 注意：由于视口比例被锁定为注释比例，因此仅显示注释比例
	注释可见性—— 控制显示注释性对象的方式
	自动缩放—— 比例更改后，更新注释性对象以反映注释比例
	工作空间——用于切换工作空间和自定义工作空间设置
	显示锁定—— 锁定工具栏和窗口的当前位置
	应用程序状态栏菜单——激活应用程序状态栏菜单，可以在其中指定将出现在状态栏上的选项。此外，还可以配置在状态栏中显示的通知
	全屏显示——通过从窗口删除所有工具栏、工具选项板和功能区，最大化图形屏幕

（3）图形状态栏选项

可以从“应用程序状态栏菜单”切换到图形状态栏，以控制注释工具的显示位置。图1-16显示了启用的图形状态栏。

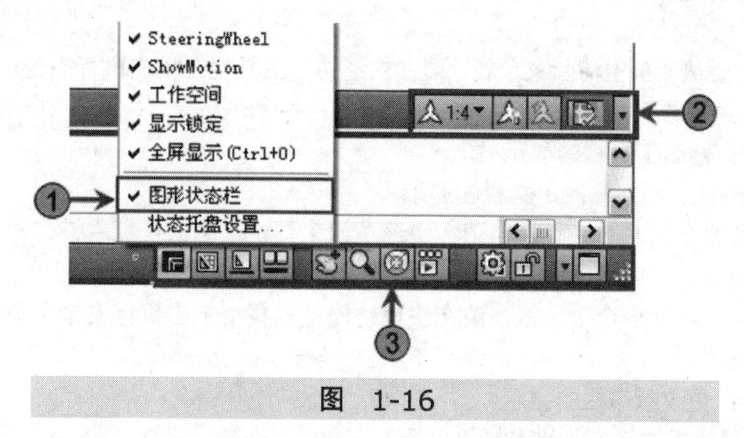

图 1-16

❶ 图形状态栏切换　状态栏快捷菜单包含用于打开或关闭图形状态栏的选项。当它处于关闭状态时，注释工具显示在应用程序状态栏上。

❷ 图形状态栏　包含注释工具。请注意，由于视口比例被锁定为注释比例，因此仅显示注释比例。

❸ 应用程序状态栏　包含应用程序工具。

1.1.5 使用用户界面

自定义并修改用户界面可提高工作效率，并最大化图形区域中的可用空间。可以使用工作空间全局定义和控制用户界面的显示。此外，还可以使用快速访问工具栏和状态栏上的快捷菜单，自定义各个组件的显示以满足您的需要，如图1-17所示。

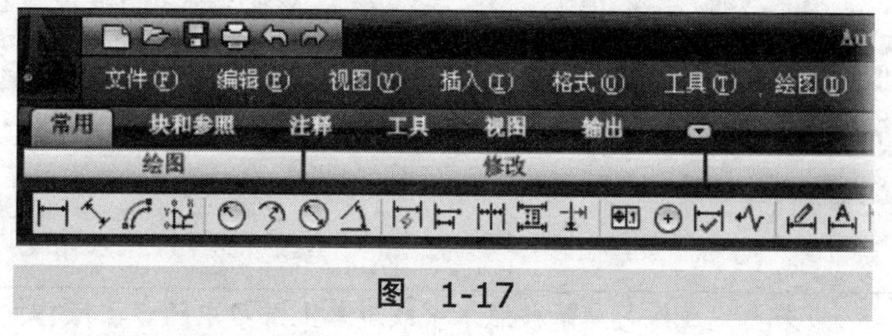

图 1-17

（1）步骤：切换工作空间

下列步骤概述了如何切换工作空间。

步骤1：在状态栏上，单击“切换工作空间”。

步骤2：在“切换工作空间”菜单上，单击所需工作空间。

（2）步骤：修改菜单栏的显示

下列步骤概述了如何修改菜单栏的显示。

步骤1： 若要在屏幕上显示菜单栏，请在快速访问工具栏上单击鼠标右键，然后单击“显示菜单栏”。

步骤2： 若要从屏幕中清除菜单栏，请在快速访问工具栏上单击鼠标右键，然后清除“显示菜单栏”。

（3）步骤：修改工具栏的显示

下列步骤概述了如何修改工具栏的显示。

步骤1： 若要显示一个工具栏，请在快速访问工具栏上单击鼠标右键。单击“工具栏”菜单，然后单击所需工具栏。

步骤2： 若要清除一个工具栏，请在快速访问工具栏上单击鼠标右键，然后清除所需工具栏。

（4）步骤：更改状态栏的显示

下列步骤概述了如何更改状态栏的显示。

步骤1： 若要以文字形式显示状态栏按钮，请在状态栏的左侧单击鼠标右键，并确保未选中“使用图标”。

步骤2： 若要以图标形式显示状态栏按钮，请在状态栏的左侧单击鼠标右键，并确保选中了“使用图标”。

1.1.6 练习：在用户界面中导航

在本练习中，将熟悉用户界面，通过在不同工作空间之间切换来更改显示。此外，还将使用快速访问工具栏和功能区上的快捷菜单，自定义用户界面，如图1-18所示。

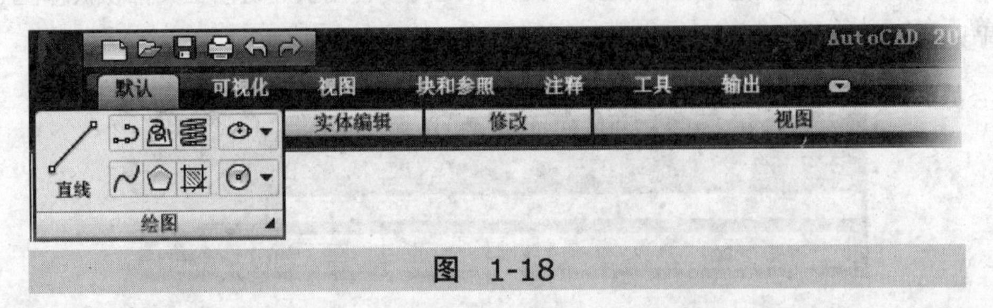

图 1-18

若要完成练习，请按照本书或屏幕上练习中的步骤操作。在屏幕上的章节和练习列表中，单击“第1章：AutoCAD 2009用户界面”。单击“练习：在用户界面中导航”。

步骤1： 在快速访问工具栏上，单击“打开”。

步骤2：在“选择文件”对话框中，导航到保存图形文件的位置，然后选择“c_navigating.dwg”。单击“打开”。

步骤3：在状态栏上，单击“切换工作空间”，如图1-19所示。

图 1-19

步骤4：单击“AutoCAD经典”，如图1-20所示。

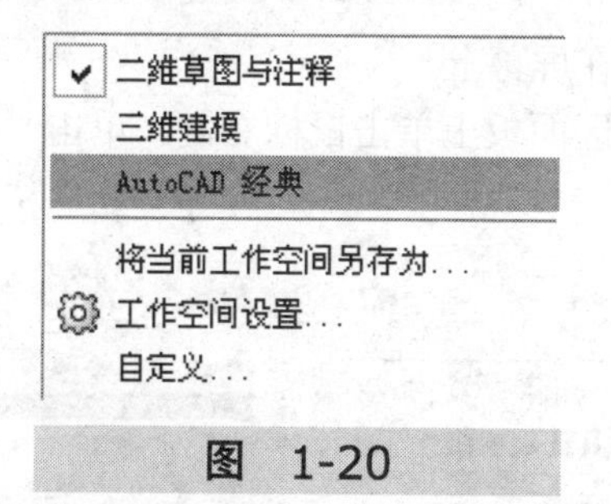

图 1-20

请注意用户界面的变化。

步骤5：在状态栏上，单击“切换工作空间”。单击“三维建模”。

步骤6：在快速访问工具栏的任意位置上单击鼠标右键，如图1-21所示。

图 1-21

步骤7：单击“工具栏”菜单>“AutoCAD”>“标注”，如图1-22所示。

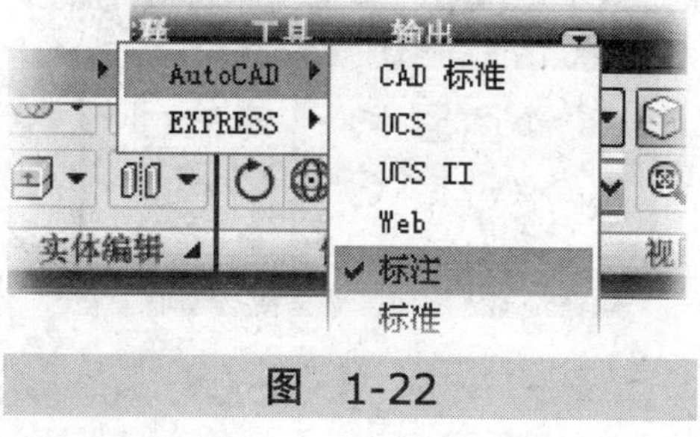

图 1-22

此时将显示“标注”工具栏。

步骤8：在快速访问工具栏的任意位置上单击鼠标右键。单击“显示菜单栏”，如图1-23所示。

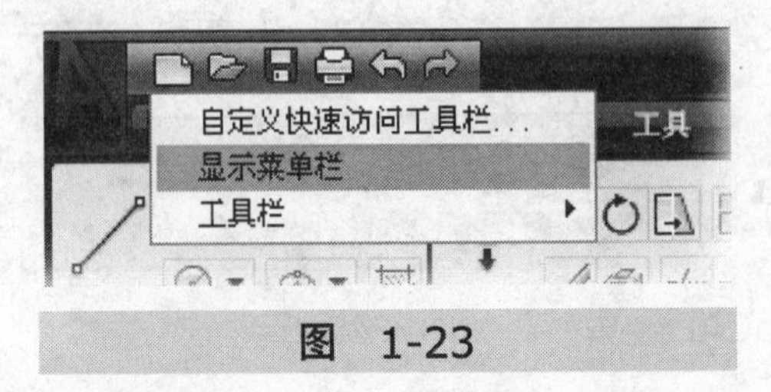

图 1-23

此时菜单栏显示在屏幕上。

步骤9：在任意一个功能区面板上单击鼠标右键。单击“面板”>“三维建模”，如图1-24所示。

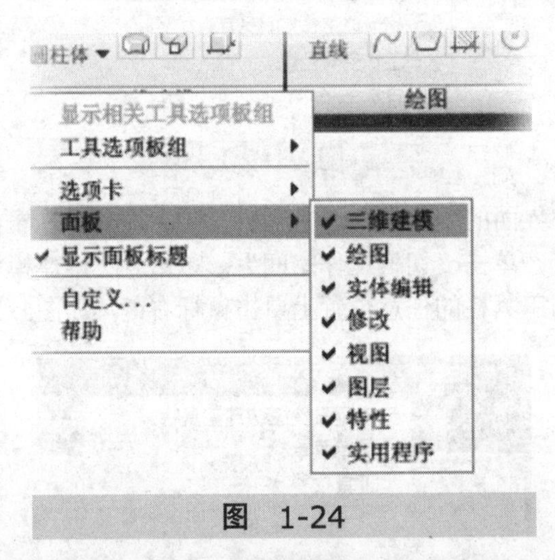

图 1-24

此时将删除“三维建模”功能区面板。

步骤10：在“绘图”功能区面板上，单击展开节点，如图1-25所示。

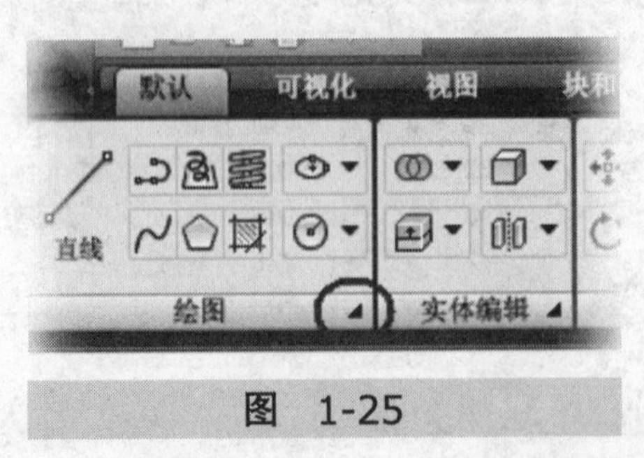

图 1-25

在展开的功能区上将显示其他绘图工具，如图1-26所示。

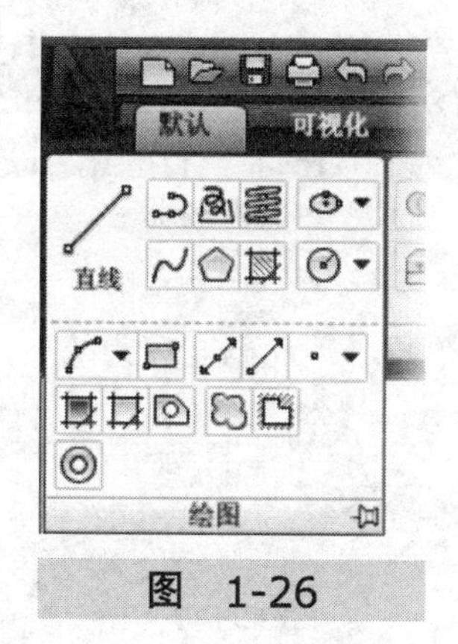

图 1-26

步骤11：双击任何功能区选项卡。功能区将缩小为仅显示面板标题，如图1-27所示。

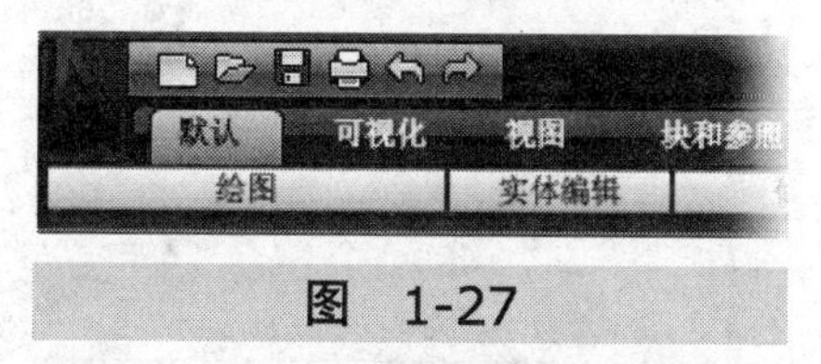

图 1-27

步骤12：将光标移到“绘图”面板上。该面板上将显示“绘图”工具，如图1-28所示。

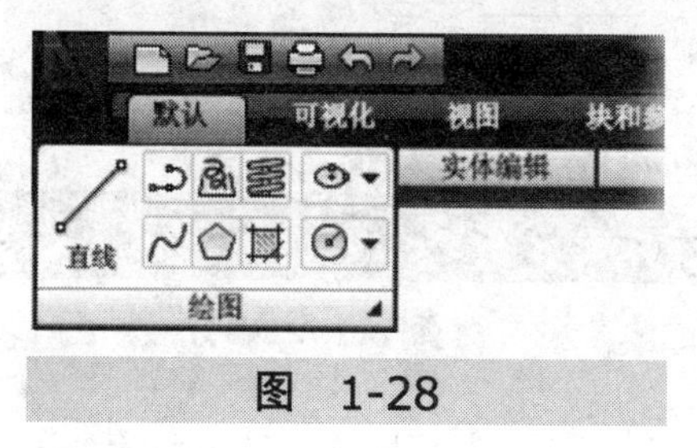

图 1-28

步骤13：关闭图形而不保存。

1.2 课程：菜单浏览器

1.2.1 概述

在本课程中，将学习如何使用菜单浏览器在AutoCAD中执行常见任务，如打开和关闭图形、访问命令、设置选项以及退出AutoCAD。

菜单浏览器是一个重要的界面元素，可通过搜索功能以及熟悉的菜单标题快速访问命令。可以使用搜索功能快速发现和启动需要帮助查找的任何命令。如果您不熟悉所需命令的位置，则使用菜单栏是一种更快捷的替代方法，如图1-29所示。

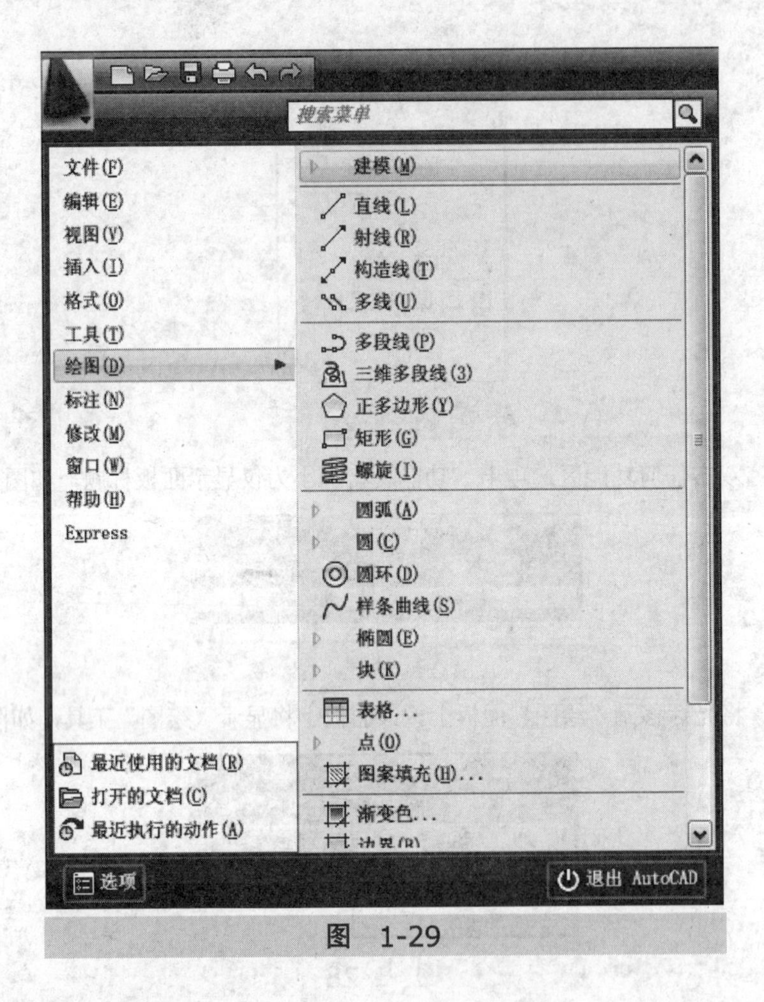

图 1-29

目标

完成本课程后，您将能够：

■ 使用菜单浏览器打开文件并访问工具和命令。

■ 使用菜单浏览器搜索工具和命令。

1.2.2 使用菜单浏览器

通过菜单浏览器，可以轻松访问AutoCAD显示左上角中单个按钮的各种内容（包括命令和文档）。

（1）命令访问

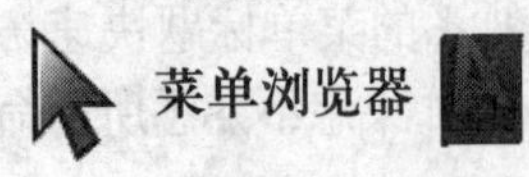

键盘快捷键：Alt＋F

AutoCAD窗口：菜单浏览器按钮，如图1-30所示。

图 1-30

（2）菜单浏览器

菜单浏览器包含的菜单与传统菜单栏相同，但是，菜单浏览器中的菜单是纵向显示的。菜单浏览器是按需显示的，不需要始终横跨顶部显示菜单。从菜单浏览器中选择菜单时将展开菜单列表，这样您就可以启动命令。

显示菜单浏览器时，可以使用下列选项，如图1-31所示。

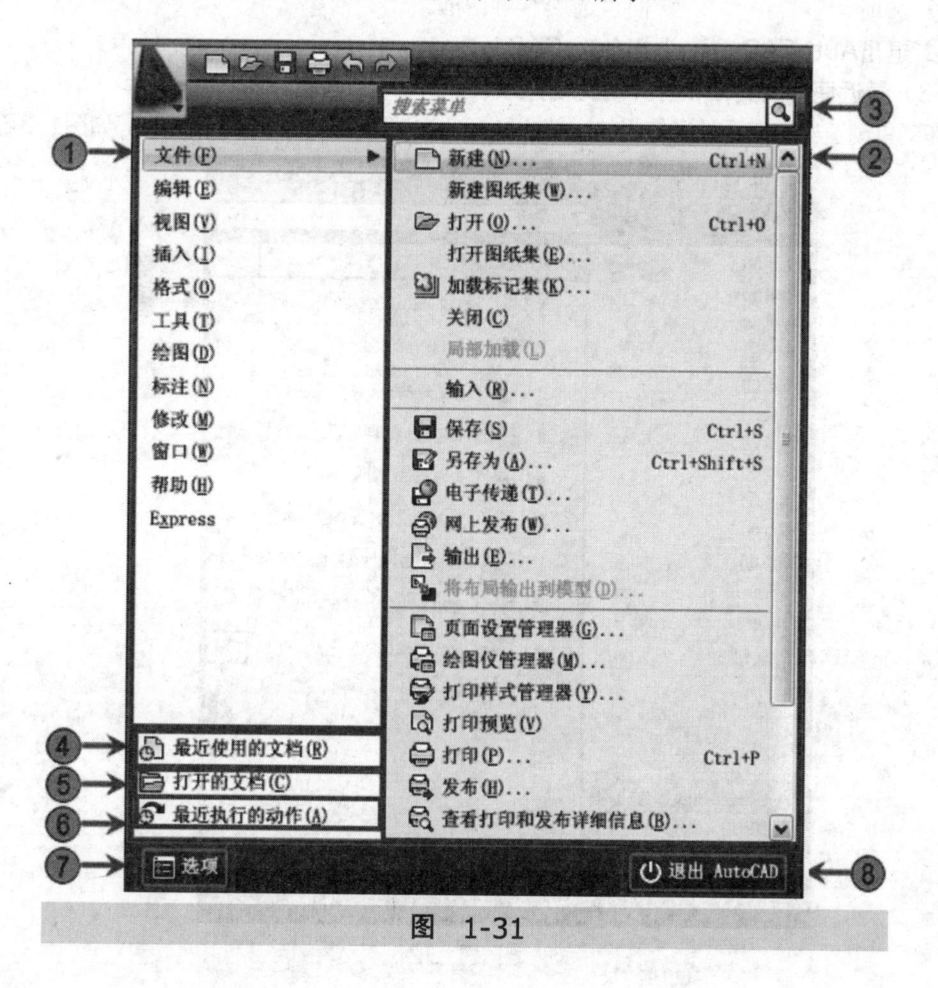

图 1-31

❶ 菜单	每个菜单包含对应于所选菜单的命令和控件的列表。可以在“自定义用户界面”（CUI）对话框中自定义菜单浏览器中的菜单。菜单浏览器中显示的菜单与在菜单栏上显示的菜单相同。
❷ 命令	显示所选菜单的命令和控件。可以在“自定义用户界面”（CUI）对话框中自定义菜单命令列表。
❸ 搜索	一种用于在自定义用户界面（CUI）文件中搜索命令和工具的工具。通过搜索找到的工具显示在菜单浏览器中，然后可以在菜单浏览器中使用它们。
❹ 最近使用的文档	显示最近打开并查看过的文档列表。
❺ 打开的文档	显示当前打开的文档列表。
❻ 最近执行的动作	显示最近使用的命令列表。
❼ 选项	访问“选项”对话框。
❽ 退出AutoCAD	退出AutoCAD。

（3）最近使用的文档和打开的文档选项

在菜单浏览器中查看最近使用的文档或打开的文档时，可以使用下列选项，如图**1-32**所示。

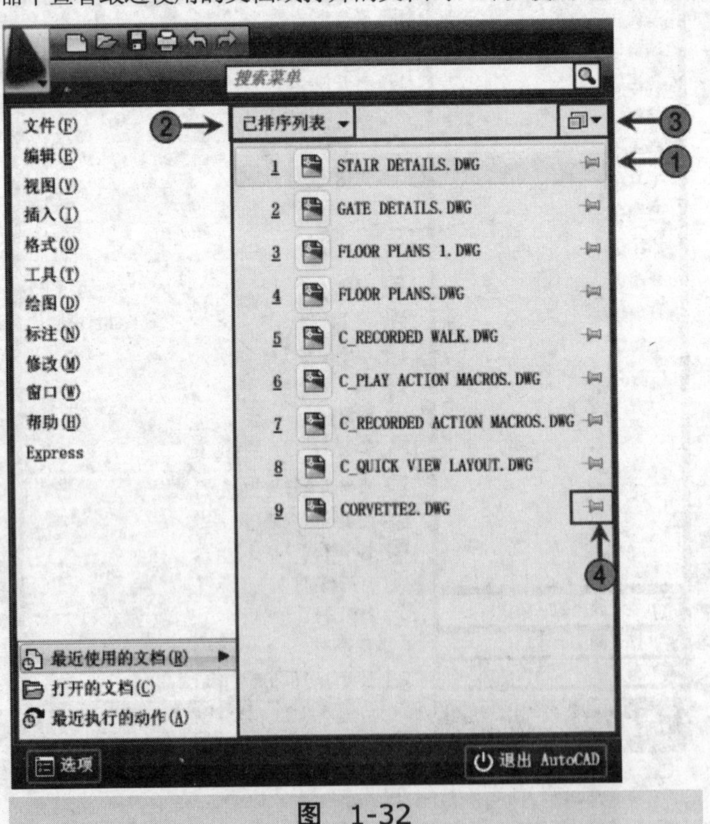

图 1-32

❶ 图形列表　显示最近查看的文档列表。可以在“选项”对话框中的“打开和保存”选项卡上编辑列出的图形数。

❷ 列表显示设置　控制列表的出现顺序。选项是“已排序列表”、“按日期分组”和“按类型分组”。

❸ 图标显示设置　控制图标的外观。选项是“图标”、“小图像”、“中等图像”和“大图像”。

❹ 固定　允许固定该文档，以便显示更多文档时不会从列表中消失。

在“选项”对话框中的“打开和保存”选项卡上，可以控制在菜单浏览器中显示的最近使用的文档数和最近执行的操作数（0～50）。

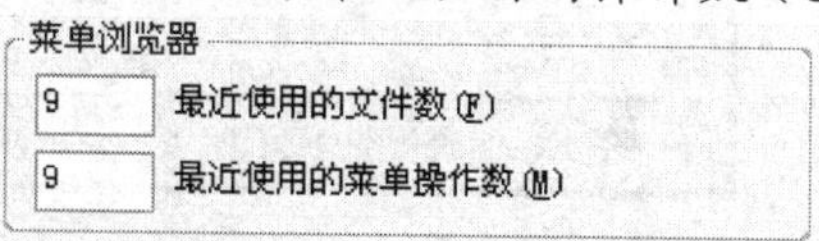

（4）步骤：使用菜单浏览器导航到命令

下列步骤概述了如何使用菜单浏览器导航到命令。

步骤1：激活菜单浏览器。

步骤2：选择所需的菜单。

步骤3：选择所需的命令。

步骤4：按照命令行上的提示完成命令。

（5）过程：使用菜单浏览器导航文档

下列步骤概述了如何使用菜单浏览器导航到最近使用的文档和打开的文档。

步骤1：激活菜单浏览器。

步骤2：若要查看最近使用的文档，请单击“最近使用的文档”。

步骤3：在打开的文档之间切换。

步骤4：搜索并运行所需的命令。

步骤5：若要查看最近使用的命令，请单击“最近执行的动作”。如果需要，请通过单击来使用它们。

1.2.3　使用搜索工具

菜单浏览器中的搜索工具提供了一种快速而简便的方法，可查找和启动可能不频繁使用但需要帮助查找的命令。此工具进行实时搜索，在搜索字段中开始键入后立即开始搜索。

（1）菜单浏览器搜索选项

显示菜单浏览器时，可以使用下列搜索选项，如图1-33所示。

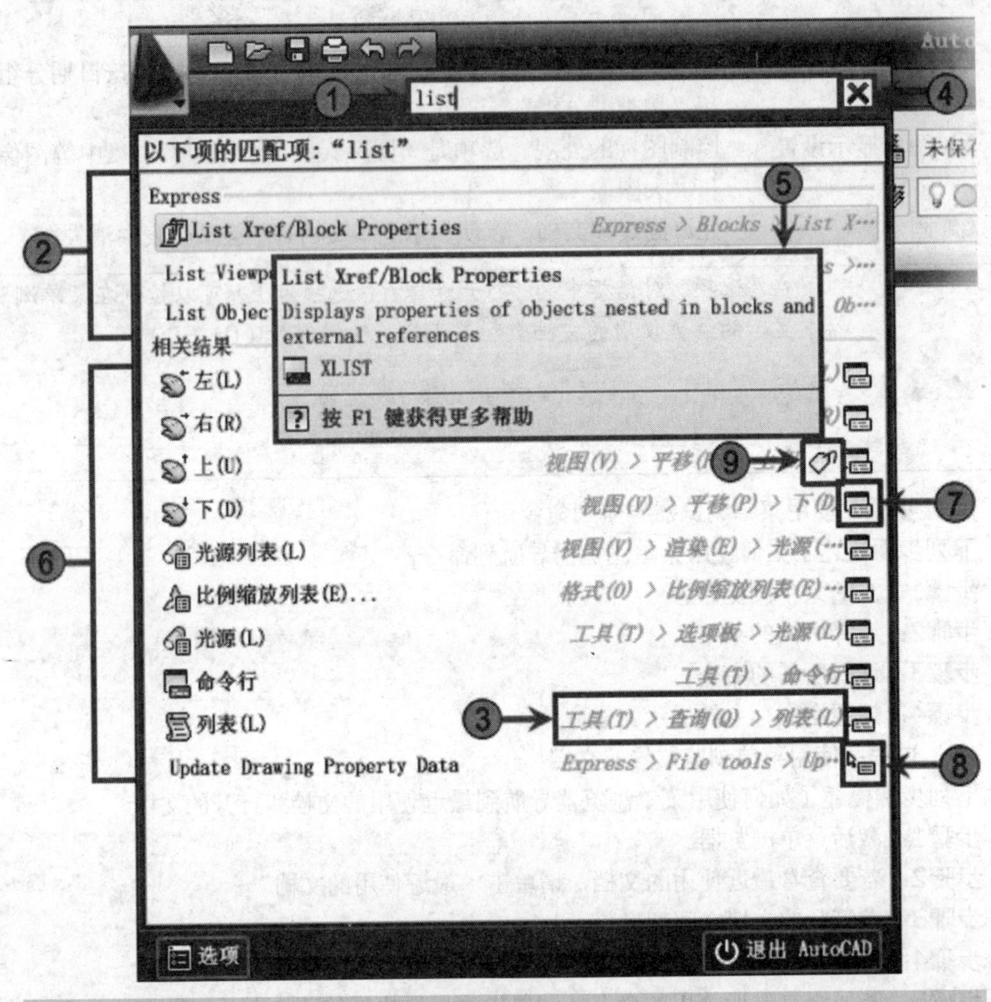

图 1-33

❶ 搜索字段	输入要搜索的字符串。
❷ 搜索列表	显示命令名称中包含搜索字段中字符的命令列表。在“最佳匹配项”下列出与字符串完全匹配的命令。将所有其他命令组合在一起，显示在根菜单名称下。
❸ 菜单路径	显示搜索列表中对应命令的菜单路径。
❹ 删除按钮	清除搜索列表并显示原始菜单。也可以在搜索字段中单击鼠标右键，然后单击“清除搜索”返回到默认菜单。
❺ 命令工具提示	将光标移到搜索列表中的命令上时，显示工具提示。

❻ **相关结果** 在宏、工具提示或菜单标记中显示包含搜索字段中字符的命令列表。

❼ **文字字符串图标** 如果在命令提示文字字符串中找到搜索字段中的字符，则显示在相关结果列表中命令的旁边。

❽ **工具提示图标** 如果在命令工具提示中找到搜索字段中的字符，则显示在相关结果列表中命令的旁边。

❾ **标记图标** 如果在命令菜单标记中找到搜索字段中的字符，则显示在相关结果列表中命令的旁边。

菜单浏览器中的搜索列表将显示在当前加载的菜单文件中定义的所有命令，其中包括未分配给任何特定菜单的命令。

（2）过程：使用菜单浏览器查找命令

下列步骤概述了如何使用菜单浏览器查找命令。

步骤1： 激活菜单浏览器。

步骤2： 在搜索字段中输入所需的命令。搜索字段将显示与搜索匹配的命令列表。

步骤3： 若要执行所需的命令，请从搜索列表中选择它。如果所需的命令是列表中的第一个命令，只需按Enter键即可执行该命令。

步骤4： 若要清除搜索字段，请单击“删除”按钮。

步骤5： 若要开始新搜索，请在搜索字段中输入所需的命令。

（3）指导原则

在使用搜索工具时需要考虑下列规则。

- 可以在搜索字段中使用任何文字字符、符号或数字。
- 搜索不区分大小写。
- 如果在光标位于“搜索”字段中时按Enter键，则将自动选择列表中的第一个搜索结果并执行命令。
- 在搜索结果中包括已禁用的命令，但是，它们是灰显的，且无法执行它们。
- 如果子菜单与搜索字段匹配，则这些子菜单将带有下划线并显示为链接。可以通过单击链接在菜单浏览器中激活所选的子菜单。
- 可以输入多个由空格分隔的关键字，搜索字段将搜索其名称、工具提示、子菜单或标记中包含所有关键字的命令。

1.2.4 练习：使用菜单浏览器

在本练习中，将使用菜单浏览器打开图形并搜索命令。此外，还将使用菜单浏览器从样板创建一个新图形，并查看打开的所有文档，如图1-34所示。

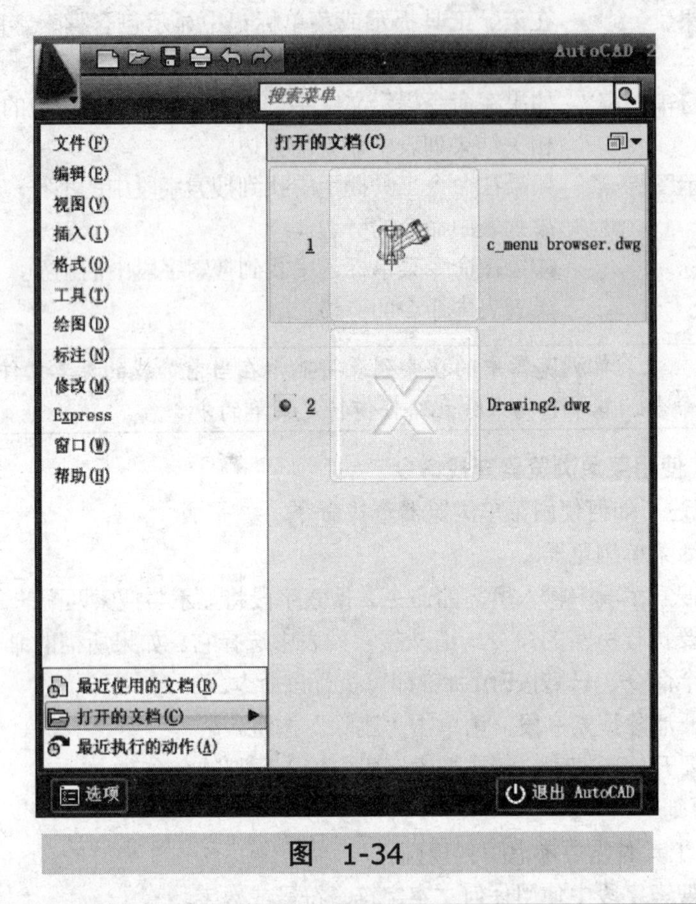

图 1-34

若要完成练习，请按照本书或屏幕上练习中的步骤操作。在屏幕上的章节和练习列表中，单击“第1章：AutoCAD 2009用户界面”。单击“练习：使用菜单浏览器”。

步骤1：在菜单浏览器上，单击“文件”菜单>“打开”，如图1-35所示。

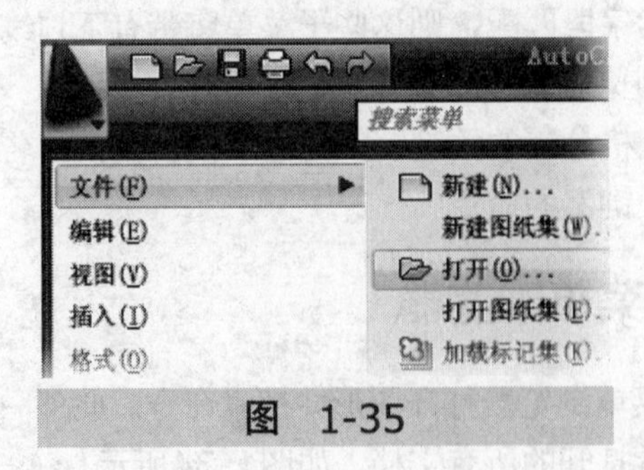

图 1-35

步骤2：在“选择文件”对话框中，导航到保存图形文件的位置。打开“c_viewcube.dwg”。

步骤3：在菜单浏览器搜索工具中，输入“Mirror”。在菜单浏览器中将显示名称中包含“镜像”的命令列表，如图1-36所示。

步骤4：在菜单浏览器中，单击“镜像”。

步骤5：对于要镜像的对象，请使用窗口选择整个图形。按Enter键结束选择，如图1-37所示。

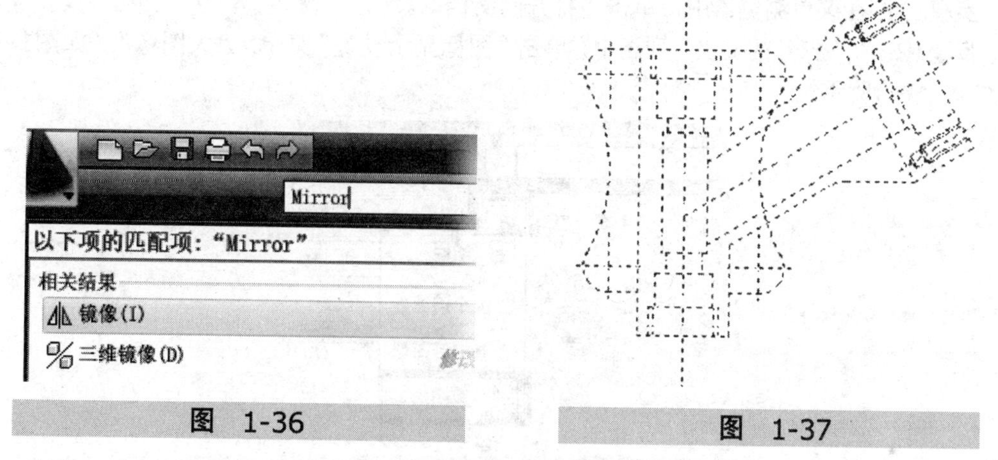

图 1-36

图 1-37

步骤6：对于镜像线的第一个点，选择垂直中心线上的点，如图1-38所示。

步骤7：对于镜像线的第二个点，选择同一中心线上的点。

步骤8：输入“Y”删除源对象，如图1-39所示。

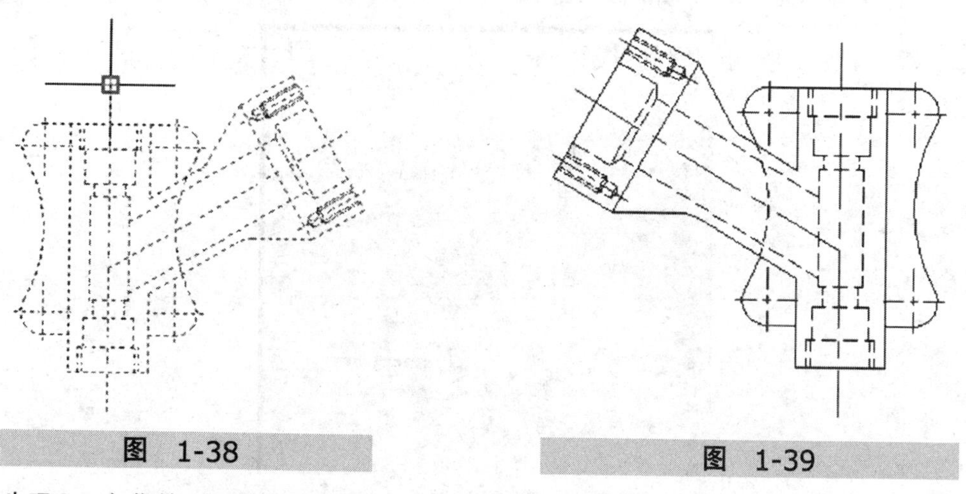

图 1-38

图 1-39

步骤9：在菜单浏览器上，单击“文件”菜单>“新建”，如图1-40所示。

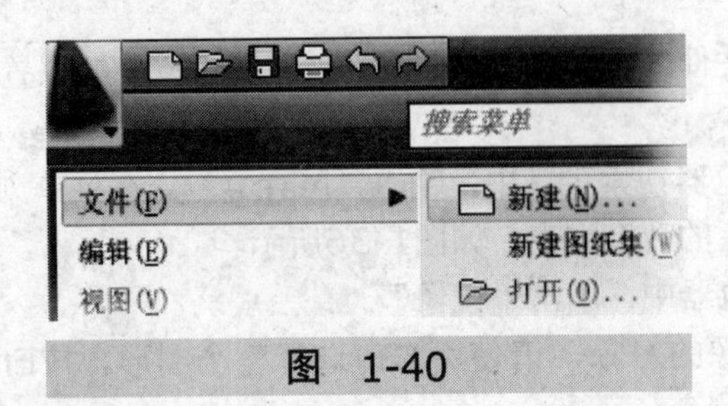

图 1-40

步骤10：在“选择样板”对话框中，选择“acad.dwt”，然后单击“打开”。

步骤11：在菜单浏览器中，单击“打开的文档”。

步骤12：在“打开的文档”列表中，单击“图标显示设置”菜单>“大图像”，如图1-41所示。

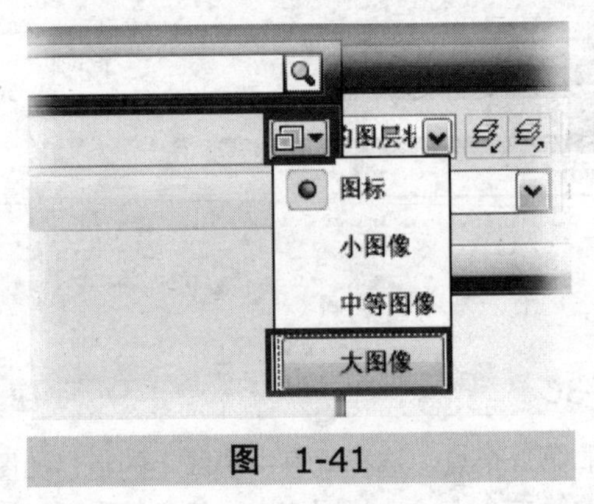

图 1-41

步骤13：此时将显示当前打开文档的预览图像。由于新图形尚未保存，因此，预览图像显示为“X”，如图1-42所示。

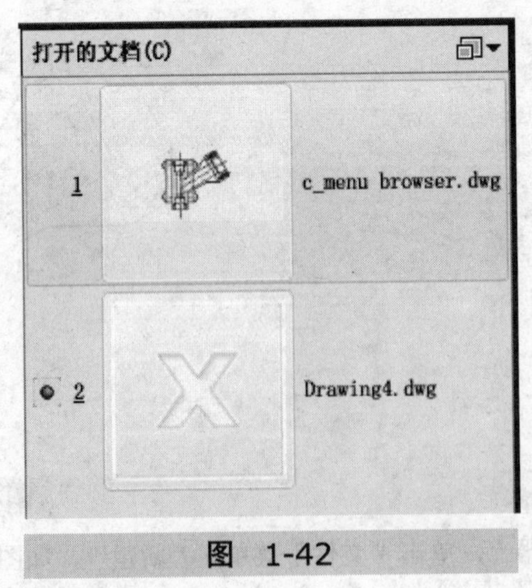

图 1-42

步骤14： 单击“c_menu browser.dwg”，使其成为当前图形。

步骤15： 在菜单浏览器上，单击“退出AutoCAD”，而不保存更改，如图1-43所示。

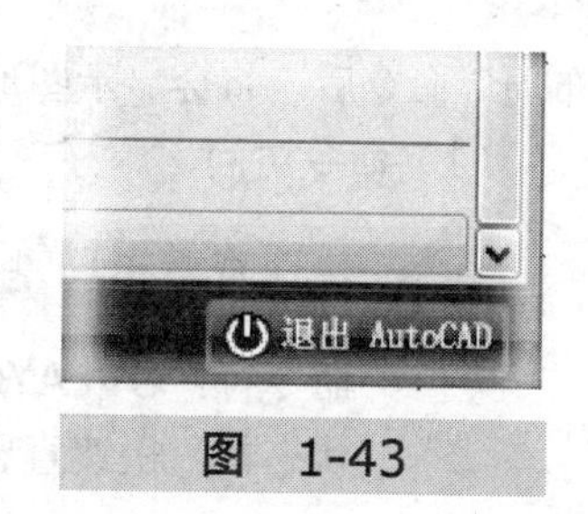

图 1-43

1.3 课程：快速查看

1.3.1 概述

在本课程中，将了解状态栏上的快速查看控件，以及如何使用它们在图形和布局中导航。

如果您处理的项目包含多个图形文件，其中每个文件都具有多个布局，则快速访问图形和布局至关重要。借助状态栏上的快速查看控件所提供的工具，可以在打开的图形和这些图形中的布局之间快速导航，如图1-44所示。

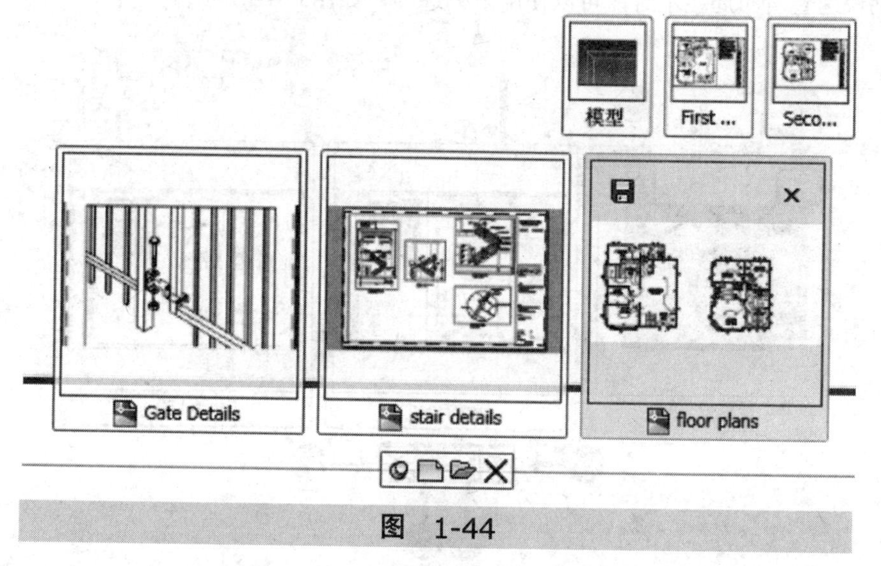

图 1-44

目标

完成本课程后，您将能够：

- 使用快速查看布局来快速预览和导航到图形中的布局。
- 使用快速查看图形来快速预览并导航到已打开图形的布局和模型空间。

1.3.2 使用快速查看布局

通过快速查看布局，可以在当前图形中的各个布局之间进行可视导航。激活“快速查看布局”命令后，将会显示图形中每个布局（包括模型布局）的缩略图图像。

（1）**命令访问**

快速查看布局

命令行：QVLAYOUT

状态栏：快速查看布局，如图1-45所示。

图 1-45

如果在按住Ctrl键的同时，向上或向下滚动鼠标滚轮，则可以更改缩略图图像的大小。只需选择缩略图即可更改为所需布局。

（2）**快速查看特性**

激活快速查看布局显示时，可以使用下列选项，如图1-46所示。

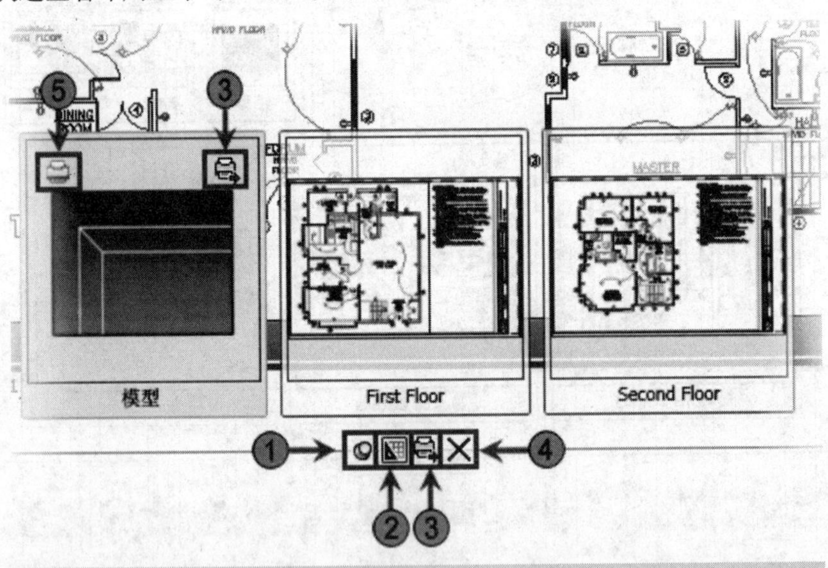

图 1-46

❶ **锁定快速查看布局**	锁定快速查看布局，以便在您处理图形时使其仍保持可见状态。
❷ **新建布局**	创建新布局。新布局将以缩略图形式添加到快速查看布局。
❸ **发布**	显示“发布”对话框。
❹ **关闭快速查看布局**	关闭快速查看布局。
❺ **打印**	显示所选布局的“打印”对话框。

（3）快捷菜单

可以在任一布局缩略图上单击鼠标右键，以访问该布局的快捷菜单。可以从快捷菜单中管理布局、打印并访问页面设置管理器，如图1-47所示。

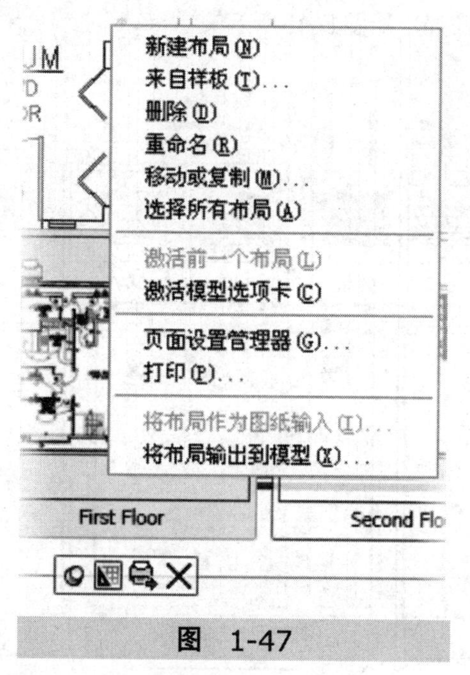

图 1-47

（4）步骤：使用快速查看布局来更改布局

下列步骤概述了如何使用快速查看布局来更改布局。

步骤1： 在状态栏上，单击“快速查看布局”。

步骤2： 单击布局缩略图图像可激活图形中的布局。

步骤3： 若要在布局之间滚动，请按照要滚动的方向按键盘上的向左或向右箭头键，或者滚动鼠标滚轮。

注意：*必须激活快速查看布局，才能正确滚动。单击其中一个布局预览图像，以激活快速查看布局。*

步骤4： 若要更改为新布局，请单击所需布局。

步骤5： 若要开始在新布局中使用命令，请在图形区域中单击。除非已固定快速查看布局，否则它将关闭。

1.3.3 使用快速查看图形

使用快速查看图形，可以在打开的图形之间进行可视导航。激活“快速查看图形”命令后，将显示每个已打开图形的缩略图图像。可以选择缩略图来激活所需图形。

将光标移到已打开图形的缩略图上时，还将为该图形中的每个布局显示一个更小的缩略图图像。将鼠标移到布局图像上时，将放大它们，以便您更好地查看。可以通过选择所需布局的缩略图图像来激活该布局，如图1-48所示。

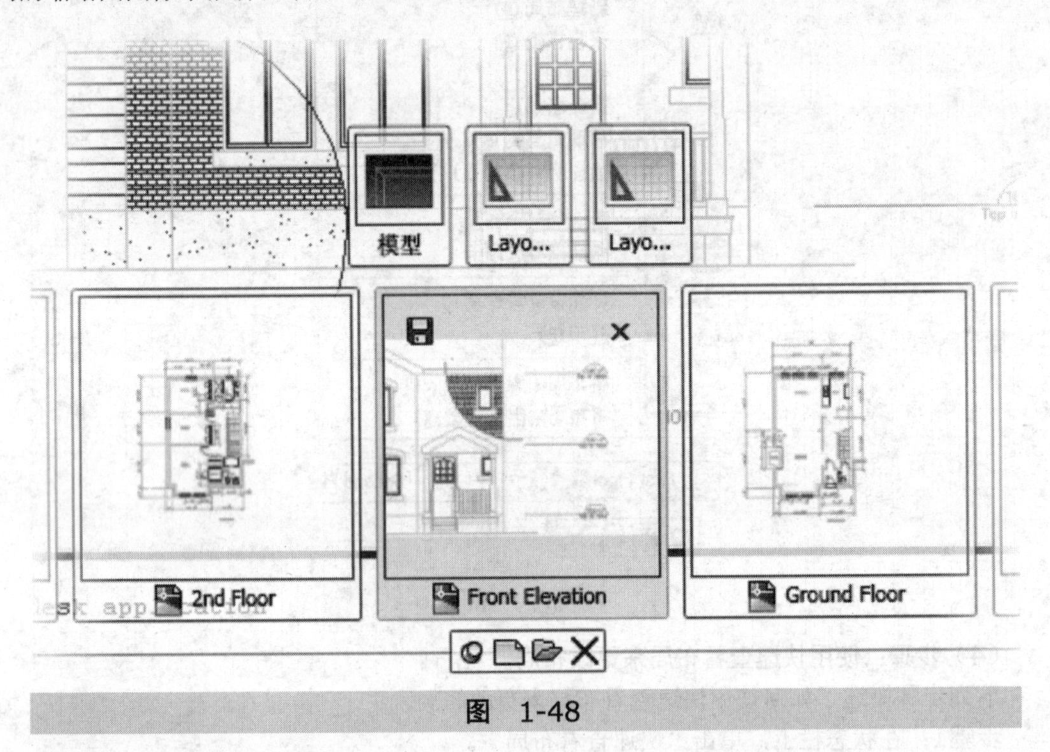

图 1-48

（1）命令访问

快速查看图形

命令行：QVDRAWING

状态栏：快速查看图形，如图1-49所示。

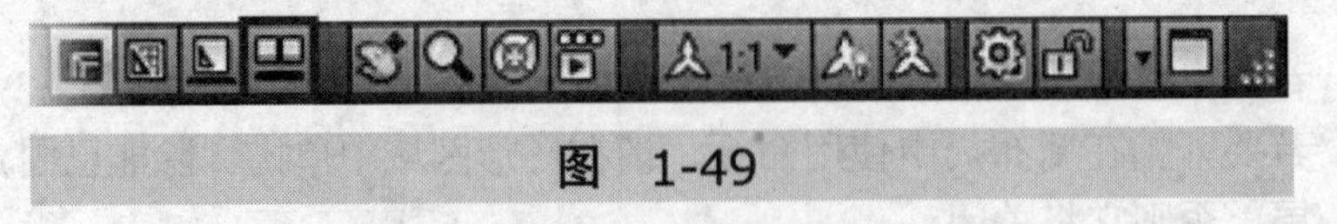

图 1-49

如果在按住Ctrl键的同时，向上或向下滚动鼠标滚轮，则可以更改缩略图图像的大小。只需选择缩略图即可更改为所需图形或布局。

激活快速查看图形显示时，可以使用下列选项，如图1-50所示。

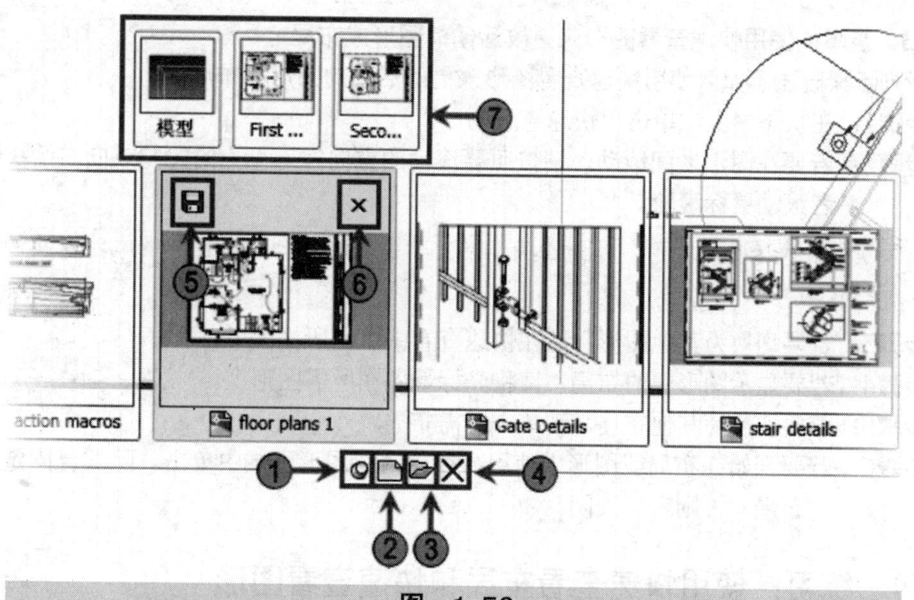

图 1-50

❶ **固定快速查看图形** 锁定快速查看图形，以便在处理图形时使其保持可见状态。
❷ **新建** 显示“选择样板”对话框。请选择所需样板来创建新图形。
❸ **打开** 显示“选择文件”对话框。请选择所需图形以将其打开。
❹ **关闭快速查看图形** 关闭快速查看图形。
❺ **保存** 保存所选的图形。
❻ **关闭** 关闭所选的图形。
❼ **布局** 所选图形中的可用布局。请选择所需布局以将其激活。

（2）快捷菜单

可以在任一图形缩略图上单击鼠标右键，以访问该图形的快捷菜单。通过快捷菜单可以排列、关闭和保存图形，如图1-51所示。

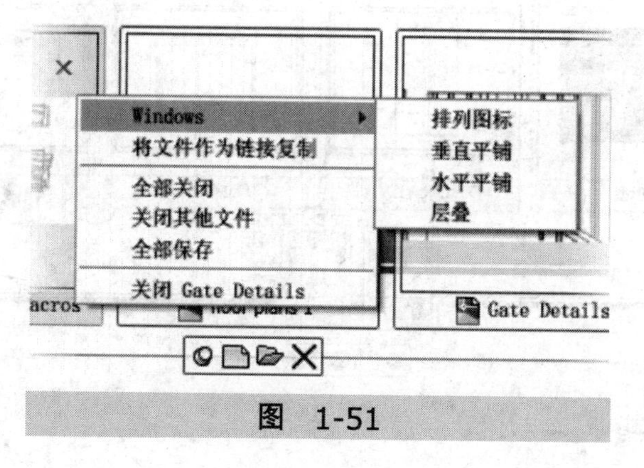

图 1-51

（3）步骤：使用快速查看图形来更改活动的图形或布局

下列步骤概述了如何使用快速查看图形来更改活动的图形和布局。

步骤1：在状态栏上，单击“快速查看图形”。

步骤2：若要在图形之间滚动，请按照要滚动的方向按键盘上的向左或向右箭头键，或者滚动鼠标滚轮。

注意：必须激活快速查看图形，才能正确滚动。单击其中一个图形预览图像，以激活快速查看图形。

步骤3：若要切换为其他图形，请在快速查看中单击所需图形。

步骤4：若要显示图形中的布局，请将光标悬停在所需图形上。

步骤5：若要切换为其他布局，请单击所需布局。

步骤6：若要开始在布局或图形中使用命令，请在图形区域中单击。除非已固定快速查看布局，否则它将关闭。

1.3.4 练习：使用快速查看布局和快速查看图形

在本练习中，将使用“快速查看布局”和“快速查看图形”工具来查看图形和图形布局。此外还将根据快速查看布局图像来创建并重命名新布局，如图1-52所示。

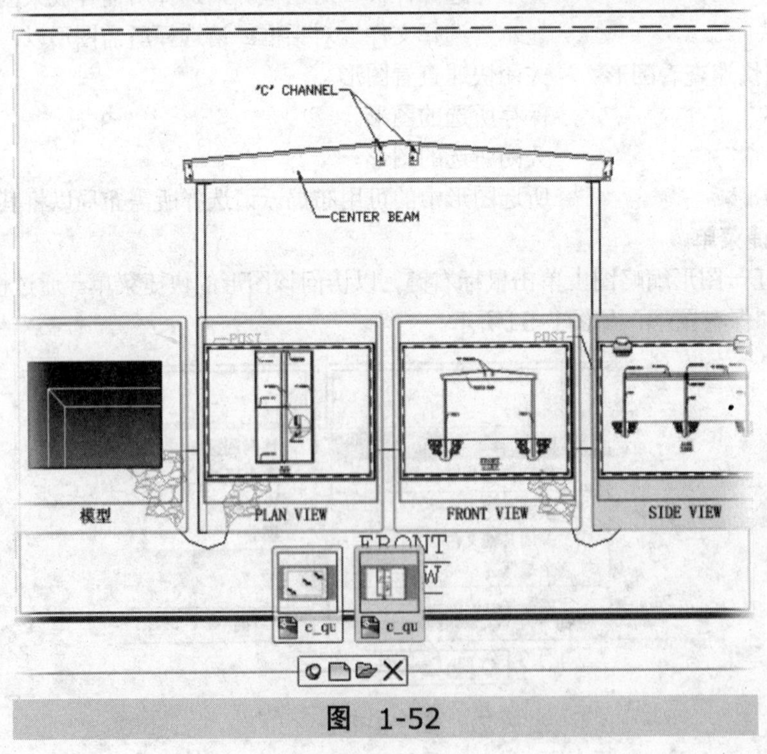

图 1-52

若要完成练习，请按照本书或屏幕上练习中的步骤操作。在屏幕上的章节和练习列表中，单击“第1章：AutoCAD 2009用户界面”。单击“练习：使用快速查看布局和快速查看图形”。

（1）使用快速查看布局

步骤1：打开“c_quick view layout.dwg”。

步骤2：在状态栏上，单击“快速查看布局”，如图1-53所示。

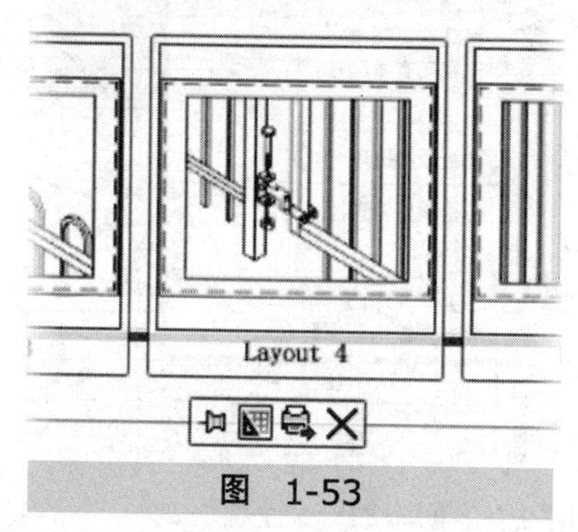

图 1-53

此时，“快速查看布局”显示在屏幕上。

步骤3：在“快速查看布局”控件上，单击“固定快速查看布局”。

步骤4：单击“Layout 3”预览图像，如图1-54所示。

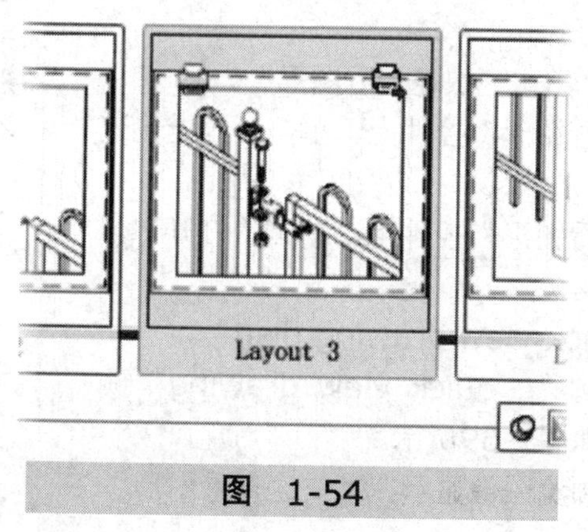

图 1-54

“Layout 3”在图形中处于激活状态。

步骤5：在快速查看布局控件上，单击“新建布局”，如图1-55所示。

此时将在预览图像的最右侧创建“布局1”。

注意：如果在屏幕上看不到该布局，请使用键盘上的箭头键或者鼠标滚轮进行滚动。

图 1-55

步骤6：在“布局1”上单击鼠标右键。单击“重命名”，如图1-56所示。

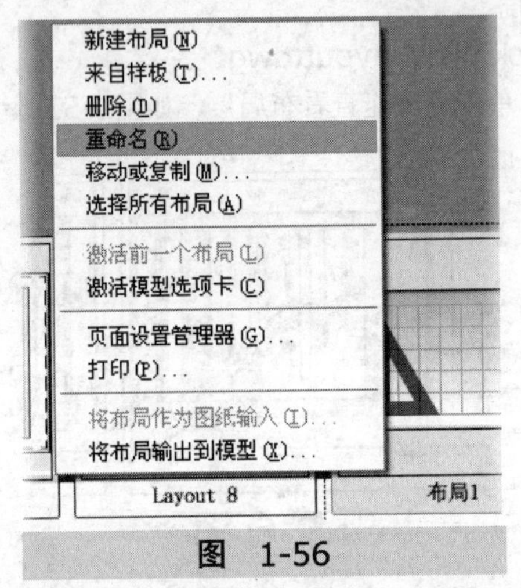

图 1-56

步骤7：在“布局”和“1”之间添加一个空格。

步骤8：保存图形以刷新预览图像，如图1-57所示。

步骤9：单击“关闭快速查看布局”。

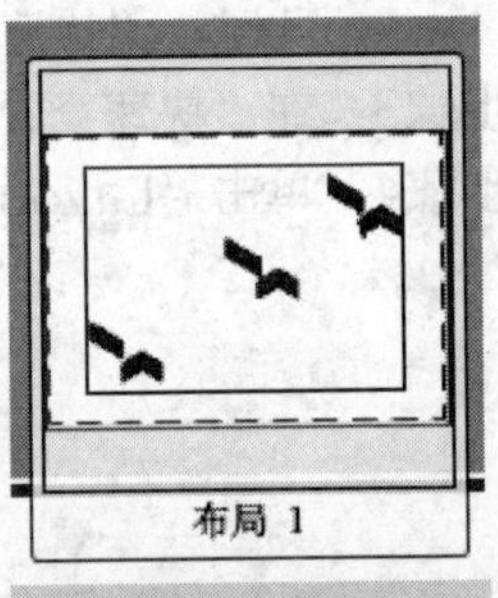

图 1-57

注意：若要再次执行此练习，将需要重新加载数据集图形。

（2）使用快速查看图形

步骤1：在状态栏中，单击“快速查看图形”。

步骤2：在“快速查看图形”控件上，单击“固定快速查看图形”。

步骤3：在“快速查看图形”控件上，单击“打开”，如图1-58所示。

步骤4：打开“c_quick view drawing.dwg”。

步骤5：将光标移动到“c_quick view drawing”预览图像上，如图1-59所示。

模型和布局预览图像显示在“快速查看图形”的上方。

步骤6：将光标移动到标记为“FRO...”的布局上。布局图像将放大。单击“FRONT VIEW”布局预览图像，如图1-60所示。

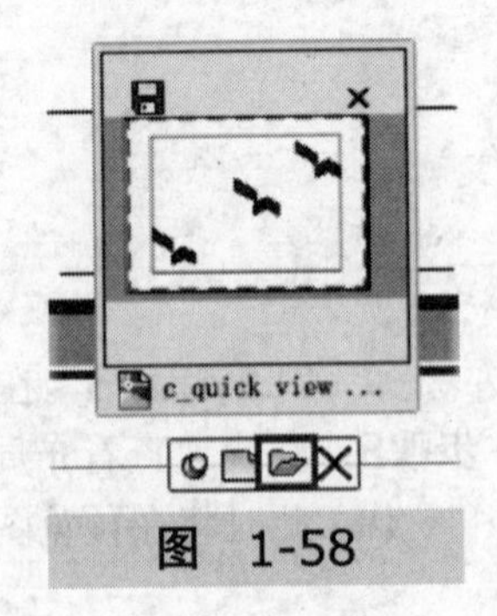

图 1-58

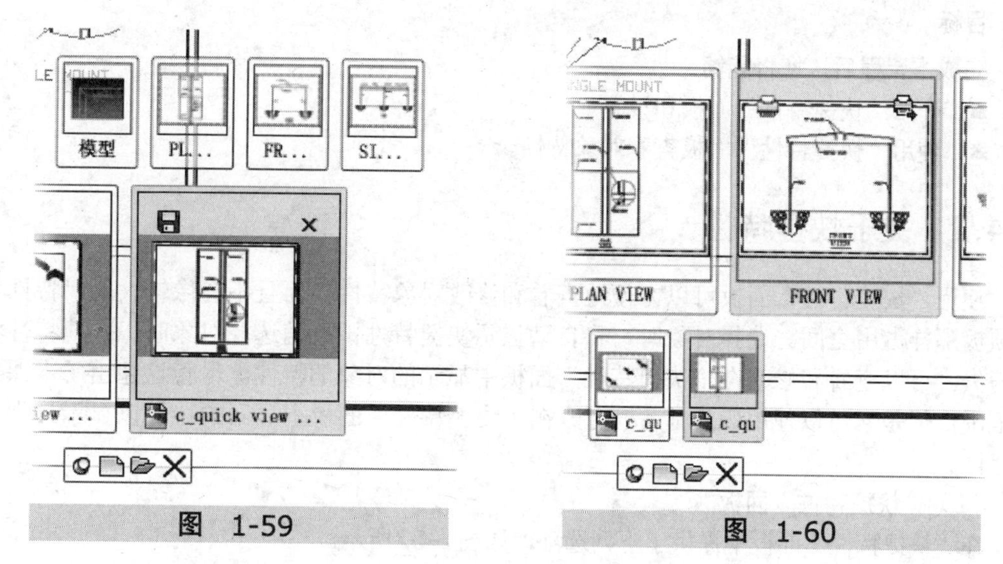

图 1-59　　图 1-60

此时“FRONT VIEW”布局在图形中处于激活状态。

步骤7：关闭这两个图形，而不保存更改。

1.4 课程：快捷特性

1.4.1 概述

在本课程中，将调整几种不同类型对象的对象特性。首先，将了解“快捷特性”面板，了解如何进行访问以及如何控制其可见性和行为。然后使用“快捷特性”面板快速更改对象特性。

在每个图形编辑任务中会频繁调整对象特性。使用“快捷特性”面板可以简化该过程，因为您仅查看当时需要的特性，从而可以更快地进行对象特性更改，如图1-61所示。

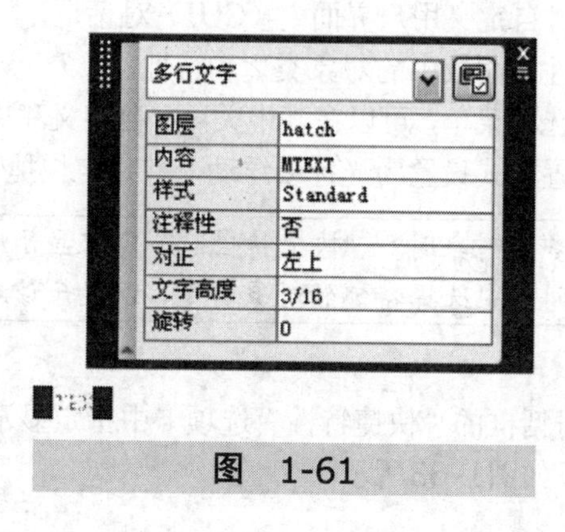

图 1-61

目标

完成本课程后，您将能够：

- 介绍“快捷特性”面板和设置。
- 使用“快捷特性”面板查看对象特性。

1.4.2 关于快捷特性

使用“快捷特性”面板可以方便地查看和修改对象特性，而且不会像较大的“特性”选项板那样占用空间。选择对象时，将自动显示快捷特性；取消选择对象时，快捷特性将会消失。可以查看和修改在“快捷特性”面板中显示的对象的特性。尽管这超出了本课程的范围，但是您可以使用CUI对话框更改在“快捷特性”面板上显示的特性以显示最常用的特性。

（1）“快捷特性”面板

在“快捷特性”面板中提供了下列选项，如图1-62所示。

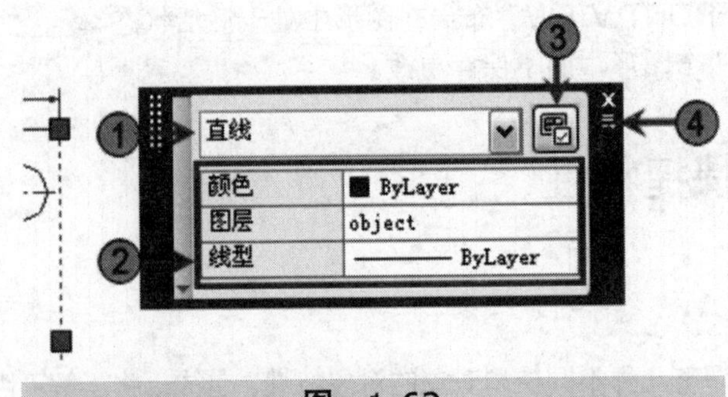

图 1-62

❶ **对象类型** 显示所选的对象类型。

❷ **对象特性** 列出对象特性。

❸ **自定义** 显示“自定义用户界面”（CUI）对话框，可以在其中指定显示在“快捷特性”面板中的对象类型和特性。

❹ **选项** 显示选项菜单，可以在其中关闭、自定义和更改快捷特性设置。还可以将位置模式设置为光标或浮动，并指定快捷特性面板是否自动收拢。

在选择多个对象时，“快捷特性”窗口仅显示所有选定对象的公共特性。可以从下拉列表中选择特定的对象类型，以显示该对象类型的所有快捷特性。

（2）快捷特性设置

可以在“草图设置”对话框的“快捷特性”选项卡中指定显示“快捷特性”面板的方式和位置。提供的设置如下，如图1-63所示。

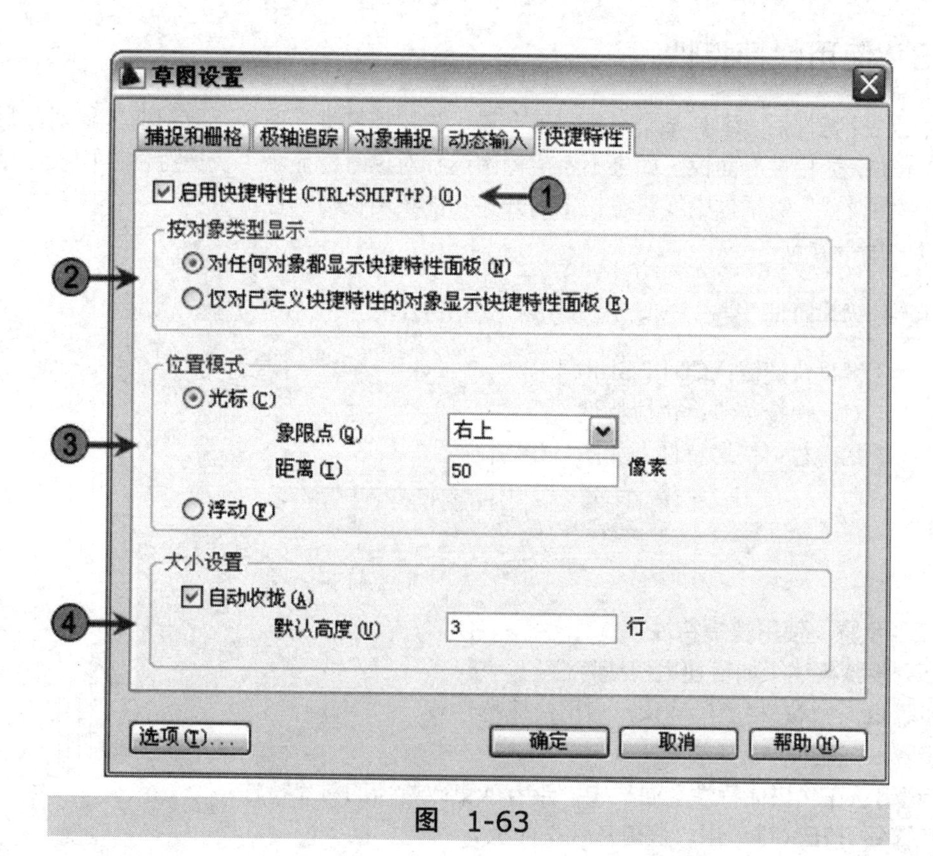

图 1-63

❶ **启用快捷特性** 显示所选的对象类型。在选择多个对象时，可以从下拉列表中选择特定的对象类型。

❷ **按对象类型显示** 将“快捷特性”面板设置为显示任何对象，或者仅显示已在“自定义用户界面”（CUI）中定义快捷特性的对象。

❸ **位置模式** 将“快捷特性”面板的位置模式设置为“光标”或“浮动”。

❹ **大小设置** 允许“快捷特性”面板仅显示为“默认高度”指定的特性数。如果可用特性数大于默认数，则必须滚动或展开“快捷特性”面板以查看特性。

（3）位置模式

可以按三种不同模式显示“快捷特性”面板。

■ 光标模式——在选定对象时，使用此选项可将面板显示在光标旁边。

■ 浮动模式——除非手动对面板重新定位，否则使用此选项可在屏幕上的同一位置显示面板。

■ 固定模式——使用此选项可在功能区上显示面板。

1.4.3 使用快捷特性

启用快捷特性后，选择某个对象时就会显示“快捷特性”面板。取消选择该对象后，就不再显示“快捷特性”面板。如果不希望每次选择对象时都显示“快捷特性”面板，则可以使用“草图设置”对话框中或状态栏上的开关功能禁用快捷特性。

（1）命令访问

快捷特性

键盘快捷键：Ctrl+Shift+P。

对象快捷菜单：快捷特性。

状态栏：快捷特性，如图1-64所示。

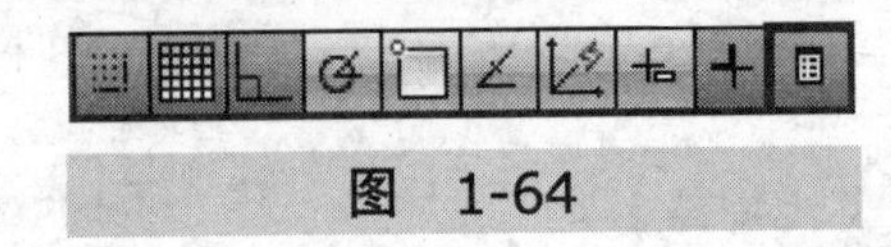

图 1-64

（2）步骤：使用快捷特性

下列步骤概述了如何使用快捷特性。

步骤1：在状态栏上，确认已启用快捷特性。

步骤2：选择一个对象。

步骤3：在“快捷特性”面板中，查看或更改所需的对象特性。

步骤4：按Esc键退出“快捷特性”面板。

1.4.4 练习：使用快捷特性

在本练习中，将使用“快捷特性”选项板查看各种对象特性。此外，还将自定义“快捷特性”选项板，以控制该选项板出现的情形以及它显示的选项，如图1-65所示。

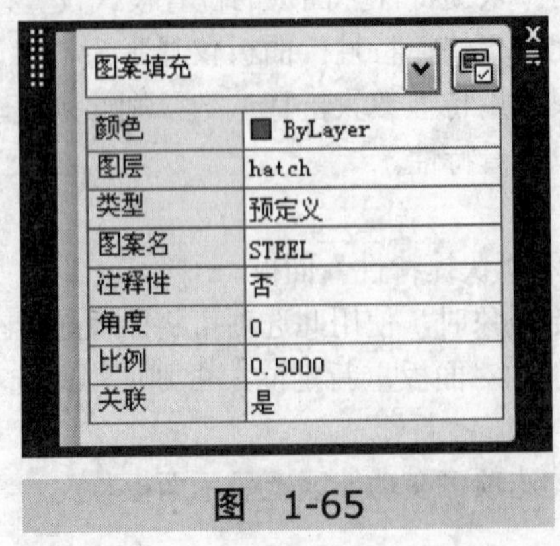

图 1-65

若要完成练习，请按照本书或屏幕上练习中的步骤操作。在屏幕上的章节和练习列表中，单击“第1章：AutoCAD 2009用户界面”。单击“练习：使用快捷特性”。

若要进行此练习，必须先下载并安装以下数据集。

步骤1：打开“c_quick properties.dwg”。

步骤2：在状态栏中的“快捷特性”上单击鼠标右键，然后单击“设置”，如图1-66所示。

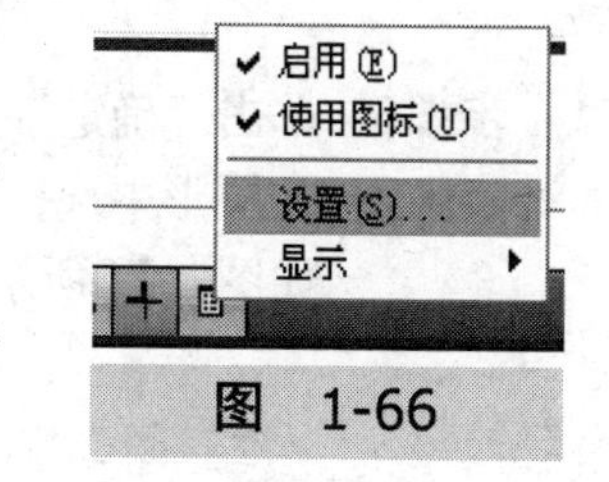

图 1-66

步骤3：在“草图设置”对话框的“快捷特性”选项卡上执行以下操作。

- 确保已选中“启用快捷特性”。
- 对于“按对象类型显示”，单击“对任何对象都显示快捷特性面板”，如图1-67所示。

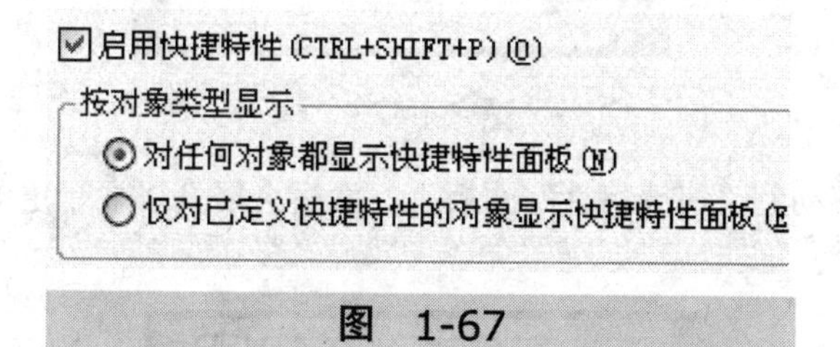

图 1-67

步骤4：在“位置模式”下执行以下操作。

- 单击“光标”。
- 从“象限点”列表中选择“右下”。
- 输入“20”作为“距离”，如图1-68所示。

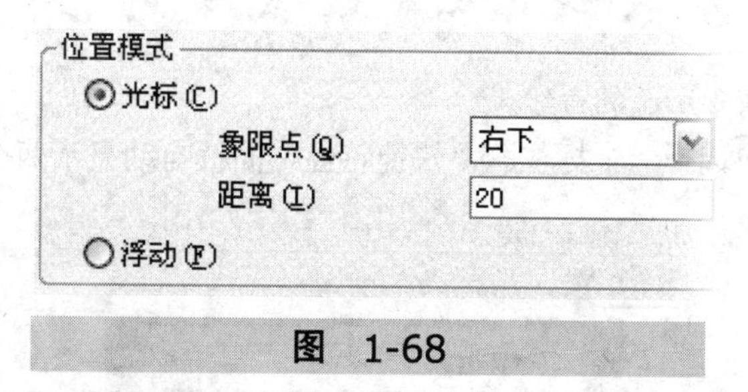

图 1-68

步骤5：在“大小设置”下执行以下操作。

- 确认已选中“自动收拢”。
- 输入“2”作为“默认高度”，如图1-69所示。

大小设置
☑ 自动收拢(A)
默认高度(U) 2

图 1-69

步骤6：单击“确定”。

步骤7：在图形中选择一个直线对象。“快捷特性”面板将自动出现在光标的右下方，如图1-70所示。

图 1-70

步骤8：将光标移动到“快捷特性”面板上。面板会展开以显示更多的特性，如图1-71所示。

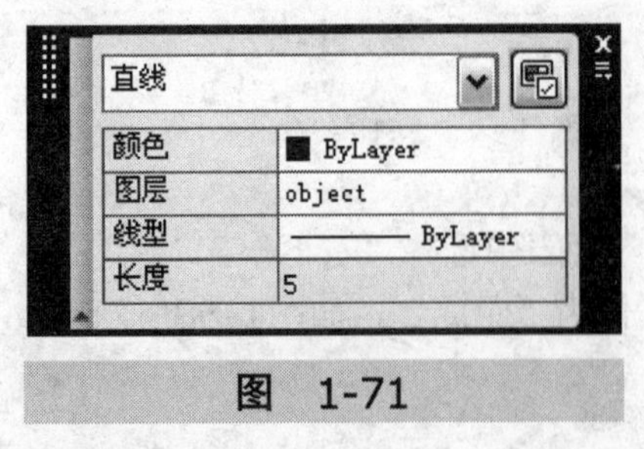

图 1-71

步骤9：按Esc键清除所选的直线。

步骤10：在图形中选择一个标注。“快捷特性”面板自动显示两个特性行，如图1-72所示。

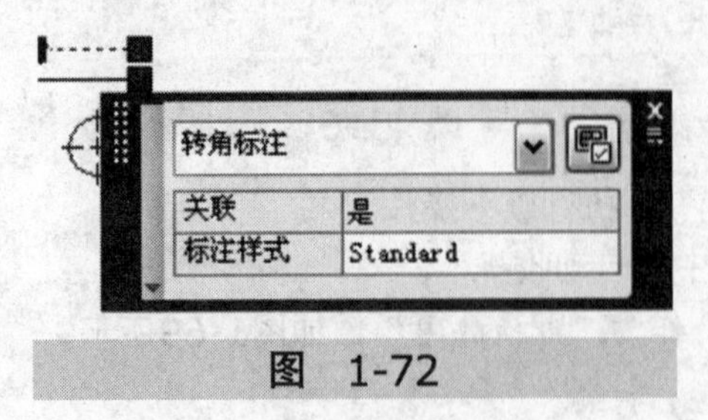

图 1-72

步骤11：在状态栏中的“快捷特性”上单击鼠标右键，然后单击“设置”，如图1-73所示。

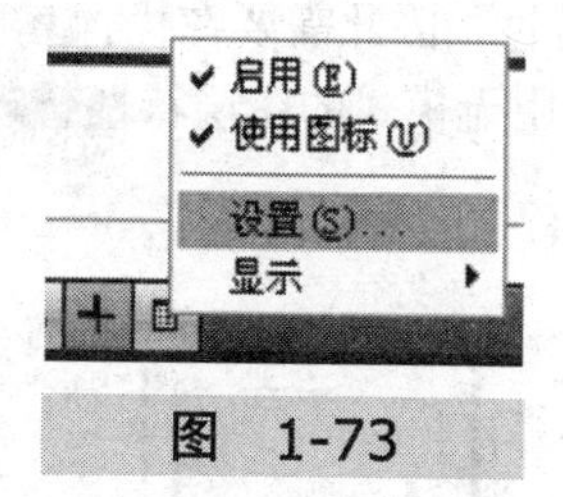

图 1-73

步骤12：在“草图设置”对话框的“快捷特性”选项卡上，在“大小设置”下，清除“自动收拢”，如图1-74所示。单击“确定”。

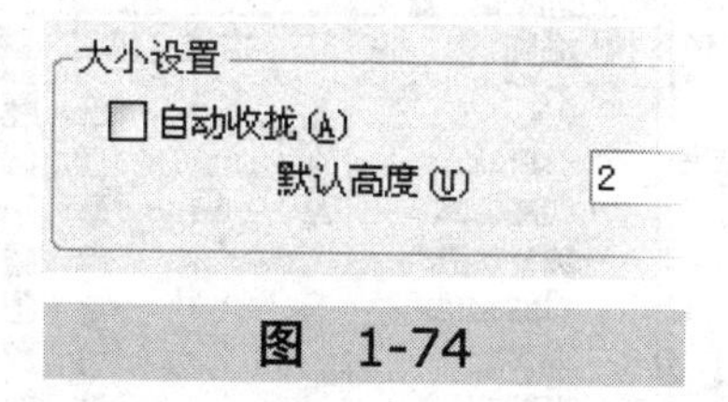

图 1-74

步骤13：在图形中选择一个标注。“快捷特性”面板会自动展开，如图1-75所示。

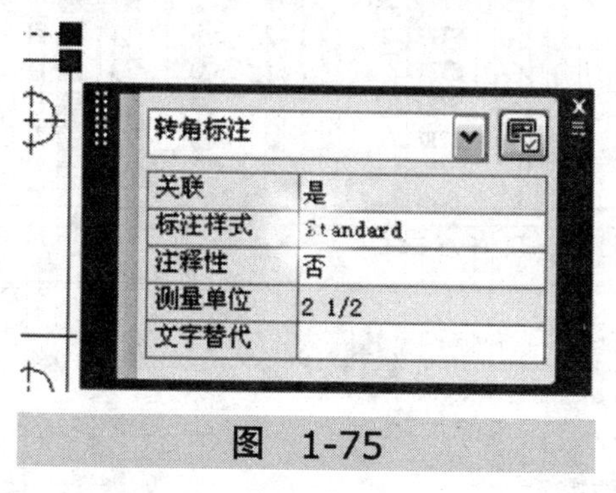

图 1-75

步骤14：按Esc键清除所选的标注。

步骤15：关闭图形，而不保存更改。

1.5 课程：图层特性管理器

1.5.1 概述

在本课程中，将在图层特性管理器打开的情况下，管理图层特性并执行其他任务。

将会了解到图层特性管理器的行为是无模式的，从而可以在对话框打开时在图形中执行操作。

由于图层是任何对象的关键特性，因此需要在执行其他任务时能够管理图层并实时查看对图层所做的任何更改的效果。使用无模式的图层特性管理器，可以在工作时查看图层细节，如图1-76所示。

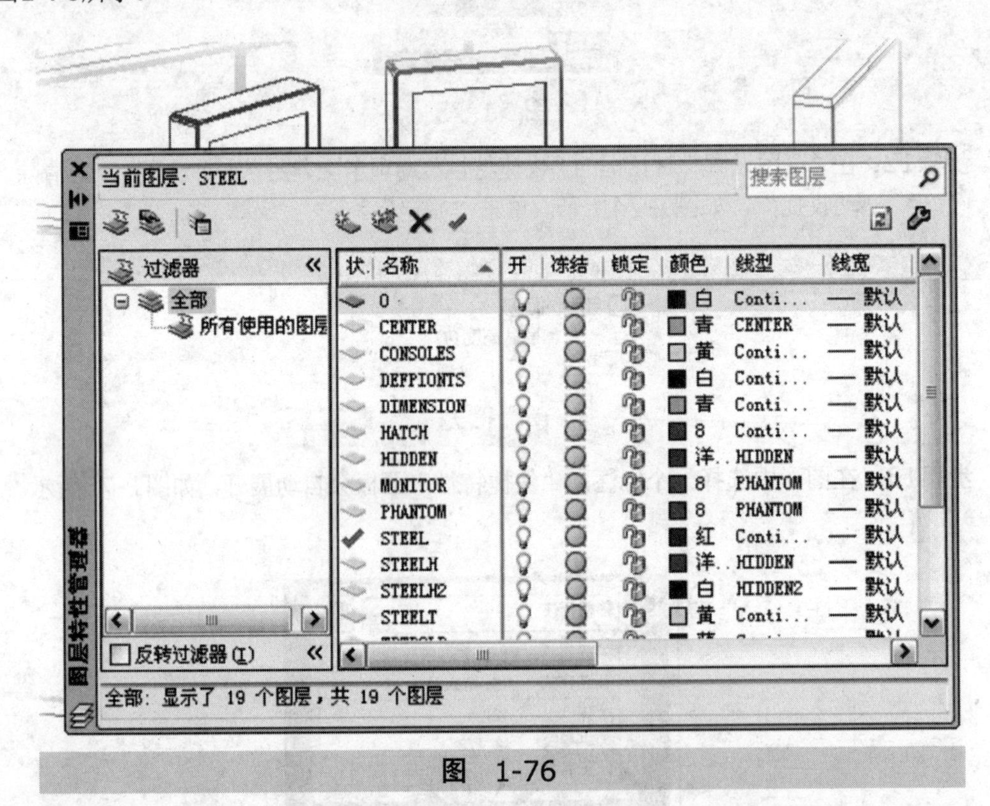

图 1-76

目标

完成本课程后，您将能够：

- 介绍图层特性管理器的无模式功能以及使用它的选项。
- 使用图层特性管理器，可以在图形中执行其他任务的同时实时更改图层特性。

1.5.2 关于图层特性管理器

图层特性管理器是一个无模式选项板，在使用其他命令的同时可以显示该选项板。在图层特性管理器中进行的更改会立即应用于图形，而不需要单击“应用”。与其他选项板类似，可以将图层特性管理器设置为自动隐藏，从而可以轻松访问该对话框，并节省屏幕上的图形空间。此外，通过收拢“过滤器”窗格以及通过使用列标签快捷菜单管理列的外观，也可以控制图层特性管理器中的空间。

（1）图层特性管理器

图层特性管理器提供了下列功能，如图1-77所示。

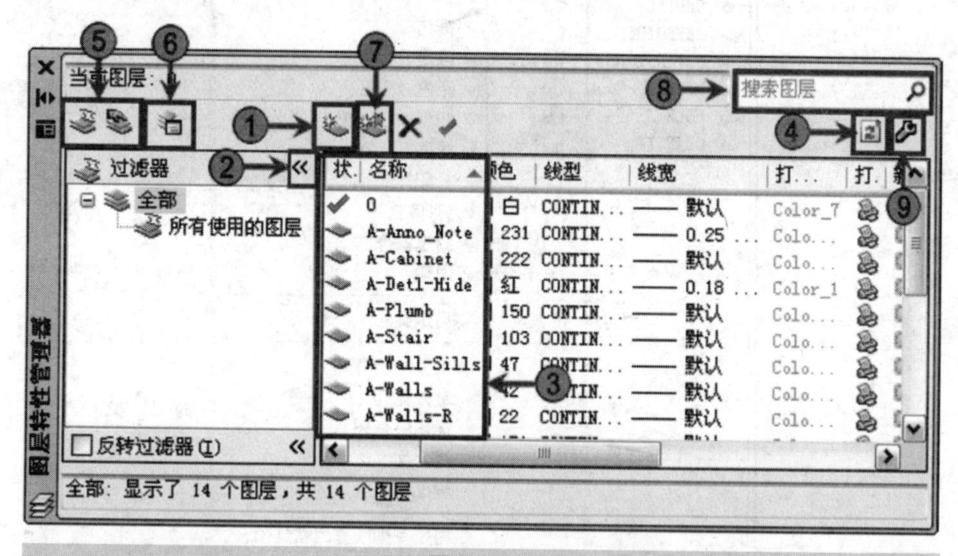

图 1-77

❶ **新建图层**　将光标从对话框移开时，隐藏图层特性管理器。

❷ **收拢图层过滤器树**　隐藏“过滤器”窗格以显示更多的列。

❸ **冻结的列**　此行左侧的列是冻结的。滚动列或行时，冻结的列始终保持可见状态并与行同步。

❹ **刷新**　通过扫描图形中的所有图元，更新图层使用信息。

❺ **新建组过滤器**　创建一个图层过滤器，它包含您选择并添加到过滤器的图层。

❻ **图层状态管理器**　显示图层状态管理器，可以在其中保存处于指定图层状态的图层的当前特性设置，稍后再恢复那些设置。

❼ **在所有视口中都被冻结的新图层视口**　创建一个新图层并在所有现有视口中冻结它。

❽ **搜索图层**　输入字符时，将按名称快速过滤图层列表。关闭图层特性管理器时，不保存此过滤器。

❾ **图层设置**　显示“图层设置”对话框。

（2）列标签快捷菜单

使用列标签快捷菜单，可以调整要在图层特性管理器中显示的列，如图1-78所示。

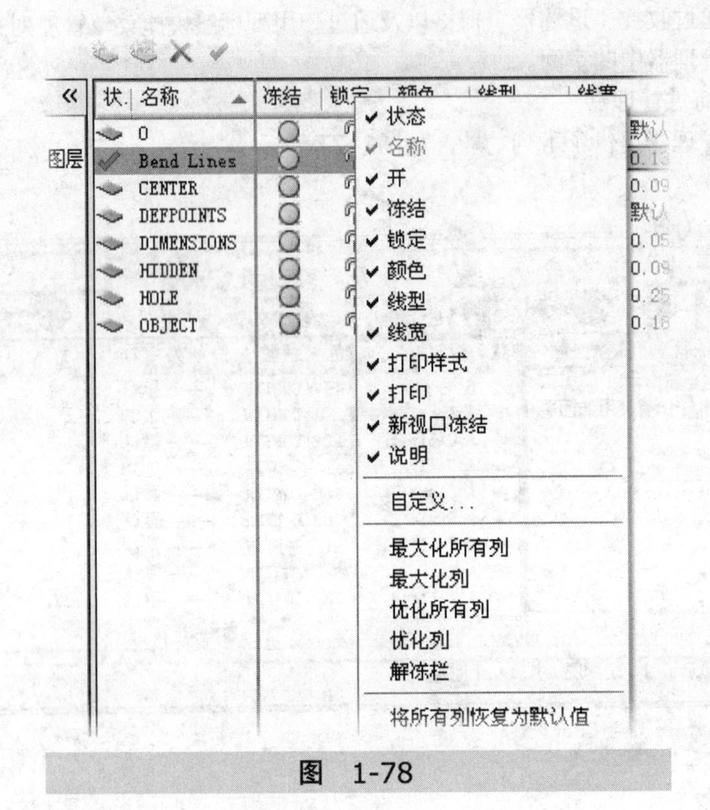

图 1-78

对该命令使用以下选项，见表1-6。

表1-6 选项及其说明

选　　项	说　　明
列名称	选中要显示的列。取消选中要隐藏的列。当布局视口处于活动状态时，其他视口列（VP）也是可用的
自定义	显示“自定义图层列”对话框，可以在其中指定隐藏或显示的列
最大化所有列	最大化各列，以便所有的列标题和列内容在列中均可见
优化所有列	更改所有列的宽度，以便列内容可见。标题可能完全可见，也可能不完全可见
优化列	更改列的宽度，以便所有的列内容均可见。标题可能完全可见，也可能不完全可见
冻结列	冻结（或解冻）该列和左侧的所有列。这样，在对话框的另一侧访问图层特性时，就可以查看图层特性（如图层名称）
将所有列恢复为默认值	将所有列恢复为其默认的显示设置和宽度设置

（3）图层快捷菜单

使用图层快捷菜单，可以在图层特性管理器中管理图层，如图1-79所示。

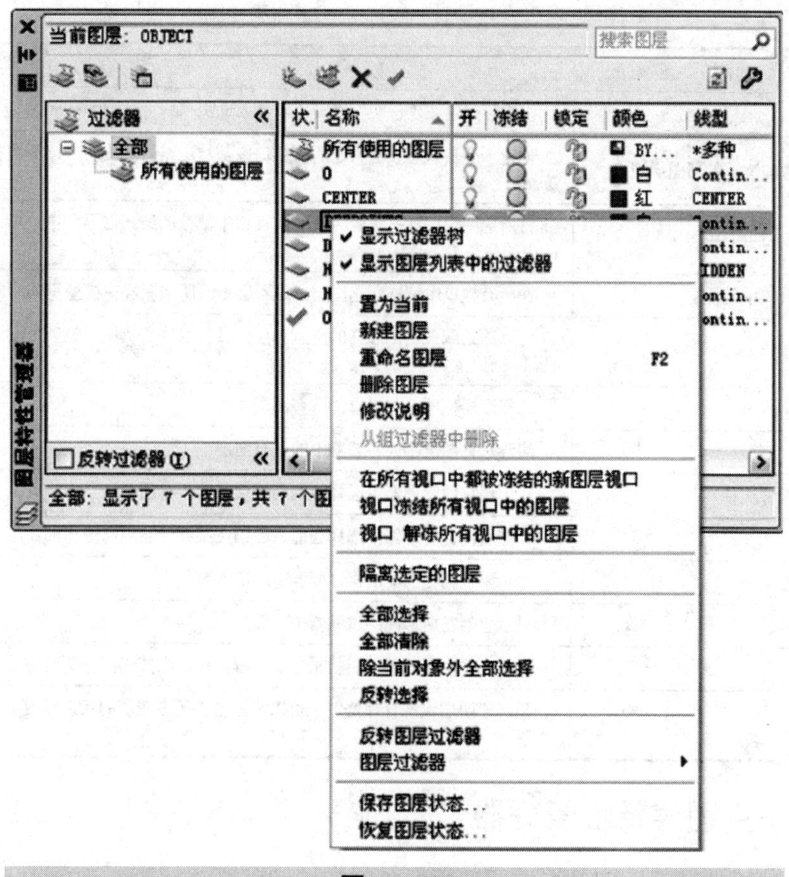

图 1-79

图层快捷菜单提供了下列选项，见表1-7。

表1-7 图层快捷菜单选项

选 项	说 明
显示过滤器树	显示或隐藏过滤器树
显示图层列表中的过滤器	显示或隐藏图层列表中的过滤器名称
置为当前	将所选图层设置为当前图层
新建图层	创建新图层
重命名图层	将光标放置在所选图层的“名称”字段中以重命名
删除图层	删除所选图层。无法删除下列图层 ■ 图层0和图层Defpoints ■ 当前图层 ■ 包含对象的图层 ■ 依赖外部参照的图层

续表

选　项	说　明
修改说明	将光标放置在“说明”字段中以输入说明
在所有视口中都被冻结的新图层视口	创建一个其状态设置为在所有视口中都被冻结的新图层。该图层在模型空间中未冻结
视口冻结所有视口中的图层	将所选图层的状态设置为在所有视口中都被冻结。这不会更改所选图层在模型空间中的状态
视口解冻所有视口中的图层	在所有视口中解冻所选图层。这不会更改所选图层在模型空间中的状态
隔离选定的图层	可以冻结或关闭未选择的所有图层，具体取决于“图层设置”对话框中的“隔离图层设置”
全部选择	选择图层特性管理器中的所有图层
全部清除	清除选择图层特性管理器中的所有图层
除当前对象外全部选择	在图层特性管理器中选择除当前图层外的所有图层
反转选择	在图层特性管理器中选择当前清除的图层并清除当前选择的图层
反转图层过滤器	显示未包括在当前图层过滤器中的所有图层
图层过滤器	显示包括在所选图层过滤器中的图层
保存图层状态	显示“要保存的新图层状态”对话框，可以在其中保存所有图层的当前图层状态
恢复图层状态	显示“图层状态管理器”，可以在其中将所有图层的状态恢复为以前保存的图层状态

1.5.3 使用图层特性管理器

使用图层特性管理器可以指定图形中对象的特性和外观。通过一次更改多个图层的特性，图层特性管理器中的工具（如“图层隔离”命令）提高了工作效率。此外，还可以展开功能区上的“图层”面板，以快速访问其他图层控件。

（1）命令访问

 **图层特性管理器** 

命令名：LAYER或LA

菜单浏览器：“格式”>“图层”。

功能区：“常用”选项卡>“图层”面板>“图层”，如图1-80所示。

(a)

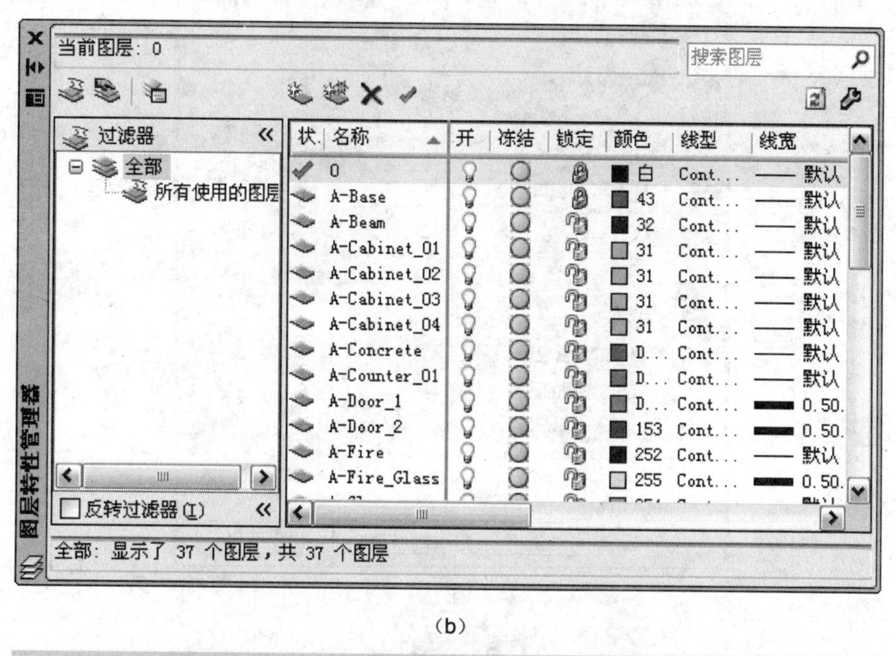

(b)

图 1-80

（2）图层设置

可以从图层特性管理器中的“图层设置”按钮访问“图层设置”对话框，如图1-81所示。在该对话框中，可以打开新图层通知并指定其他设置。此外，还可以控制在使用任一隔离图层命令时未隔离的其他图层所发生的情况。

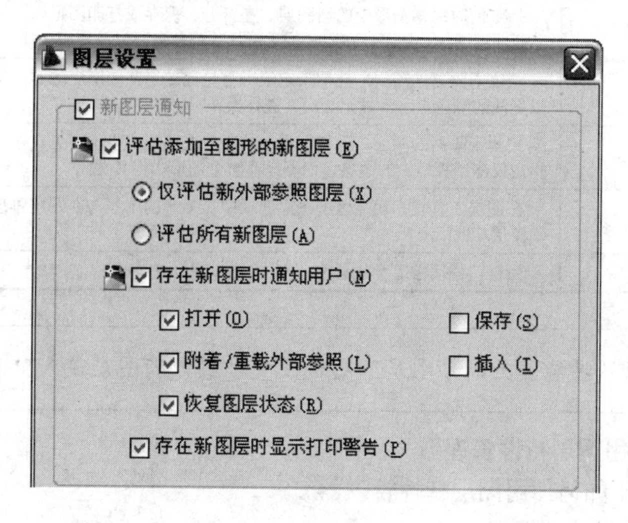

(a)

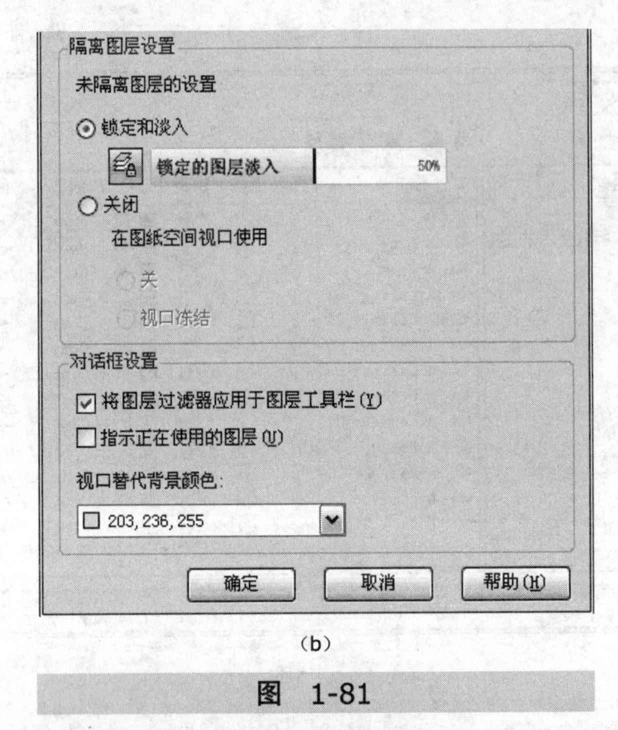

(b)

图 1-81

“图层设置”对话框提供了下列选项，见表1-8。

表1-8 “图层设置”对话框选项

选　项	定　义
评估添加至图形的新图层	检查已添加到图形的新图层
存在新图层时通知用户	指定何时通知图形中的新图层。在打开、保存或打印图形以及恢复图层状态时，可以显示新图层通知。还可以在附加或重新加载外部参照以及使用“插入”命令时显示通知
锁定和淡入	锁定未隔离的图层，然后指定淡入百分比。这些图层上的对象仍显现在图形中，但是将以更浅的颜色显示，且无法对其进行操作
关闭	关闭未隔离的图层。隔离图层上的对象在图形中将不可见。在使用图纸空间时，还可以指定仅冻结视口中的图层，而不是在整个图形中将其关闭
将图层过滤器应用于图层工具栏	在图层工具栏和功能区的图层面板中，显示的图层与在图层管理器的所选过滤器中显示的图层相同
视口替代背景颜色	为视口替代指定一种颜色

还可以从功能区上的“图层”面板设置“锁定的图层淡入”百分比。

（3）步骤：使用图层特性管理器

下列步骤概述了如何使用图层特性管理器。

步骤1：打开图层特性管理器。

步骤2：若要最大化列，请在列标签上单击鼠标右键。单击“最大化所有列”。

步骤3：若要锁定特定列左侧的所有列，请在列标签上单击鼠标右键。单击“冻结列”。滚动到右侧时，冻结的列仍保持可见。

注意：如果某列已冻结，必须将其解冻，才可以冻结其他列。

步骤4：若要隔离单个图层，请选择该图层并单击鼠标右键。单击“隔离选定的图层”。

步骤5：若要调整图层特性管理器的可见性，请单击标题栏上的“特性”菜单。选择要描定的所需可见性选项，以允许固定或自动隐藏图层特性管理器。

步骤6：若要修改图形中的对象，请在图形窗口中单击，然后进行所需的更改。不必关闭图层特性管理器。

通过选择所有图层，单击鼠标右键，然后选择“隔离选定的图层”，可以在图层特性管理器中快速地取消隔离所有图层。

1.5.4 练习：管理图层特性

在本练习中，将使用图层特性管理器创建一个新图层并进行修改。在图层特性管理器仍位于屏幕上时，还将使用功能区上的“图层”面板将图形中的现有线设置为新图层，如图1-82所示。

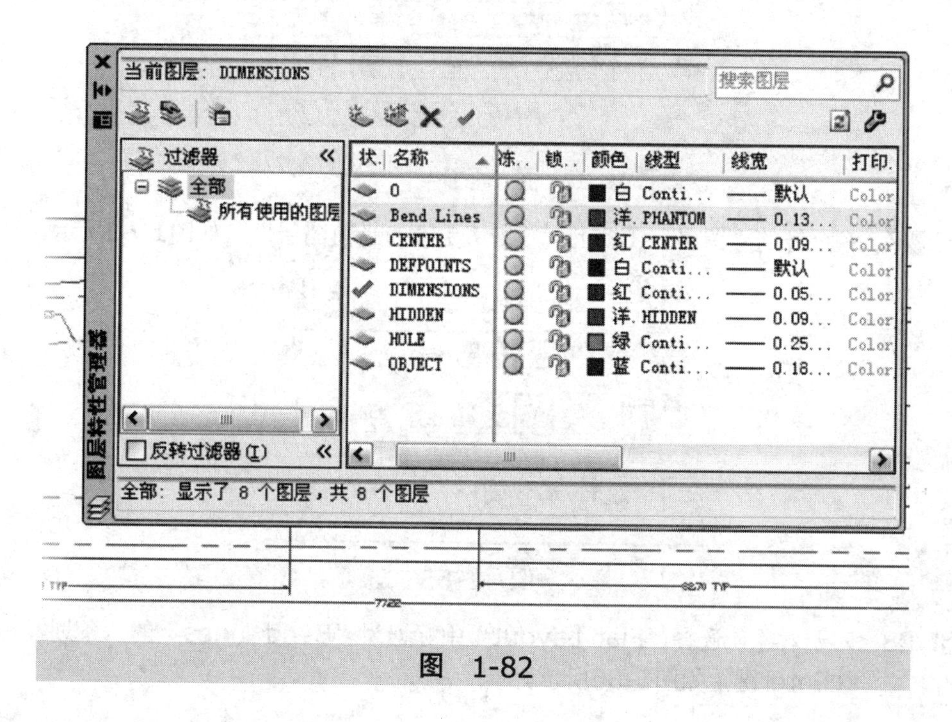

图 1-82

若要完成练习，请按照本书或屏幕上练习中的步骤操作。在屏幕上的章节和练习列表中，单击“第1章：AutoCAD 2009用户界面”。单击“练习：管理图层特性”。

若要进行此练习，必须先下载并安装以下数据集。

步骤1：打开“c_layer manager.dwg”。

步骤2：在功能区的“图层”面板上，单击“图层特性”，如图1-83所示。

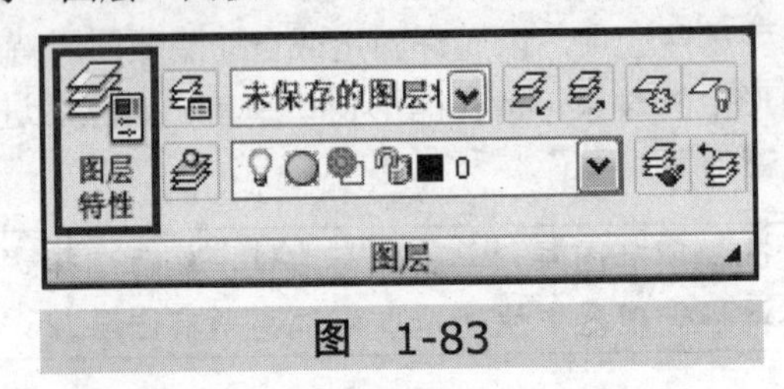

图 1-83

步骤3：在图层特性管理器中，单击“新建图层”。

步骤4：输入“Bend Lines”作为图层名。

步骤5：双击“Bend Lines”图层，使其成为当前图层。

步骤6：在功能区中的“图层”面板上，单击“图层”展开节点，如图1-84所示。

图 1-84

步骤7：在展开的“图层”面板上，单击“更改为当前图层”，如图1-85所示。

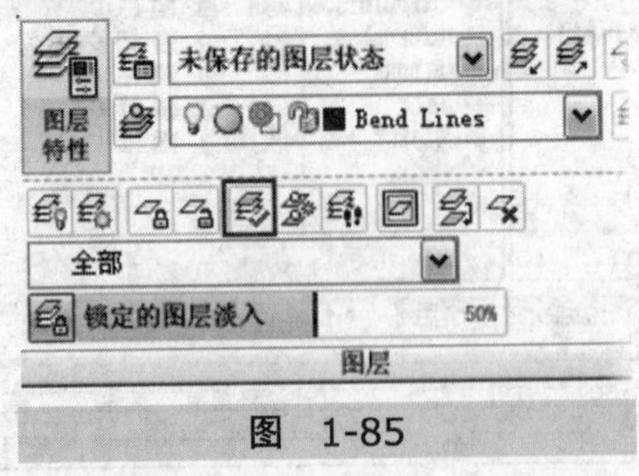

图 1-85

步骤8：对于对象，选择“Flat Layout”中标记为“Bend Lines”的六条划线，然后按Enter键，如图1-86所示。

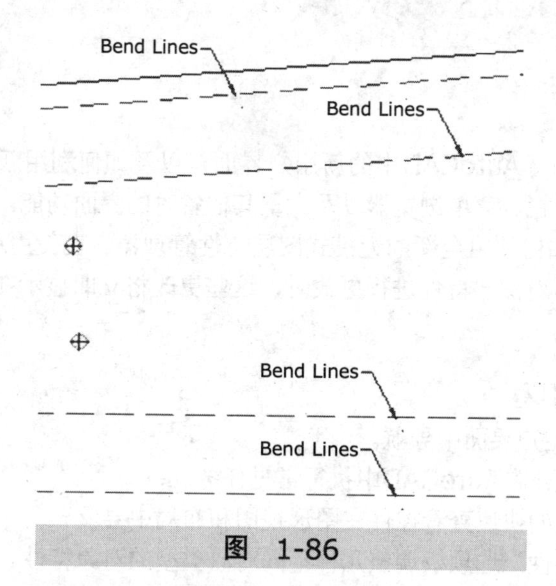

图 1-86

所选曲线现被放置在“Bend Lines”图层上。

步骤9：在图层特性管理器中，为“Bend Lines”图层设置下列特性。

- 选择“洋红”作为“颜色”。
- 选择“Phantom”作为“线型”。
- 选择“0.13毫米”作为“线宽”，如图1-87所示。

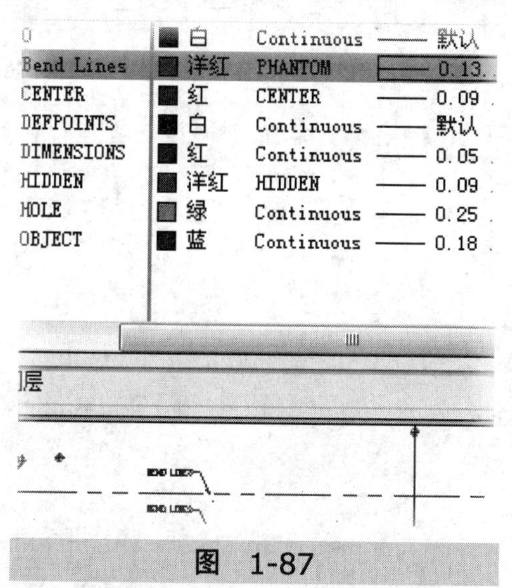

图 1-87

在图层特性管理器中更改曲线特性时，也会同时在图形中更改它们。

步骤10：关闭图形，而不保存更改。

1.6 本章小结

在本章中，您了解了AutoCAD中的新用户界面，以及如何利用新的功能区选项卡和控制面板、快速访问工具栏、菜单浏览器以及大量其他省时的界面功能。

此外，还学习了如何使用全新的无模式图层特性管理器。在使用AutoCAD时，该管理器可以保持活动状态。对图层特性进行更改时，这些更改将立即显示在图形对象中。您不必再关闭图层特性管理器。

学完本章后，您可以：

- 在AutoCAD用户界面中导航。
- 使用菜单浏览器在AutoCAD中执行常见任务。
- 使用状态栏上的快速查看控件在图形视图和布局中导航。
- 使用“快捷特性”选项板调整几种不同对象类型的对象特性。
- 在图层特性管理器对话框打开并可用的情况下，管理图层特性并执行其他任务。

动作宏和自定义

第2章

通过使用功能强大的开发语言来构建应用程序和自定义桌面，可以多种方式对AutoCAD® 进行自定义。您不是应用程序开发人员，也可以创建与所需外观完全相同的桌面，并恰好包含所需的工具。您不是LISP或VBA程序员，也可以创建能够自动处理日常工作流程的自定义例程，以节省大量的时间。

在本章中，将学习如何轻松地构建自定义动作宏，该动作宏可将日常例程中使用的步骤组合到单个程序中，且可以与其他AutoCAD 2009用户共享该程序。此外，还将学习如何使用“自定义用户界面”（CUI）对话框轻松地自定义界面。

目标

完成本章后，您将能够：

- 创建、编辑和执行动作宏。
- 自定义AutoCAD中用户界面的不同区域。

2.1 课程：动作宏

2.1.1 概述

在本课程中，将使用动作记录器创建动作宏，以提高工作效率。首先，将了解动作宏及其作用。然后，将了解成功执行动作宏所必需的创建和编辑步骤。

在学习了如何使用动作记录器创建动作宏后，就可以使用这些宏自动执行许多重复的任务和过程。由于可以共享那些动作宏，因此您和您的同事可以大大减少执行重复任务所花费的时间，如图2-1所示。

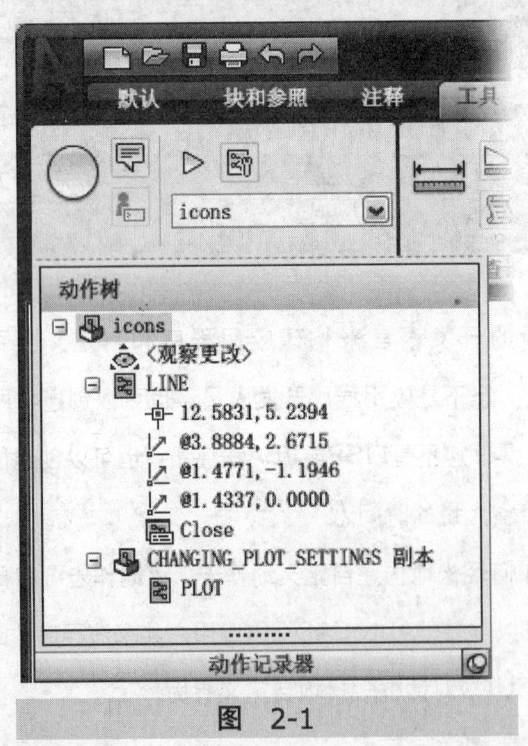

图 2-1

目标

完成本课程后，您将能够：

- 介绍动作宏以及如何在AutoCAD中使用它们自动执行任务。
- 使用动作记录器创建动作宏。
- 使用动作记录器编辑动作宏。
- 说明使用和创建动作宏的最佳实践。

2.1.2 关于动作宏

通过使用动作宏自动执行重复任务，可以大大提高工作效率。在图形中执行命令时，将步骤录制为动作宏，然后可以根据需要播放宏，轻松地重复已执行的步骤。由于可以通过在命令行上输入名称来执行动作宏，因此使用动作宏与使用AutoCAD命令是类似的。动作宏是使用ACTM文件扩展名创建的，且可以在用户之间共享。

（1）动作宏的定义

动作宏是录制的一系列动作，并可以在活动图形中回放。使用动作记录器可以将所需的动作另存为动作宏。在保存动作宏后，还可以使用动作记录器对其进行编辑。

（2）“动作记录器”面板

在“动作记录器”面板上提供了下列选项，如图2-2所示。

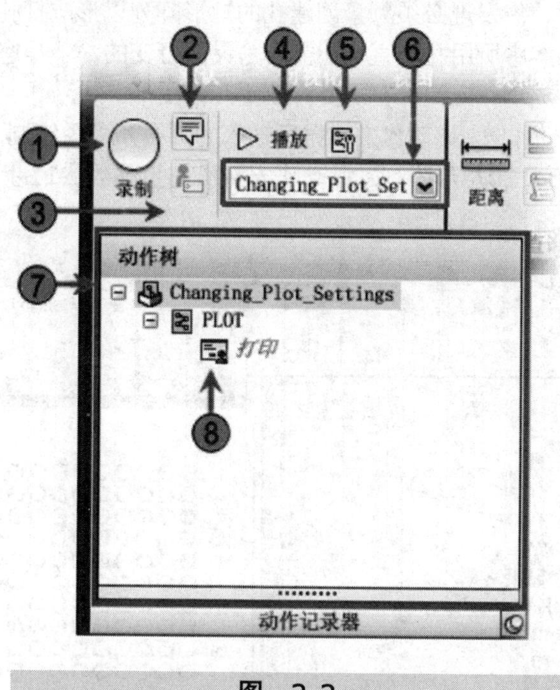

图 2-2

❶ **录制**　　开始录制将创建动作宏的一系列动作。

❷ **插入消息**　　用于在宏内插入文本消息。此工具在开始录制宏后可用，并且还可以插入到现有宏。

❸ **请求用户输入**　　打开和关闭动作宏中的用户输入请求。此工具仅在开始录制宏后才可用，仅位于宏中包含需要用户输入的命令的部分中，且在已创建的宏中也可以打开或关闭此工具。

❹ 播放	回放所选的动作宏。
❺ 首选项	启用“动作录制器首选项”对话框。使用此对话框，可以打开或关闭回放或录制时展开“动作记录器”面板的选项。
❻“可用动作宏”列表	显示所有可用宏的下拉列表。
❼ 动作树	在展开“动作记录器”面板时会显示动作树，其中包含创建宏的一系列动作。
❽ 动作项目图标	在动作树中列出的每个动作项目的前面都显示一个图标。根据所录制动作的不同，会显示不同的图标。有关图标的列表和说明，请参考AutoCAD帮助中“索引”选项卡上的“动作宏”>“节点图标”。

（3）动作宏示例

在处理某个项目时，您发现必须频繁创建孔的矩形阵列以形成打孔图案。也许您将创建一个块，但是您发现图案中所用孔的直径还需要是灵活可变的，于是您决定使用动作记录器录制步骤，以便只需播放动作宏即可在需要时放置几何图形。

图2-3显示了一个动作宏，该动作宏根据所输入的圆心和半径绘制一个圆，然后按6个单位的孔间距继续绘制10×10矩形阵列。此动作宏将操作步骤数从11步减少到3步。

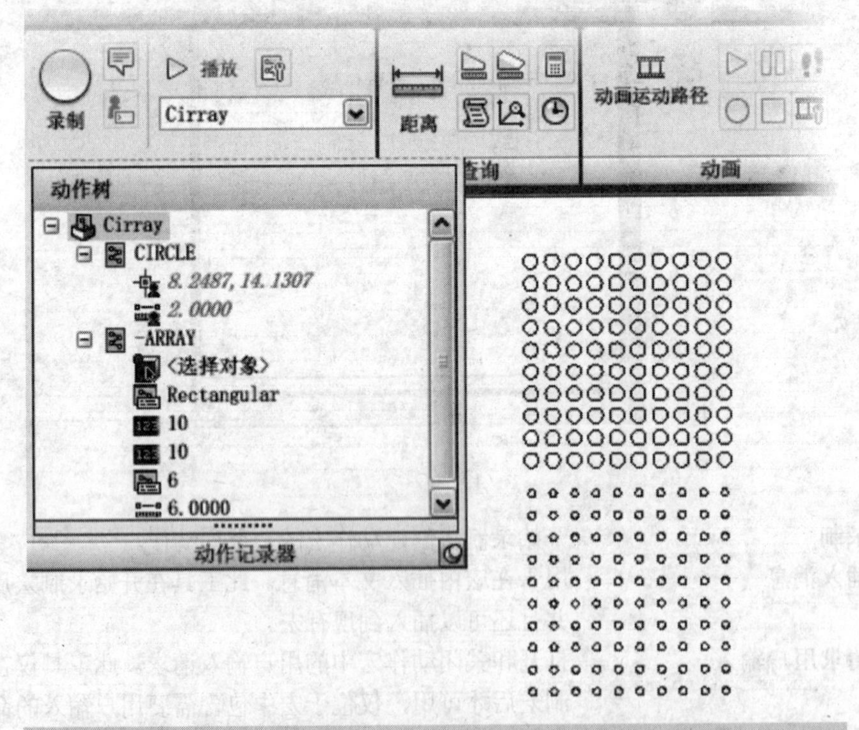

图 2-3

2.1.3 创建动作宏

使用动作记录器中的“录制”按钮开始创建动作宏。在进行录制时，可以使用熟悉的AutoCAD功能启动命令、输入值和选择对象。动作记录器可以从命令行以及工具栏、功能区面板、下拉菜单、“特性”选项板、图层特性管理器和工具选项板录制典型的动作。但是，除非使用对话框设置的命令行等效项，否则大多数对话框无法在动作录制器中录制。

（1）命令访问

录制

命令行：ACTRECORD。

菜单：“工具”菜单>“动作记录器”。

快捷菜单：单击鼠标右键>“动作记录器”>“录制”。

功能区：“工具”选项卡>“动作记录器”面板>“录制”，如图2-4所示。

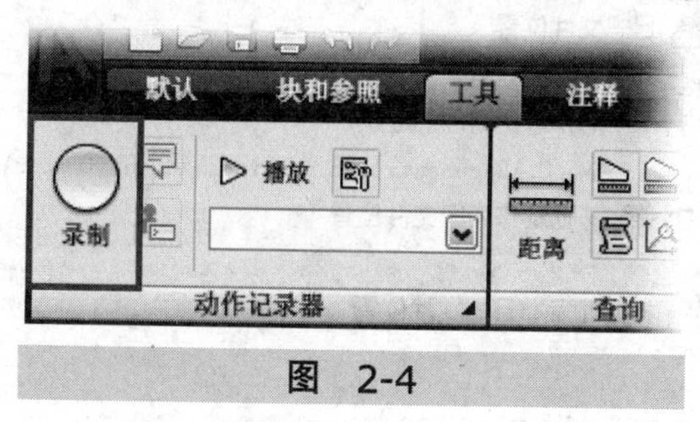

图 2-4

（2）命令访问

播放

命令行：宏名称。

菜单：“工具”菜单>“动作记录器”>“播放”>“宏名称”。

快捷菜单：单击鼠标右键>“动作记录器”>“播放”。

功能区：“工具”选项卡>“动作记录器”面板>“播放”，如图2-5所示。

图 2-5

使用播放动作宏的快捷菜单访问方法最多可以查看50个存储在本地或共享的宏名称。在面板上使用宏名称下拉列表可以访问的宏数量是不受任何限制的。

（3）动作宏文件位置

所录制的每个动作宏都使用扩展名ACTM另存为单个文件，并由本地计算机录制在动作录制文件的位置。文件位置是在“选项”对话框>“文件”选项卡>“动作录制器设置”下指定的，如图2-6所示。

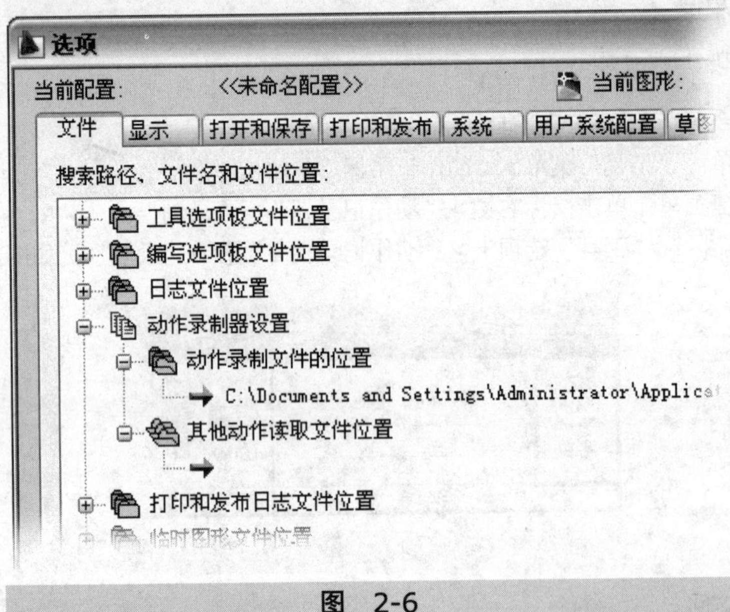

图 2-6

（4）共享动作宏

与共享图形文件一样，可以与其他用户共享每个宏。要使其他用户能够使用您创建的宏，您必须将该宏文件复制到希望使用它的每台计算机上。将该宏文件复制到“动作录制文件的位置”选项所指示的位置。

此外，还可以将宏文件复制到某个网络位置并将该网络位置指定为“其他动作读取文件位置”之一。这样，多个用户可以配置其计算机来访问同一个宏文件。

共享宏时，还可以锁定宏以防止通过以下手段修改和覆盖宏：锁定ACTM文件或锁定存储共享ACTM文件的目录。通过使用Windows资源管理器将文件或目录属性设置为只读即可锁定宏。通过锁定动作宏，并不能防止在本地计算机上修改动作宏，但可以防止动作宏被一个修改过的文件覆盖。

（5）步骤：创建动作宏

下列步骤概述了如何创建动作宏。

步骤1：在功能区中“工具”选项卡的“动作记录器”面板上，单击“录制”。

步骤2： 执行所需的命令。

步骤3： 在“动作记录器”面板上，单击“停止”。

步骤4： 在“动作宏”对话框中，输入宏的所需名称和说明。单击“确定”，退出对话框。

步骤5： 若要运行宏，请在“动作记录器”面板上单击“播放”，或在命令行上输入宏名称。

（6）步骤：共享动作宏

下列步骤概述了如何共享动作宏。

步骤1： 在“选项”对话框中，单击“文件”选项卡并展开“动作录制设置”和“其他动作读取文件位置”，如图2-7所示。

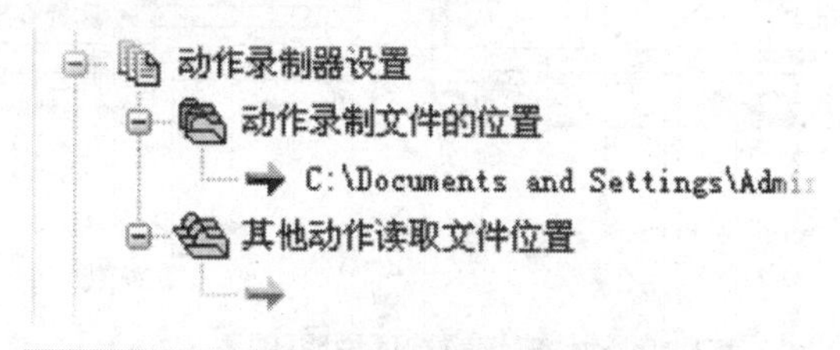

图 2-7

步骤2： 请注意“动作录制文件的位置”的文件路径（C:\Documents and Settings\Administrator\Application Data\Autodesk....）。

步骤3： 使用Windows资源管理器，从动作录制文件的位置复制要共享的宏，然后将其粘贴到使用该宏的所有用户都可以访问的文件夹中。

步骤4： 在要与其共享动作宏的用户的计算机上打开AutoCAD。

步骤5： 在“选项”对话框中，单击“文件”选项卡并展开“动作录制设置”。对于“其他动作读取文件位置”，浏览到共享宏所在的位置并选择该位置。单击“确定”，接受更改。

步骤6： 必须重新启动AutoCAD，才能加载位于“其他动作读取文件位置”文件中的任何新命令。

2.1.4 编辑动作宏

可以在动作树控件内编辑宏。通过在动作项目上单击鼠标右键，可以访问所选动作的快捷菜单，快捷菜单是所选动作的一种功能。根据所选动作的类型，快捷菜单可能会显示不同的选项。只能逐个选择和编辑各个动作项目。录制宏时，快捷菜单在动作树中不可用。

（1）动作宏编辑选项

在动作树中的项目上单击鼠标右键时将提供下列选项，如图2-8所示，选项说明见表2-1和表2-2。

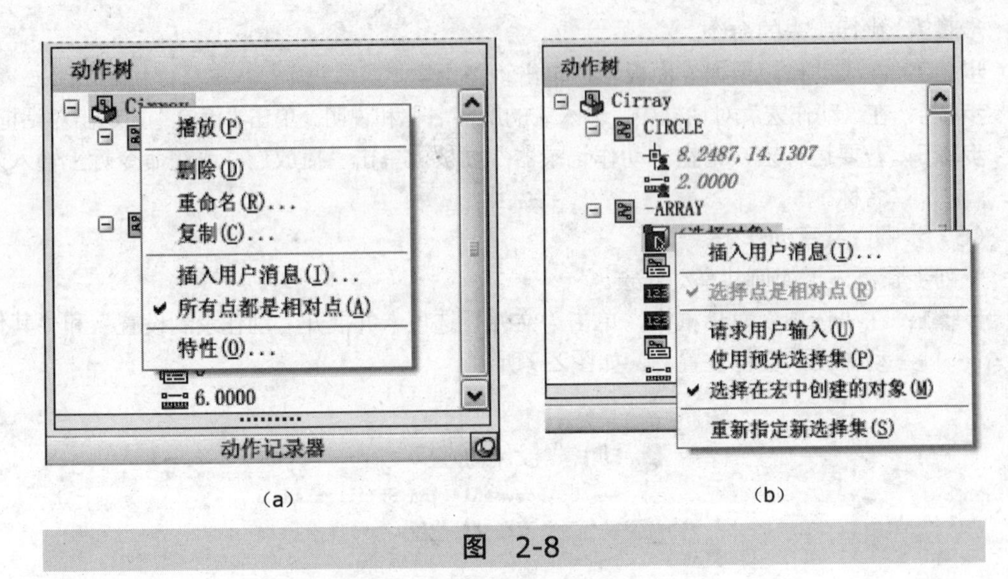

(a) (b)

图 2-8

表2-1 动作宏编辑选项说明[图2-8（a）]

选项	说明
播放	播放所选的动作宏
删除	从可用动作记录器列表中永久删除宏或项目
重命名	显示“动作宏”对话框，可以在其中对宏重命名
复制	复制所选宏，并显示“动作宏”对话框，可以在其中命名新宏，然后将新宏添加到可用动作记录器列表
插入用户消息	在“动作树”中选择的命令或项目的前面插入一条消息。如果选择了宏名称，则该消息会放在动作树中紧邻宏名称的下面
所有点都是相对点	打开或关闭所有相对点。打开此选项时，宏中的所有坐标都相对于指定的最后一个点。关闭此选项时，点的坐标是根据当前UCS的原点（0，0）计算的绝对值
相对于上一个	打开或关闭所选项目的相对点。打开此选项时，在项目中指定的坐标将相对于指定的最后一个点。关闭此选项时，点的坐标是根据当前UCS的原点（0，0）计算的绝对值。只有存在以前的输入点时，此选项才可用
特性	显示“动作宏”对话框，可以在其中查看和编辑宏的特性，如宏的名称和说明。此外，还可以设置“恢复回放前的视图”选项，并指定在开始回放宏时是否检查不一致问题
请求用户输入	打开或关闭用户输入。打开此选项时，如果播放的宏需要您输入内容才能继续时，将出现“动作宏－输入请求”窗口
编辑	用于编辑所选项目的坐标

表2-2　动作宏编辑选项说明[图2-8（b）]

选　项	说　明
选择点是相对点	指定选择点坐标是否基于指定的最后一个点。关闭此选项时，点的坐标是根据当前UCS的原点（0，0）计算的绝对值
使用预先选择集	指定动作项目使用在为请求的对象选择启动宏之前选择的对象
选择在宏中创建的对象	指定对象选择仅包含在当前动作宏中创建的对象
重新指定新选择集	用于重新选择受宏中动作影响的对象

（2）步骤：修改动作宏

下列步骤概述了如何修改动作宏。

步骤1：从可用动作宏列表中选择所需的动作宏。

步骤2：在需要修改的动作项目上单击鼠标右键。

步骤3：从快捷菜单中选择所需的修改选项。

步骤4：根据需要进行修改。

步骤5：单击“播放”以验证修改是否正确。

（3）编辑动作宏示例

在图2-9中，动作宏显示了一个从圆创建的10×10矩形阵列。编辑宏以提示输入回放宏时的列数。请注意，动作树中请求用户输入的任何值的字体都将更改为斜体，这表示运行宏时将会请求用户输入。

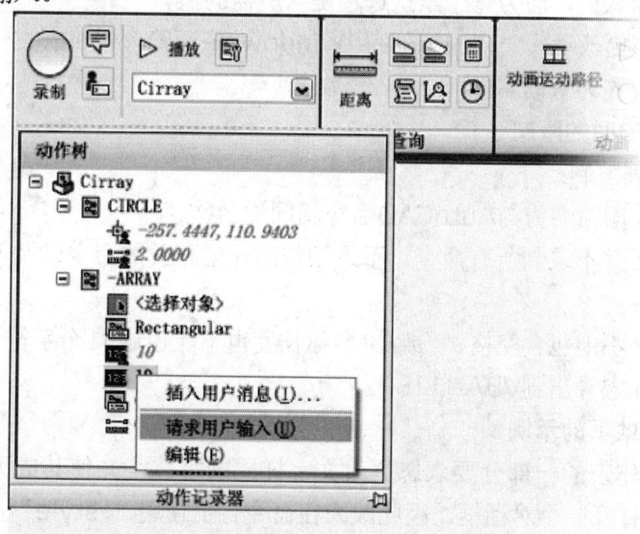

图　2-9

2.1.5 使用动作宏的指导原则

通过进行某些建议的练习，可以有效地使用动作宏。可以使用这些指导原则来创建、编辑和播放动作宏。

- 对于通常执行的操作，使用动作宏而不是LISP例程。
- 命名宏时，名称要简短。这样便于在命令行上输入名称来运行宏。
- 可以从其他宏内调用宏。
- 只要已加载LISP或ObjectARX例程，就可以从宏调用它们。
- 录制宏时，仅启动功能区面板、工具选项板、菜单或工具栏中的命令。请勿启动将打开对话框的命令。
- 如果要录制对话框中更改的设置，请使用该命令的命令行等效项并在命令行上指定设置。这将确保宏录制这些步骤。
- 在录制宏时可以使用delay命令，在执行宏时向其插入短暂的延迟。这样，您就可以查看宏的单个步骤，或短暂地暂停宏以便可以查看进度。例如，在执行宏时，1000的延迟将使宏暂停1s。
- 在动作宏中使用对话框设置的命令行等效项时，千万不要认为默认值是始终相同的。请勿接受默认值，而为每个默认选项键入所需的值。
- 如果不希望更改动作宏，则应该使用Windows资源管理器将宏文件或宏文件所在的共享目录设置为只读属性。

（1）使用动作宏时的限制

动作宏具有下列限制：

- 不能将动作宏命名为与AutoCAD命令相同的名称。
- 动作记录器并不录制所有命令。不录制与动作宏相关的命令以及创建和打开文件的命令。
- 动作宏名称不能包含空格、*或/。名称长度也不能超过31个字符。
- 不能将动作宏导出到VBA或LISP。

（2）命令行等效项的示例

正在录制的动作宏的一部分要求您更改文字样式的字体，并使其成为当前样式。由于Text Style命令将打开一个对话框，因此改为在命令行上使用“-style”，然后按照提示更改字体。

图2-10显示了在命令行上更改字体后的AutoCAD文本窗口，以及在动作记录器中录制的相应动作宏。

图 2-10

2.1.6 练习：创建并编辑动作宏

在本练习中，将使用动作记录器创建动作宏。通过添加文本消息和用户输入请求来编辑宏。

在从客户不断收到的图形中，其图层与您的图层标准不匹配。您发现每次打开其中一个图形时，必须先设置当前的文字样式和图层特性，才能有效地处理和打印。在本练习中创建的宏将有助于加快更新图层特性的过程，如图2-11所示。

若要完成练习，请按照本书或屏幕上练习中的步骤操作。在屏幕上的章节和练习列表中，单击“第2章：动作宏和自定义”。单击“练习：创建并编辑动作宏”。

（1）创建动作宏

步骤1：打开“c_record action macros.dwg”。

步骤2：在功能区上，单击“工具”选项卡。

步骤3：在“动作记录器”面板上，单击“录制”，如图2-12所示。

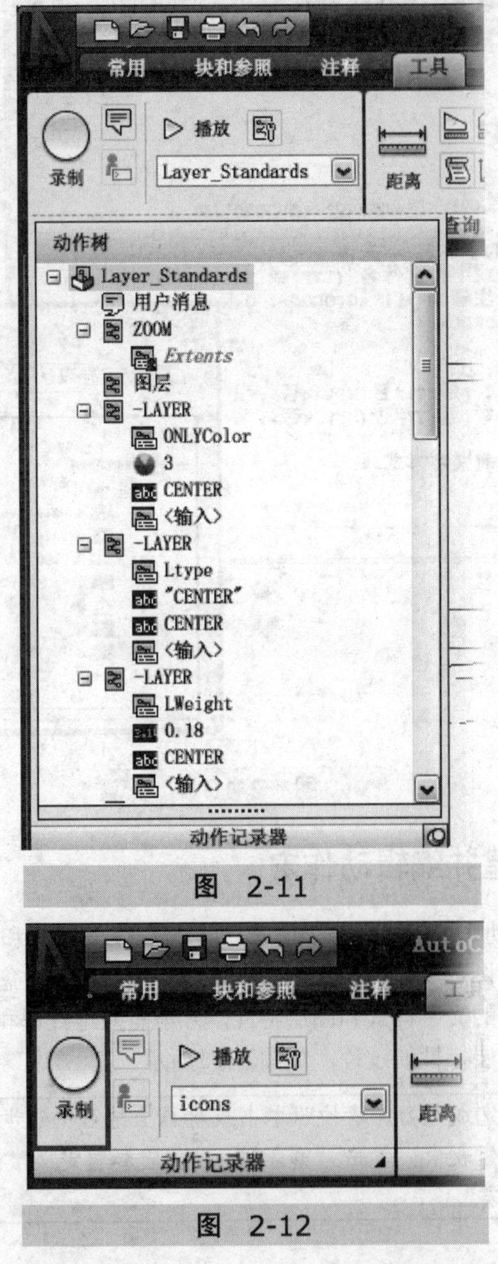

图 2-11

图 2-12

步骤4：在命令行上，输入“-style”，并按Enter键。

步骤5：输入“annotative”作为“文字样式”，并按Enter键。

步骤6：输入“arial”作为“字体文件名”，并按Enter键。

步骤7：在“指定文字字体高度”提示符下，输入“a”，并按Enter键。

步骤8：按Enter键接受所有其余提示的默认值。

步骤9：在“动作记录器”上，单击“停止”。

步骤10：在“动作宏”对话框中，输入“AnnoFont”作为名称。

步骤11：单击“确定”退出对话框。

注意：在“动作树”中会显示这些步骤，如图2-13所示。

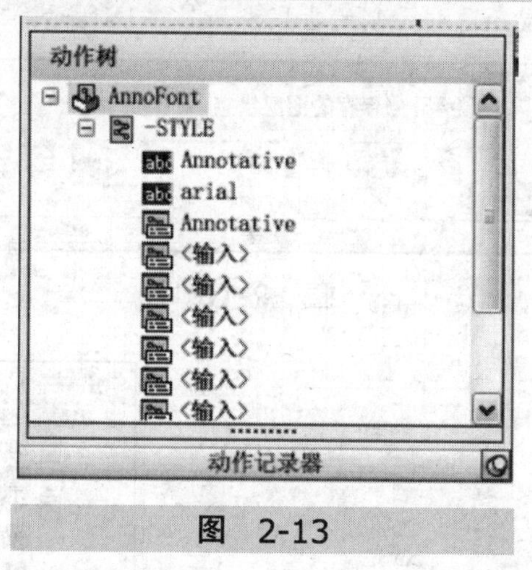

图 2-13

（2）创建一个宏，用于调用另一个宏

步骤1：在功能区上，单击“工具”选项卡。

步骤2：在“动作记录器”面板上，单击“录制”，如图2-14所示。

步骤3：在功能区中“常用”选项卡的“实用程序”面板上，单击“范围”，如图2-15所示。

图 2-14

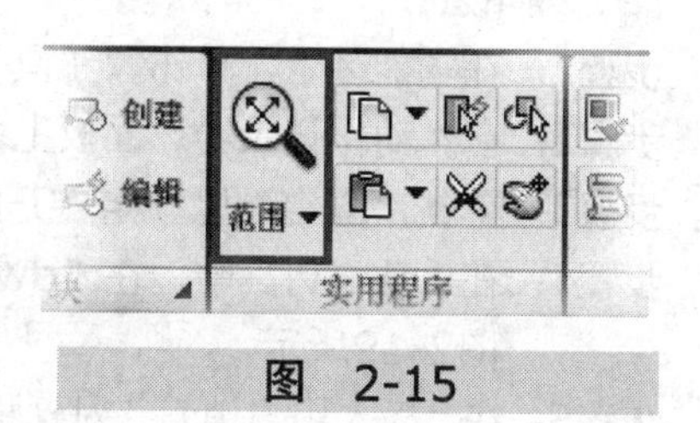

图 2-15

步骤4：在功能区中“常用”选项卡的“图层”面板上，单击“图层特性”，如图2-16所示。

步骤5：在图层特性管理器中，设置图层颜色、线型和线宽，如图2-17所示。

步骤6：若要插入刚创建的AnnoFont宏，请在命令行上，输入“annofont”，并按Enter键。在“动作宏-回放完成”对话框中，单击“确定”。

步骤7：在功能区上，单击“工具”选项卡。

步骤8：在“动作记录器”面板上，单击“停止”。

步骤9：在“动作宏”对话框的“动作宏命令名称”中，输入“dwgstd”。单击“确定”退出对话框。

注意：在“动作树”中会显示这些录制的步骤，如图2-18所示。

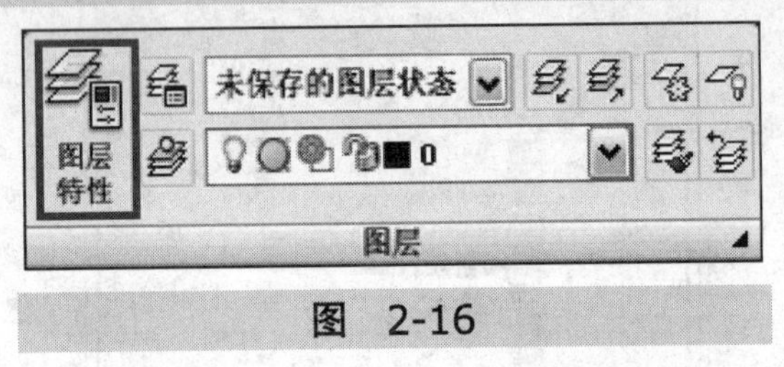

图 2-16

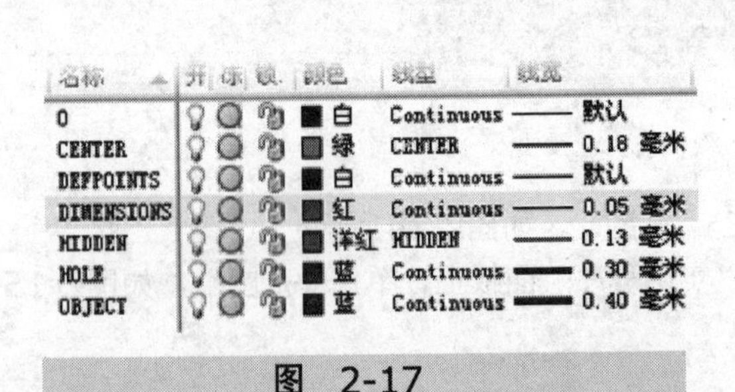

名称	开	冻	锁	颜色	线型	线宽
0				白	Continuous	默认
CENTER				绿	CENTER	0.18 毫米
DEFPOINTS				白	Continuous	默认
DIMENSIONS				红	Continuous	0.05 毫米
HIDDEN				洋红	HIDDEN	0.13 毫米
HOLE				蓝	Continuous	0.30 毫米
OBJECT				蓝	Continuous	0.40 毫米

图 2-17

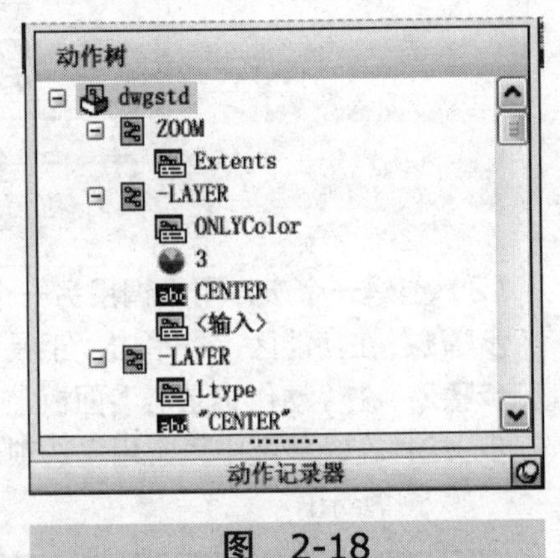

图 2-18

（3）编辑宏

步骤1：在功能区上，单击“工具”选项卡。

步骤2：在“动作记录器”面板上，单击向下箭头以展开面板。此时将显示“动作树”。

步骤3：单击“固定”以锁定展开的显示内容。

步骤4：在“动作树”中，在“dwgstd”上单击鼠标右键。单击“插入用户消息”，如图2-19所示。

步骤5：在“插入用户消息”对话框中，输入以下消息：“This macro will change the settings in your layer manager”。

步骤6：单击“确定”，将其关闭。

步骤7：关闭图形，而不保存更改。

图 2-19

（4）播放宏

步骤1：打开“c_play action macros.dwg”。

步骤2：在“动作记录器”面板上执行下列操作。

- 确认从“动作宏”列表中选择了“dwgstd”。
- 单击“播放”，如图2-20所示。

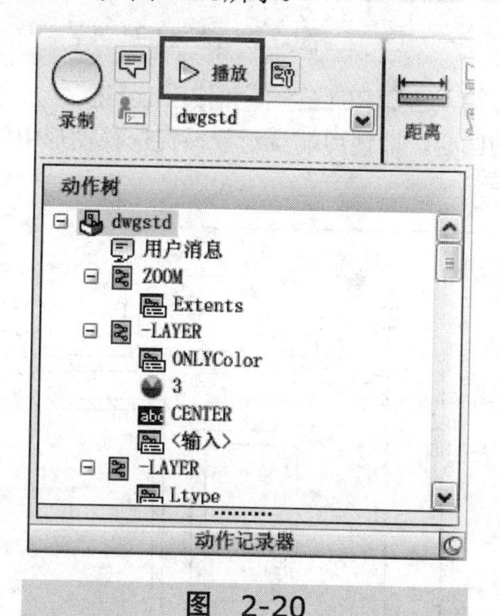

图 2-20

步骤3：在“用户消息”对话框中，单击“是”继续操作。

步骤4：在“动作宏－回放完成”对话框中，单击“确定”。

注意：图形将缩放到范围，而且图层管理器显示下列更改，如图2-21所示。

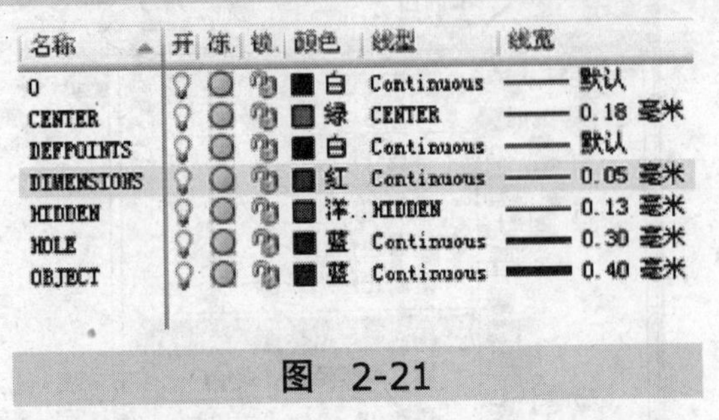

名称	开	冻	锁	颜色	线型	线宽
0				白	Continuous	默认
CENTER				绿	CENTER	0.18 毫米
DEFPOINTS				白	Continuous	默认
DIMENSIONS				红	Continuous	0.05 毫米
HIDDEN				洋...	HIDDEN	0.13 毫米
HOLE				蓝	Continuous	0.30 毫米
OBJECT				蓝	Continuous	0.40 毫米

图 2-21

（5）录制并播放要求用户输入的宏

步骤1：在“动作记录器”面板上，单击“录制”，如图2-22所示。

图 2-22

步骤2：在命令行上，输入“CIRCLE”，并按Enter键。

步骤3：若要指定圆的圆心，请使用端点对象捕捉选择图形中Section A-A上所示的点，如图2-23所示。

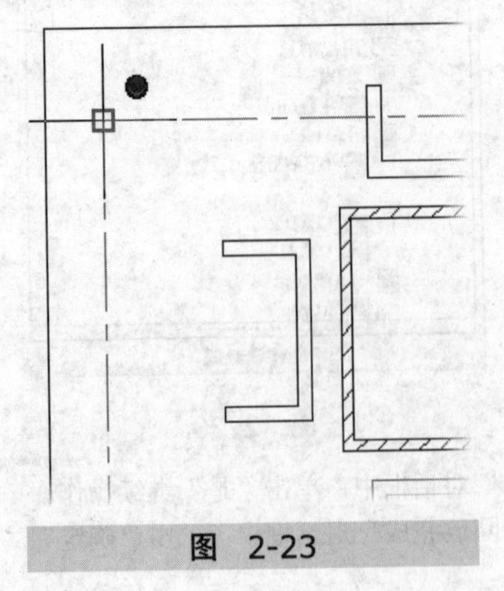

图 2-23

步骤4：在命令行上，输入“D”作为“直径”，并按Enter键。

步骤5：输入“0.50”作为圆直径，并按Enter键。

步骤6：重复Circle命令。

步骤7：若要指定圆的圆心，请选择第一个圆的圆心。

步骤8：在命令行上，输入“D”作为“直径”，并按Enter键。

步骤9：输入“0.625”作为圆直径，并按Enter键。

步骤10：选择外圆，并将其放在HIDDEN图层上。

步骤11：在功能区中“工具”选项卡的“动作记录器”面板上，单击“停止”。

步骤12：在“动作宏”对话框中，输入“drilltap”作为“动作宏命令名称”。单击“确定”。

步骤13：此时创建了以下宏，如图2-24所示。

注意：动作记录器录制在图形屏幕上执行的每个动作，包括每个平移或缩放。这些动作作为“观察更改”进行录制。创建的宏包含的观察更改动作数量可能比下图中显示的数量多（或少）。

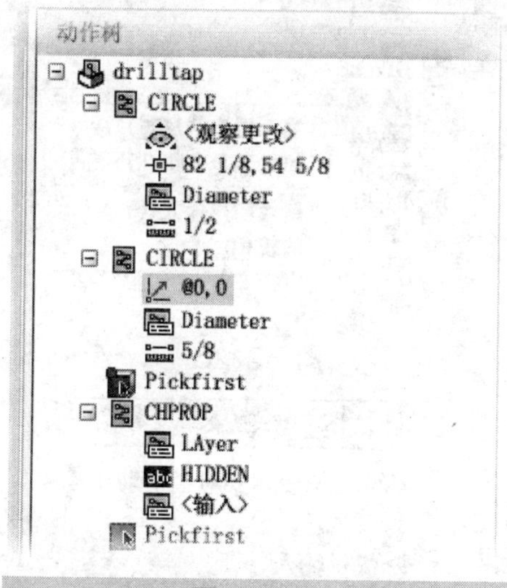

图 2-24

步骤14：在动作记录器上，在第一个圆的绝对坐标点图标上单击鼠标右键，然后单击“请求用户输入”，如图2-25所示。

步骤15：在第二个圆的绝对坐标点图标上单击鼠标右键，并确保选中了“相对于上一个”，如图2-26所示。

步骤16：在功能区中“工具”选项卡的“动作记录器”面板上，单击“播放”。

步骤17：在“动作宏-输入请求”对话框中执行下列操作。

■ 选择“始终暂停回放以进行输入”选项。

■ 单击“提供输入”，如图2-27所示。

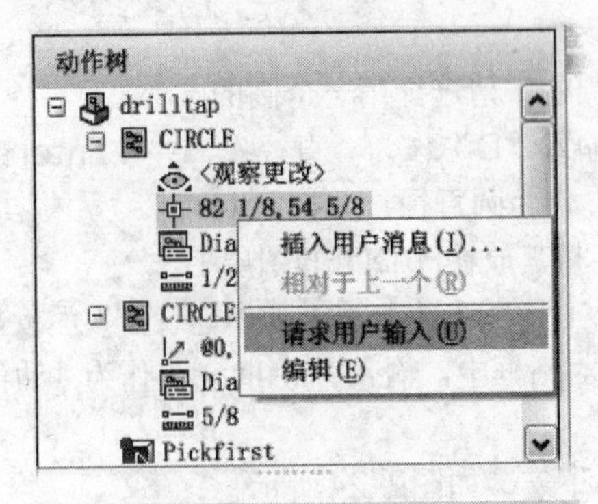

图 2-25

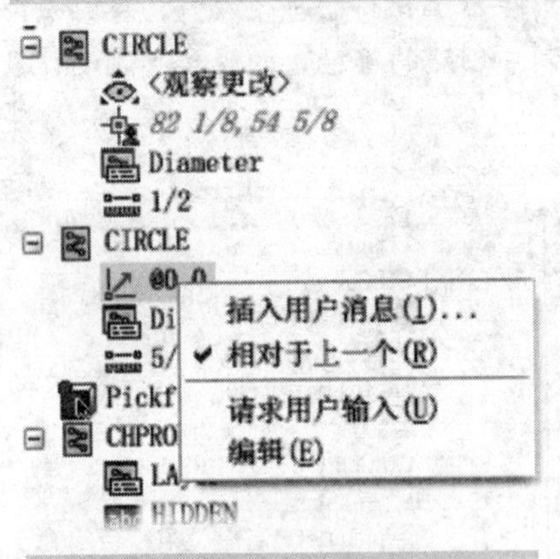

图 2-26

动作宏 - 输入请求

CIRCLE 命令需要对当前动作进

提供输入
暂停动作宏的回放并接受输入。

使用所录制的值
使用创建动作宏时存储的值继续回放

停止回放

☑ 始终暂停回放以进行输入

图 2-27

步骤18：在对象的右上角中插入圆。播放宏以放置剩余的圆，如图**2-28**所示。

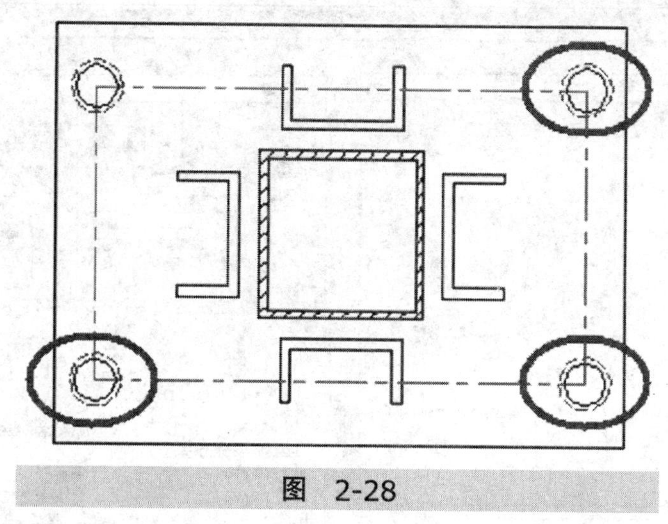

图 2-28

步骤19：关闭图形，而不保存更改。

2.2 课程：自定义UI

2.2.1 概述

在本课程中，将自定义AutoCAD中用户界面的各个部分。首先，将学习如何自定义功能区面板和选项卡。然后，将学习自定义“快捷特性”选项板，以更改所显示的特性以及为其他对象启用快捷特性。还将学习如何为菜单浏览器中搜索工具所用的命令创建搜索标记或关键字。最后，将学习自定义快速访问工具栏。

通过本软件，您可以轻松自定义用户界面，学习如何自定义用户界面，从而可以创建与自己的工作风格和流程相匹配的工作空间，如图**2-29**所示。这样，使用起来很方便并大大提高工作效率。

目标

完成本课程后，您将能够：

- 自定义功能区上的面板和选项卡以满足您的需要。
- 自定义在“快捷特性”选项板中显示的特性。
- 使用CUI将搜索标记添加到命令。
- 在快速访问工具栏中添加和删除按钮。

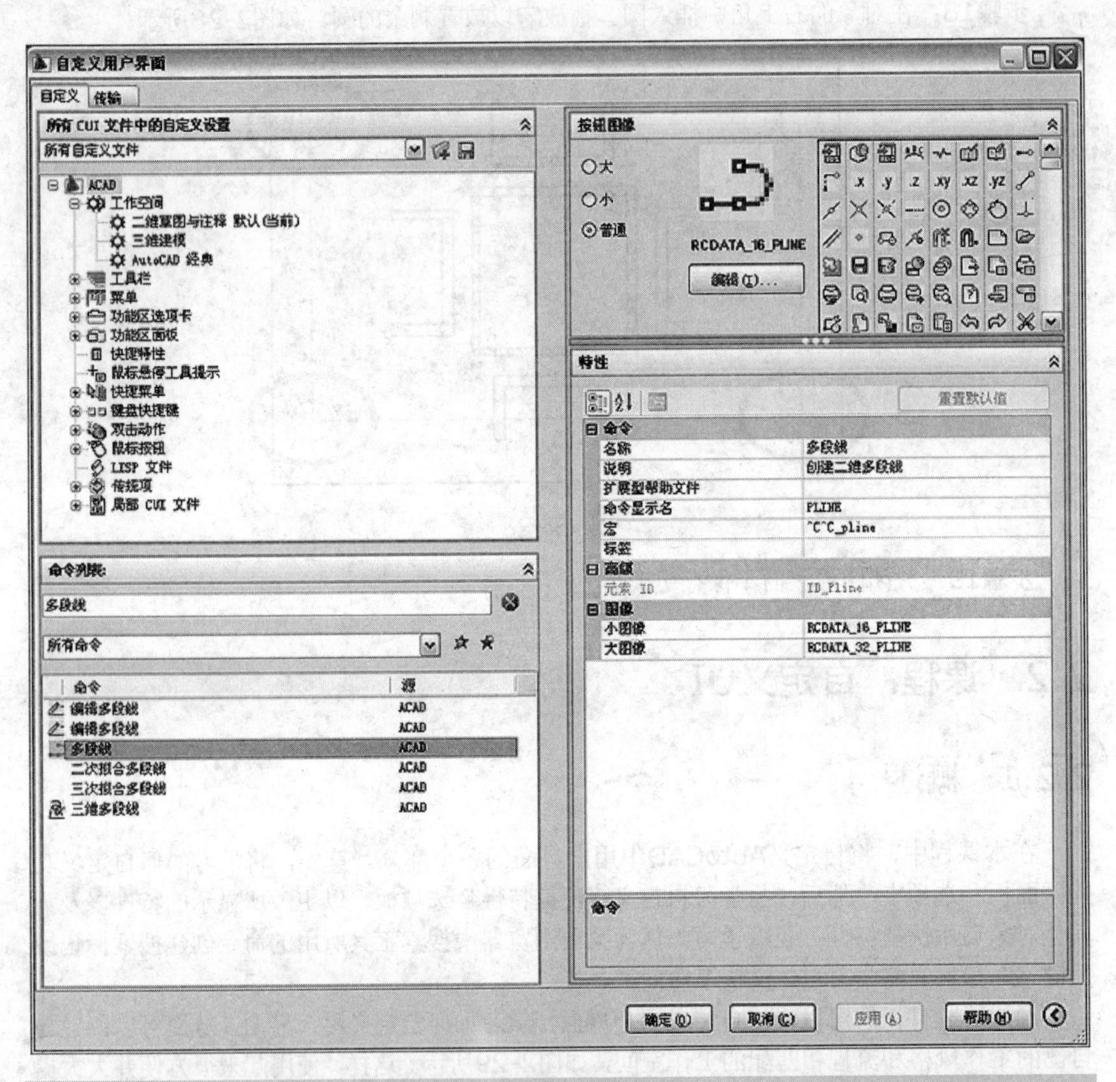

图 2-29

2.2.2 自定义功能区面板

您可以自定义功能区选项卡和面板，以便可即时访问所需的特定工具和命令，从而有助于提高工作效率。可以修改功能区面板和选项卡，并创建仅包含所需面板和工具的新功能区面板和选项卡。可以使用“自定义用户界面”（CUI）对话框创建和自定义功能区选项卡和面板。

（1）命令访问

自定义用户界面

命令行：CUI。

菜单：“工具”菜单>“自定义”>“界面”。

功能区：在任意面板上单击鼠标右键>“自定义”。

功能区：“工具”选项卡>“自定义设置”面板>“用户界面”，如图2-30所示。

（a）工具选项卡

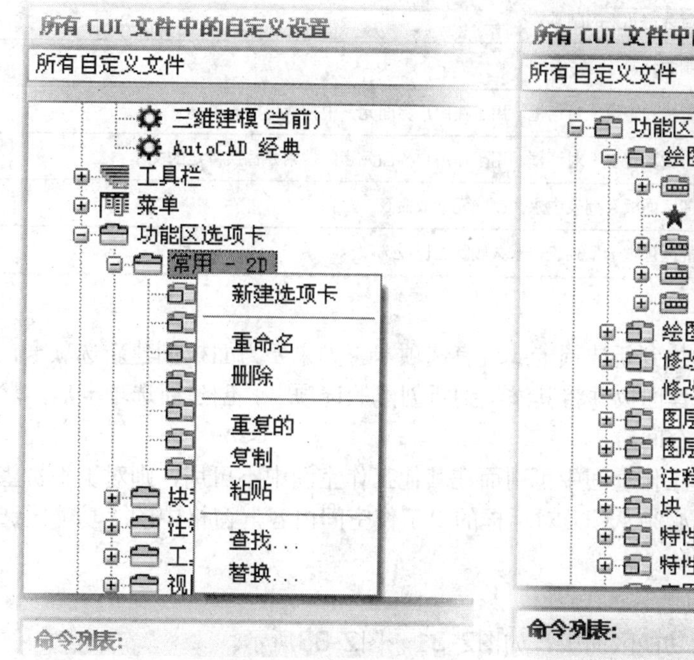

（b）功能区选项卡的快捷菜单

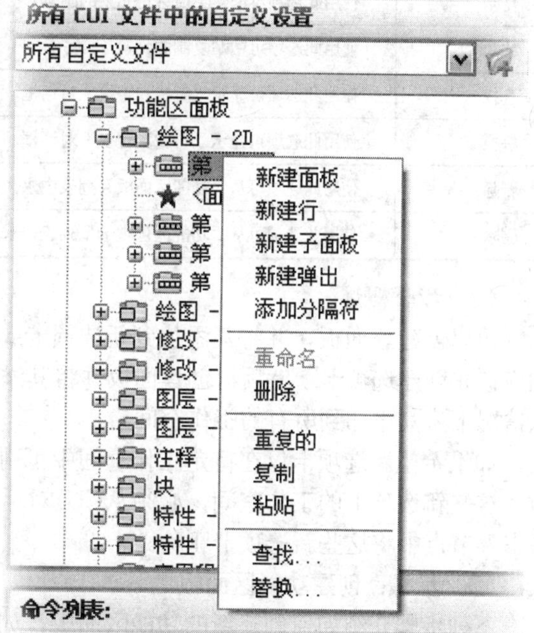

（c）功能区面板的快捷菜单

图 2-30

可以使用下列菜单选项自定义功能区选项卡和面板，选项说明见表2-3。

表2-3 菜单选项说明

选 项	说 明
新建选项卡	创建空的功能区选项卡 注意：新的选项卡面板出现在“所有CUI文件中的自定义设置”窗格下选项卡列表的底部
新建面板	创建空的控制面板 注意：新的控制面板出现在“所有CUI文件中的自定义设置”窗格下面板列表的底部
新建行	在所选控制面板上创建一个空行
新建子面板	使用此选项可在所选面板内创建其他面板。通过此选项，能够更好地组织每个面板以满足您的需要
新建弹出	使用此选项可创建弹出，并将其放在紧邻所选元素的下面
添加分隔符	使用此选项可将分隔符元素放置在当前选定工具及其下面的元素之间 注意：分隔符是一种空界面元素，以直线形式出现在控制面板上的命令之间
重命名	使用此选项可重命名当前选定元素。只有选中功能区选项卡或面板的名称时，“重命名”选项才可用
重复的	使用此选项可在当前活动节点下创建所选元素的重复副本
复制	使用此选项可创建当前选定元素的副本
粘贴	使用此选项可粘贴复制的元素
查找	使用此选项可显示“查找和替换”对话框，用于在用户界面元素中搜索特定的单词
替换	使用此选项可显示“查找和替换”对话框，用于在用户界面元素中搜索并替换特定的文本
删除	使用此选项可从“功能区面板”列表中永久删除元素或命令
删除	使用此选项可从“功能区选项卡”列表中永久删除面板或选项卡

（2）步骤概述

可以创建新面板，并将其添加到新选项卡或现有选项卡。如果要为面板创建新选项卡，则应该先创建选项卡，然后再创建面板并将其添加到所创建的选项卡。创建新选项卡后，默认情况下将其添加到所有的工作空间。

如果希望新选项卡仅在特定工作空间中可用而在其他工作空间中不可用，则对于不希望包含这些新选项卡的工作空间，必须从CUI对话框的“工作空间内容”窗格中的“功能区选项卡”节点中将这些新选项卡删除。

（3）步骤：创建功能区面板

下列步骤介绍如何创建新的功能区面板，如图2-31～图2-33所示。

步骤1： 在功能区中的任意位置上单击鼠标右键。单击“自定义”以打开“自定义用户界面”对话框。

步骤2： 在“自定义用户界面”对话框的“所有CUI文件中的自定义设置”窗格中，展开“功能区面板”节点以显示控制面板的列表。

步骤3：在任一功能区面板上单击鼠标右键。单击“新建面板”，以创建新面板。

步骤4：在“特性”窗格下，指定各种特性，如“名称”、“显示文字”和“说明”。

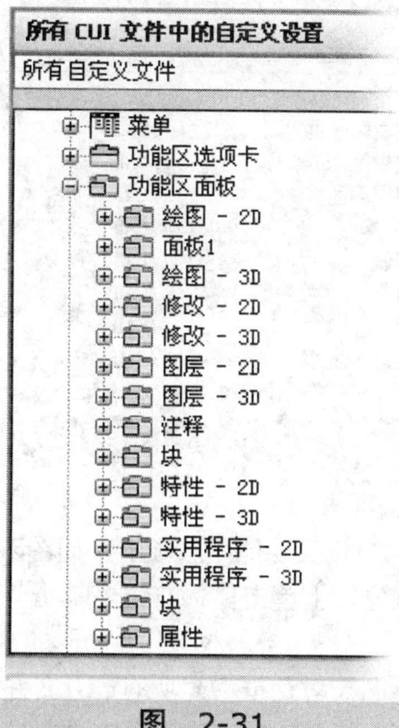

图 2-31

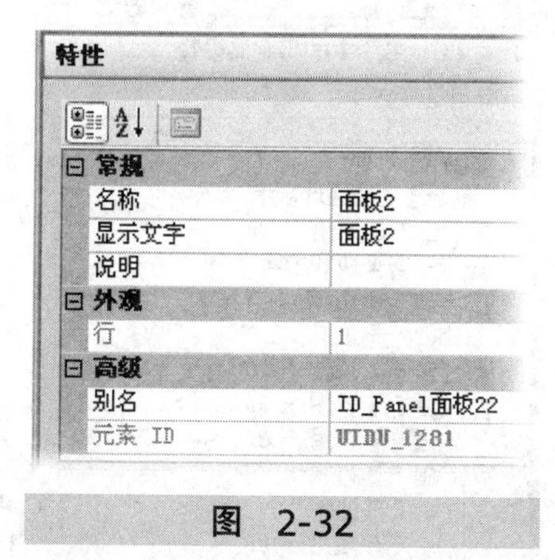

图 2-32

步骤5：在“命令列表”窗格下，选择所需的命令并将其拖动到“所有CUI文件中的自定义设置”窗格下的面板上。

步骤6：必须将新的功能区面板放置在功能区选项卡上，才可使用该新面板。选择该新面板，然后将其拖动到希望包含它的功能区选项卡上。

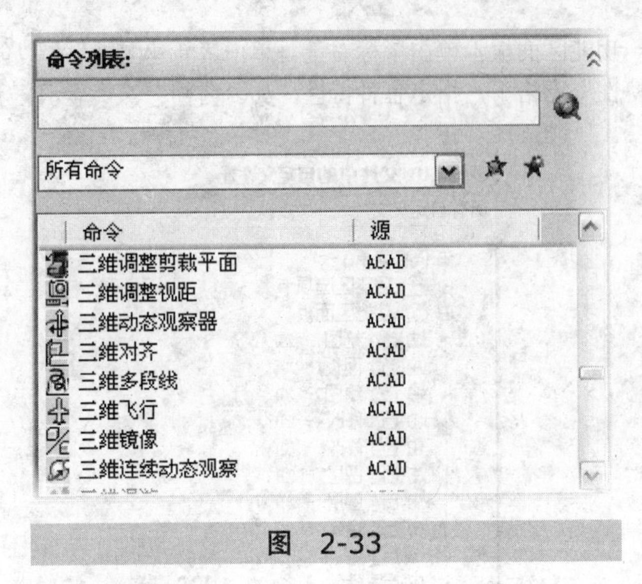

图 2-33

（4）步骤：自定义功能区选项卡

下列步骤介绍如何创建新的自定义功能区选项卡，如图2-34和图2-35所示。

步骤1： 在功能区中的任意位置上单击鼠标右键。单击“自定义”以打开“自定义用户界面”对话框。

步骤2： 在“自定义用户界面”对话框的“所有CUI文件中的自定义设置”窗格中，展开“功能区选项卡”节点以显示功能区选项卡的列表。

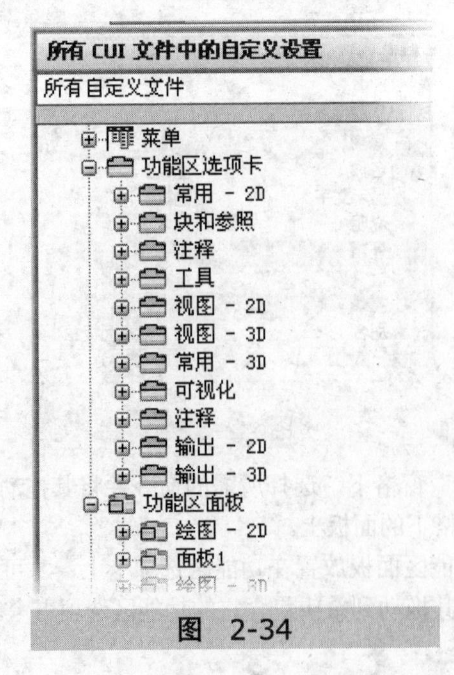

图 2-34

步骤3：在任一功能区选项卡上单击鼠标右键。单击“新建选项卡”，以创建新的选项卡。

步骤4：在“特性”窗格下，指定各种特性，如“名称”和“显示文字”。

特性
常规
名称 新建选项卡
显示文字 新建选项卡
说明
高级
别名
元素 ID UIDU_1277
图像
图像

图 2-35

步骤5：若要将功能区面板添加到该新功能区选项卡，请展开“功能区面板”节点，然后选择所需的面板并将其拖动到该新功能区选项卡上。

（5）步骤：将面板添加到工作空间

下列步骤介绍如何将面板添加到工作空间，如图2-36～图2-38所示。

步骤1：在CUI的“所有CUI文件中的自定义设置”窗格中，展开“功能区选项卡”节点以显示所有的可用功能区选项卡。

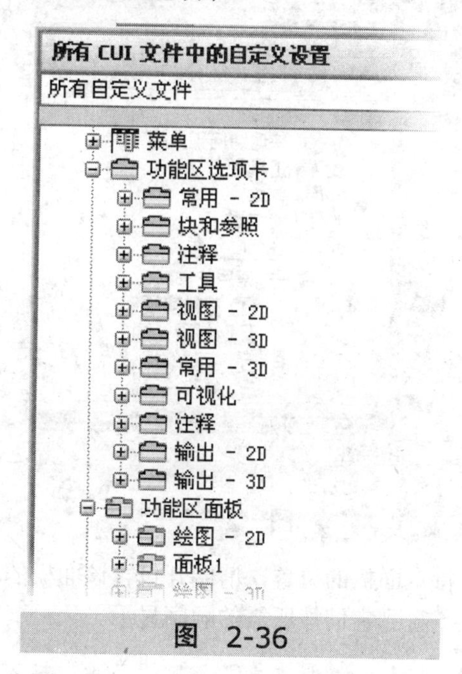

图 2-36

步骤2：若要将面板添加到选项卡，请将该面板从“功能区面板”节点下拖动到“功能区选项卡”节点下的所需位置。

步骤3：若要在对应的工作空间选项卡中调整新面板的位置，请确保展开了“工作空间”节点。

步骤4：单击您希望为其调整新面板的位置的工作空间。

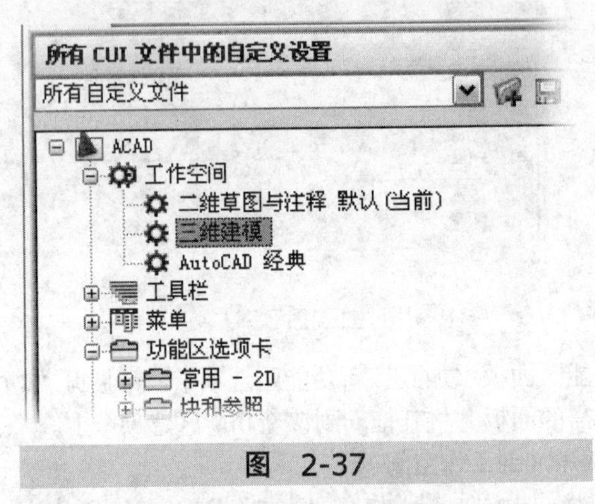

图 2-37

步骤5：在“工作空间内容”窗格中，展开“功能区选项卡”节点。

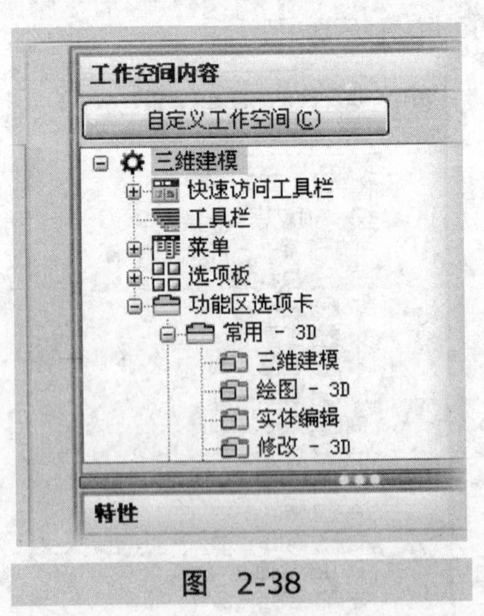

图 2-38

步骤6：若要调整某个特定面板的位置，请展开包含该面板的功能区选项卡。

步骤7：来回拖动面板，直到它们按所需的顺序显示。

2.2.3 自定义“快捷特性”选项板

可以使用“自定义用户界面”（CUI）自定义“快捷特性”面板。可以自定义显示“快捷特性”面板的对象类型以及为每个特定对象显示的特性。与“快捷特性”面板类似，您还可以按相同的方式自定义鼠标悬停工具提示，如图2-39所示。

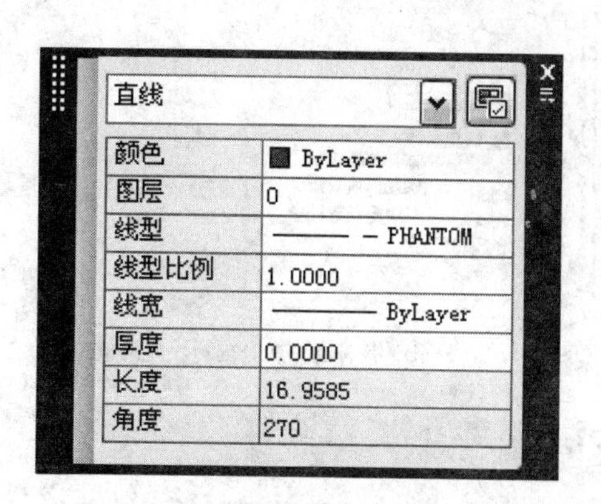

（a）自定义“快捷特性”面板

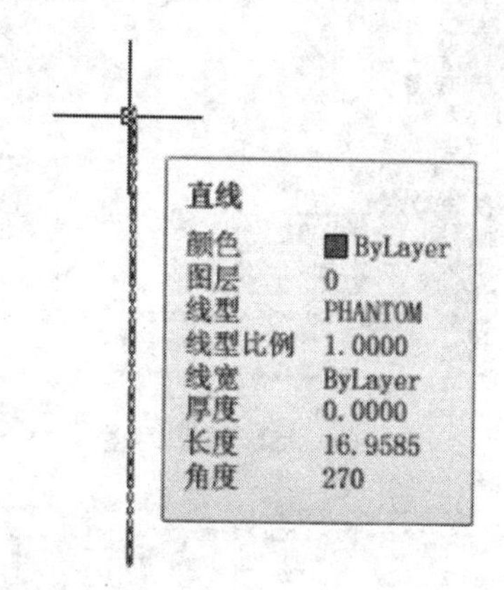

（b）自定义鼠标悬停工具提示

图 2-39

（1）命令访问

 **自定义**

命令行：CUI。

“快捷特性”面板：自定义。

“快捷特性”面板：“选项”>“自定义”。

功能区：在任意面板上单击鼠标右键>“自定义”，如图2-40所示。

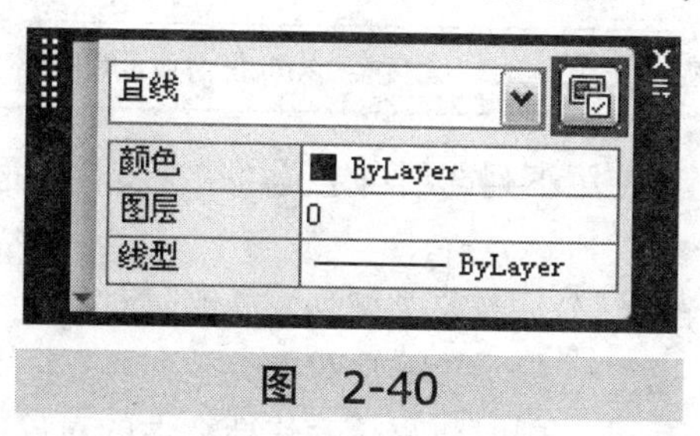

图 2-40

（2）菜单选项

在CUI的“所有CUI文件中的自定义设置”窗格中提供了下列菜单选项，以自定义“快捷特性”面板和鼠标悬停工具提示，如图2-41所示，选项说明见表2-4。

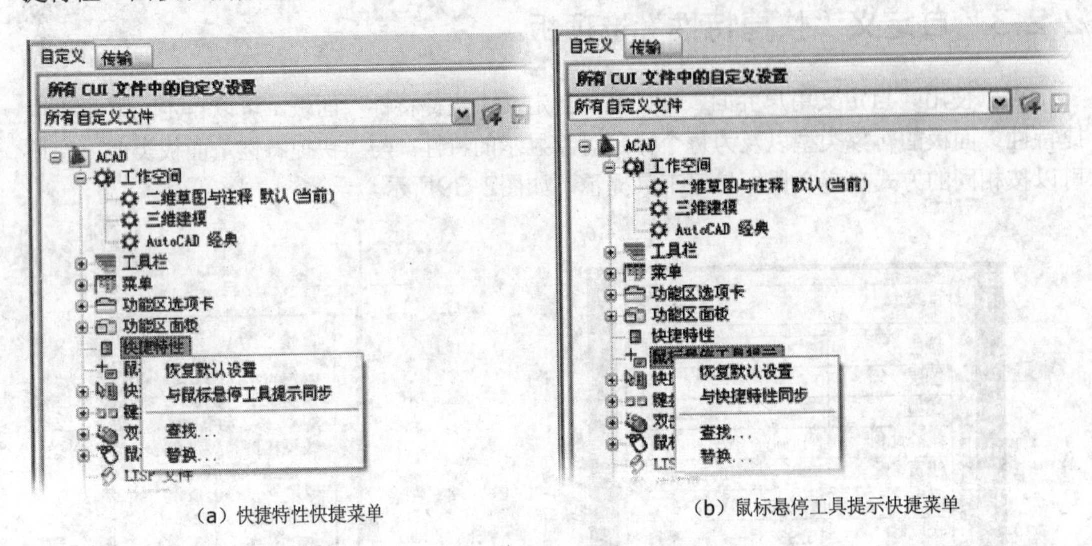

（a）快捷特性快捷菜单　（b）鼠标悬停工具提示快捷菜单

图 2-41

表2-4 “所有CUI文件中的自定义设置”窗格的菜单选项说明

选　项	说　明
恢复默认设置	将对“快捷特性”面板的所有自定义设置恢复为默认设置
与快捷特性同步	使鼠标悬停工具提示显示特性与“快捷特性”面板显示特性同步。同步之后，对快捷特性或鼠标悬停工具提示进行的任何更改在重新同步之前不会自动为对方显示
与鼠标悬停工具提示同步	使“快捷特性”面板显示特性与鼠标悬停工具提示显示特性同步。同步之后，对快捷特性或鼠标悬停工具提示进行的任何更改在重新同步之前不会自动为对方显示
查找	显示“查找和替换”对话框，以便在用户界面元素中搜索特定的单词
替换	显示“查找和替换”对话框，以在用户界面元素中搜索并替换特定的文本

在CUI的右侧窗格中，可使用下列选项自定义“快捷特性”面板和鼠标悬停工具提示，如图2-42所示。

❶ **从对象类型列表中删除**　从对象类型列表中删除对象。

❷ **编辑对象类型列表**　显示“编辑对象类型列表”，用于编辑在图形屏幕中被选中时将显示其快捷特性的对象的列表。

❸ **对象类型列表**　显示已从“编辑对象类型列表”中启用以显示其快捷特性的对象。

❹ 特性显示列表　　显示可以为对象类型列表中的选定对象显示的可用特性的列表。

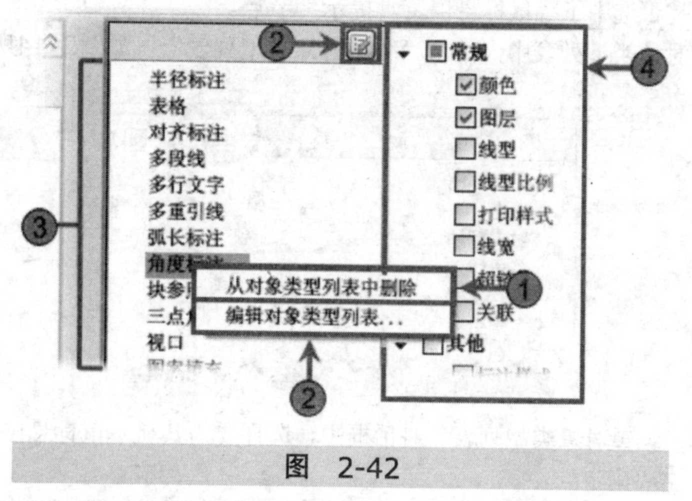

图 2-42

（3）步骤：自定义快捷特性

下列步骤概述了如何自定义快捷特性。

步骤1：在“快捷特性”面板中，单击“自定义”。

步骤2：在“自定义用户界面”对话框的“所有CUI文件中的自定义设置”窗格中，确认是否选中了“快捷特性”节点。

步骤3：在中间窗格上，单击“编辑对象类型列表”，如图2-43所示。

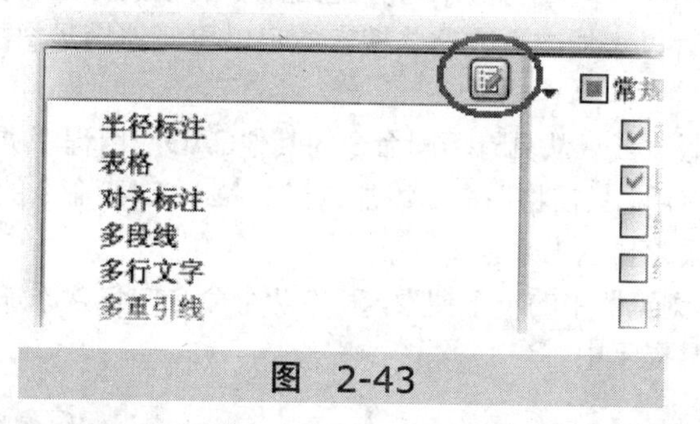

图 2-43

步骤4：在“编辑对象类型列表”对话框中，选择要显示其快捷特性的对象。单击“确定”。

步骤5：在“自定义用户界面”对话框中的特性显示列表中，为当前在对象类型列表中选择的对象选择要在“快捷特性”面板中显示的特性。

（4）步骤：自定义鼠标悬停工具提示

下列步骤概述了如何自定义鼠标悬停工具提示。

步骤1：在命令行上输入“CUI”。

步骤2：在“自定义用户界面”对话框的“所有CUI文件中的自定义设置”窗格中，确认是否选中了“鼠标悬停工具提示”节点。

步骤3：在对象类型列表中，单击“编辑对象类型列表”，如图2-44所示。

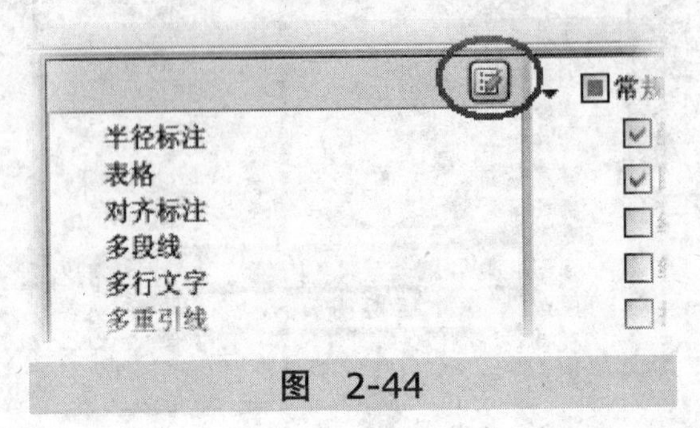

图 2-44

步骤4：在“编辑对象类型列表”对话框中，选择要为其显示鼠标悬停工具提示的对象。单击“确定”。

步骤5：在“自定义用户界面”对话框的特性显示列表中，为当前在对象类型列表中选择的对象选择要在“鼠标悬停工具提示”面板中显示的特性。

2.2.4 自定义菜单搜索标记

使用菜单浏览器中的搜索工具，可以根据命令名称或与命令关联的标记来查找命令。执行搜索时，“相关结果”区域将显示与分配给命令的搜索标记相匹配的这些命令，以及命令行文本字符串。可以添加或更改这些搜索标记以更好地满足您的需要，并可以自定义搜索结果。

如果您是从早期版本或者从具有不同命令的其他CAD应用程序类型过渡的，则会发现自定义的搜索标记尤其有用。只需将旧命令添加为当前AutoCAD命令的搜索标记，这样您需要的命令就会在搜索结果中显示出来。

图2-45显示菜单浏览器中的一个搜索，其中两个命令中包含添加了的搜索标记。菜单搜索标记还会显示在工具提示中。

（1）标记自定义

添加搜索标记可作为一种很有用的工具，用于提高在菜单浏览器中搜索命令和工具的效率。可以添加、编辑和删除命令的搜索标记以改进搜索结果。搜索标记是在“标记编辑器”对话框中自定义的。

显示“自定义用户界面”对话框时，如果在左侧窗格的“命令列表”中选择了一个命令或菜单项，则可以单击“特性”窗格“标记”字段中的按钮来访问“标记编辑器”，如图2-46所示。

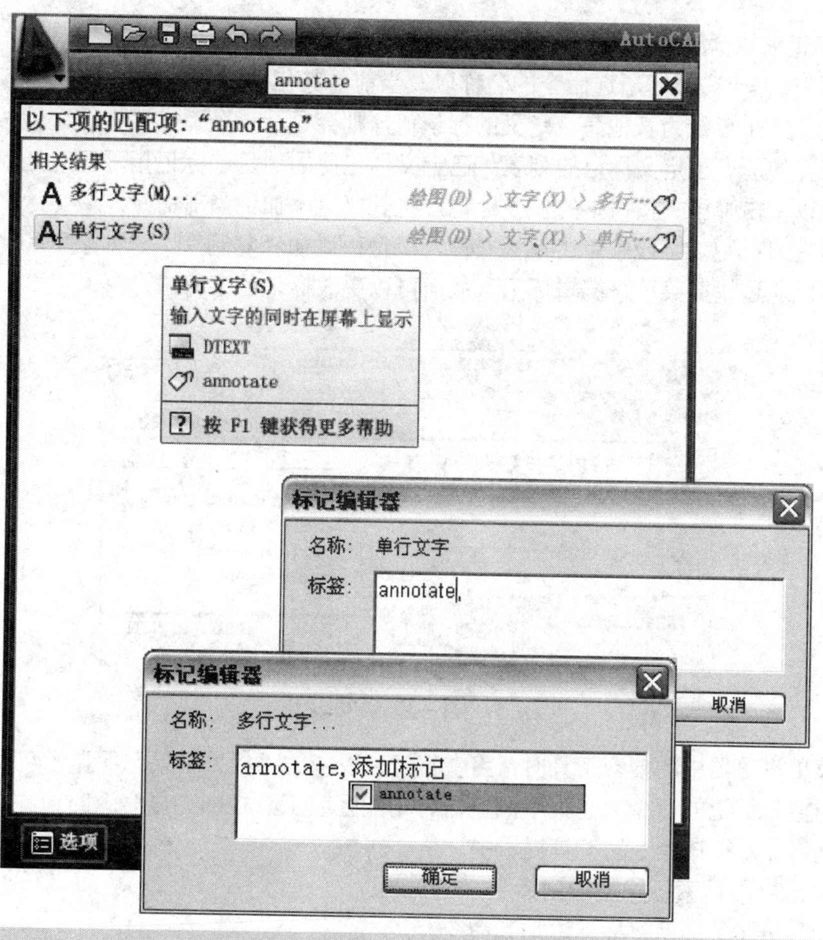
annotate
以下项的匹配项："annotate"
相关结果
多行文字(M)...
绘图(D) > 文字(X) > 多行…
单行文字(S)
绘图(D) > 文字(X) > 单行…
单行文字(S)
输入文字的同时在屏幕上显示
DTEXT
annotate
按 F1 键获得更多帮助
标记编辑器
名称: 单行文字
标签: annotate
取消
标记编辑器
名称: 多行文字...
标签: annotate,添加标记
annotate
确定
取消
选项

图 2-45

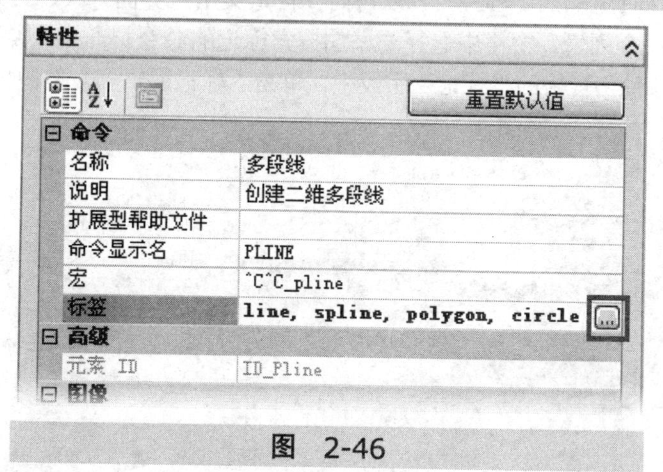
特性
重置默认值
命令
名称
多段线
说明
创建二维多段线
扩展型帮助文件
命令显示名
PLINE
宏
^C^C_pline
标签
line, spline, polygon, circle
高级
元素 ID
ID_Pline
图像

图 2-46

（2）标记编辑器

“标记编辑器”中显示所选命令的名称以及当前与其相关联的标记，如图2-47所示。

如果输入一个已经为其他命令定义的标记值，则会显示一个弹出式按钮，该按钮具有包含已输入字符的所有已定义标记的列表。已定义标记前面的复选标记指示已对当前命令输入该标记。可以单击弹出式按钮中的任一标记，将其快速添加到当前命令。

还可以在“标记”字段中单击鼠标右键，以使用诸如“复制”、“粘贴”和“放弃”等功能。还可以通过快捷菜单来编辑标记，从而可以更改标记的字符。

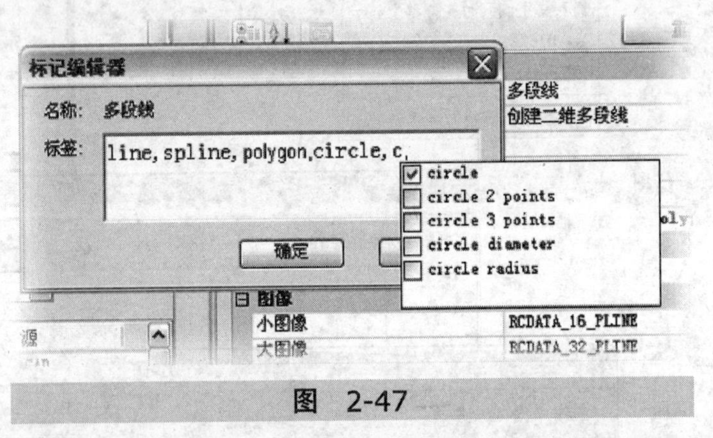

图 2-47

使用菜单浏览器中的搜索工具时，将在搜索列表中的“相关结果”下显示包含与搜索内容相匹配的搜索标记的命令。在菜单浏览器、功能区或工具栏中亮显命令时，在CUI中输入的搜索标记将显示在该命令的工具提示中。

（3）步骤：将搜索标记添加到命令

下列步骤概述了如何将标记添加到命令。

步骤1：在命令行上输入“CUI”，以访问“自定义用户界面”（CUI）对话框。

步骤2：从“命令列表”窗格中选择要添加搜索标记的命令。

步骤3：在“特性”窗格的“标记”字段中，单击“标记编辑器”按钮，如图2-48所示。

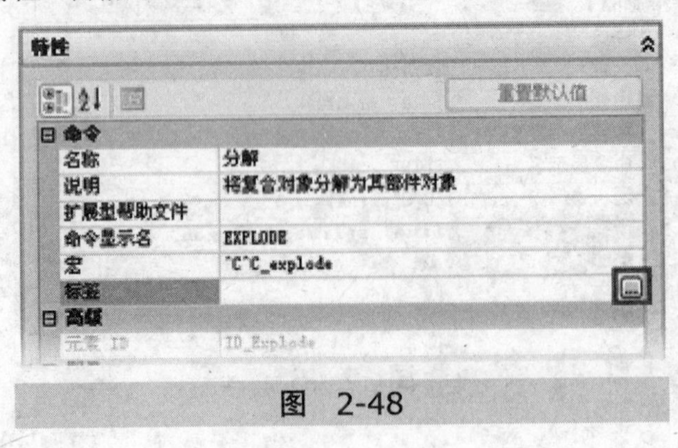

图 2-48

步骤4：在“标记编辑器”的文本字段中输入所需的标记。

步骤5：单击“确定”，关闭“标记编辑器”和“自定义用户界面”（CUI）对话框。

（4）何时使用搜索标记的示例

您将要从其他CAD软件包过渡到AutoCAD，并需要轻松查找在功能上与其他CAD软件包中的命令相类似的命令。通过使用CUI可分配对应于那些命令的搜索标记。然后，可以使用菜单浏览器中的搜索工具，轻松查找并执行那些等效命令，如图2-49所示。

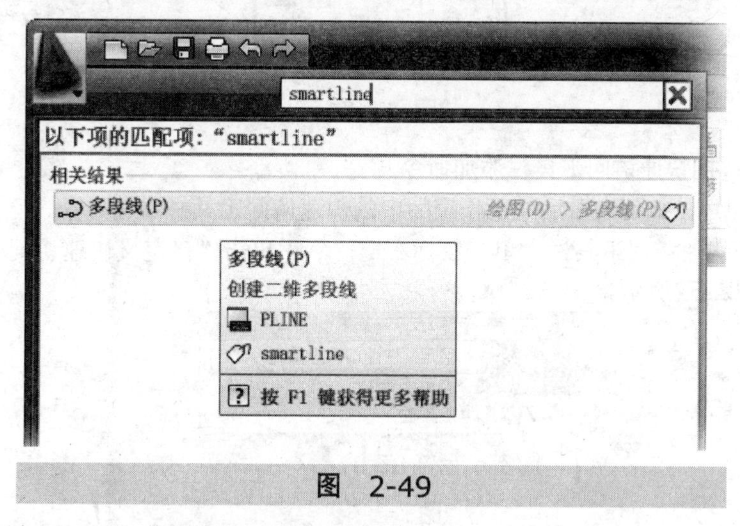

图 2-49

2.2.5 自定义快速访问工具栏

通过功能区上方的快速访问工具栏可以方便地访问频繁使用的命令。可以添加、删除和重新定位命令以自定义快速访问工具栏，从而满足您的需要。对于每个工作空间，甚至可以具有不同的快速访问工具栏。在“自定义用户界面”（CUI）对话框中可以轻松地自定义快速访问工具栏，如图2-50所示。

图 2-50

（1）命令访问

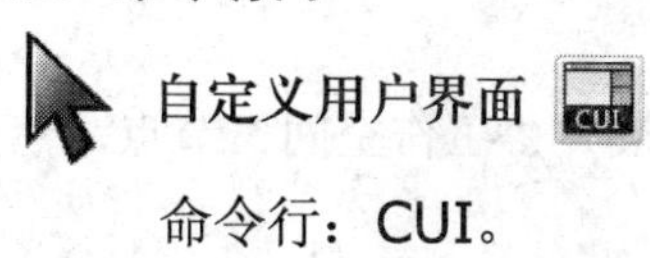

自定义用户界面

命令行：CUI。

菜单：“工具”菜单>“自定义”>“界面”。

快捷菜单：在快速访问工具栏上单击鼠标右键>“自定义快速访问工具栏”。

功能区：“工具”选项卡>“自定义设置”面板>“用户界面”，如图2-51所示。

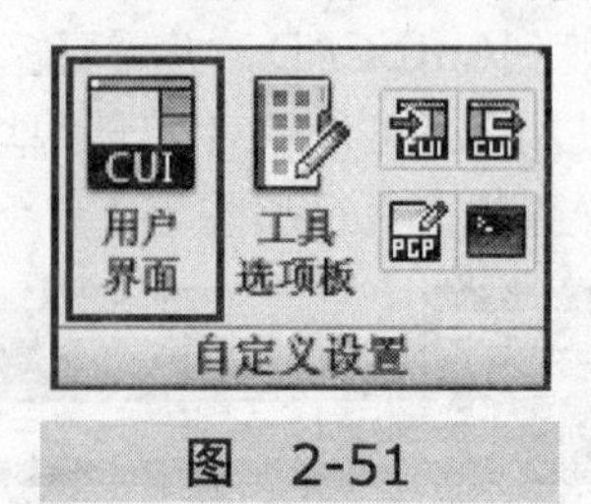

图 2-51

（2）步骤：向快速访问工具栏添加命令

下列步骤概述了如何向激活的工作空间中的快速访问工具栏添加命令。

步骤1：在快速访问工具栏上单击鼠标右键，然后单击“自定义快速访问工具栏”，如图2-52所示。

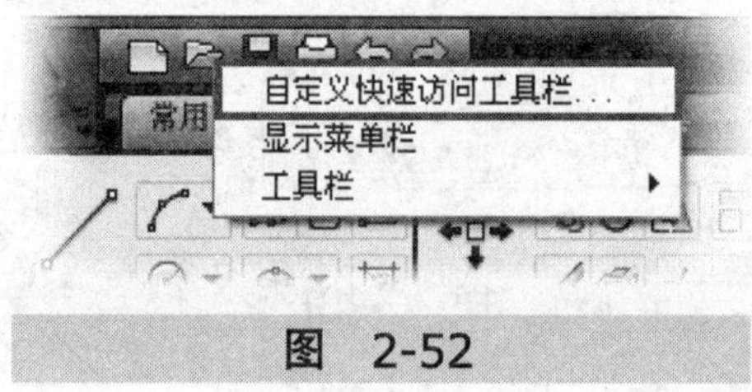

图 2-52

步骤2：在“自定义用户界面”（CUI）对话框中，将命令从“命令列表”窗格拖动到快速访问工具栏上的所需位置。

步骤3：在“自定义用户界面”（CUI）对话框中，单击“确定”关闭该对话框并保存更改。

（3）步骤：从快速访问工具栏中删除命令

下列步骤概述了如何从快速访问工具栏中删除命令。

步骤1：在快速访问工具栏上单击鼠标右键，然后单击“自定义快速访问工具栏”，如图2-53所示。

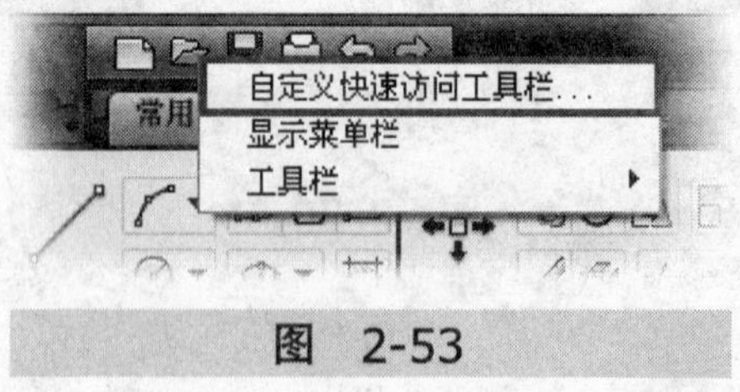

图 2-53

步骤2：在“所有CUI文件中的自定义设置”窗格中，展开“工作空间”节点，然后选择要修改的工作空间。

步骤3： 在“工作空间内容”窗格中，单击“自定义工作空间”，然后展开“快速访问工具栏”节点，如图2-54所示。

步骤4： 选择所需的命令。

步骤5： 按Delete键。

步骤6： 完成修改后，单击“完成”，如图2-55所示。

步骤7： 单击“确定”保存更改，并关闭“自定义用户界面”（CUI）对话框。

图 2-54　　图 2-55

（4）步骤：在快速访问工具栏上移动命令

下列步骤概述了如何在快速访问工具栏上移动命令。

步骤1： 在快速访问工具栏上单击鼠标右键，然后单击“自定义快速访问工具栏”，如图2-56所示。

图 2-56

步骤2： 在“所有CUI文件中的自定义设置”窗格中，展开“工作空间”节点，然后选择要修改的工作空间。

步骤3： 在“工作空间内容”窗格中，单击“自定义工作空间”，如图2-57所示，然后展开“快速访问工具栏”节点。

注意：如果“工作空间内容”窗格不可见，请使用如图2-58所示图标展开对话框。

图 2-57　　图 2-58

步骤4：选择所需的命令。

步骤5：将命令拖动到快速访问工具栏列表中的适当位置。

步骤6：完成修改后，在“工作空间内容”窗格中单击“完成”，如图2-59所示。

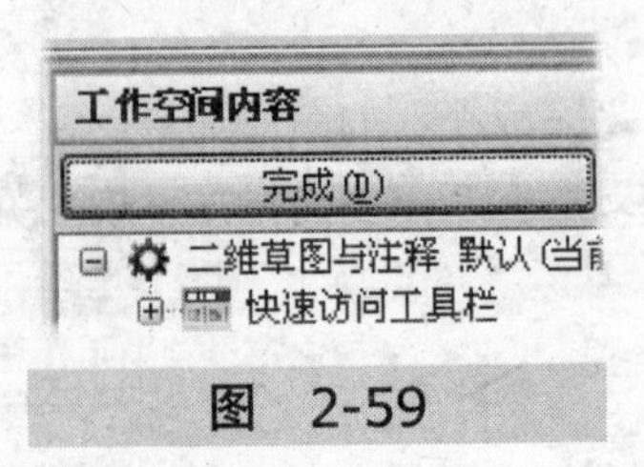

图 2-59

步骤7：在“自定义用户界面”（CUI）对话框中，单击“确定”关闭该对话框并保存更改。

2.2.6 练习：自定义用户界面

在本练习中，将自定义用户界面的几个元素，创建自定义功能区面板，编辑“快捷特性”选项板的显示，将自定义菜单搜索标记添加到命令，并修改快速访问工具栏，如图2-60所示。

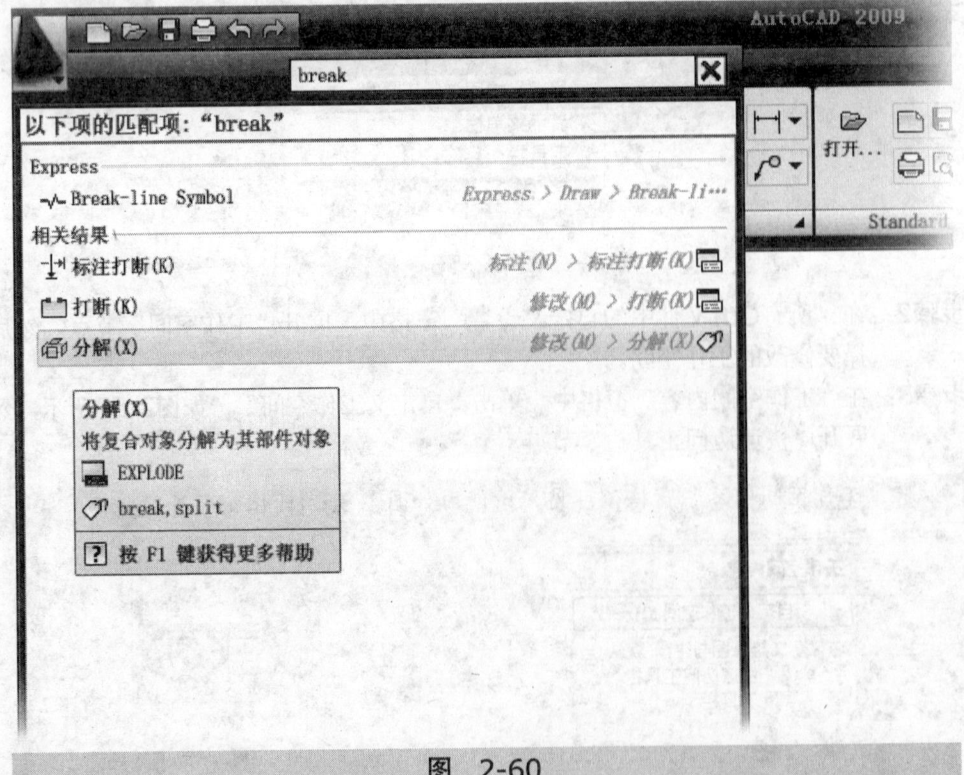

图 2-60

在本练习中，将修改主要的AutoCAD CUI文件。如果希望保留当前具有的自定义设置，应立即备份CUI文件。如果选择不保留在本练习中进行的修改，则可以在本练习结束时恢复备份CUI文件或默认的AutoCAD CUI文件。

若要完成练习，请按照本书或屏幕上练习中的步骤操作。在屏幕上的章节和练习列表中，单击“第2章：动作宏和自定义”。单击“练习：自定义用户界面”。

（1）创建自定义功能区面板

步骤1：打开“c_customizing ui.dwg”。

步骤2：确认“二维草图与注释”是否为当前工作空间。

步骤3：在功能区面板上的任意位置单击鼠标右键，然后单击“自定义”，如图2-61所示。

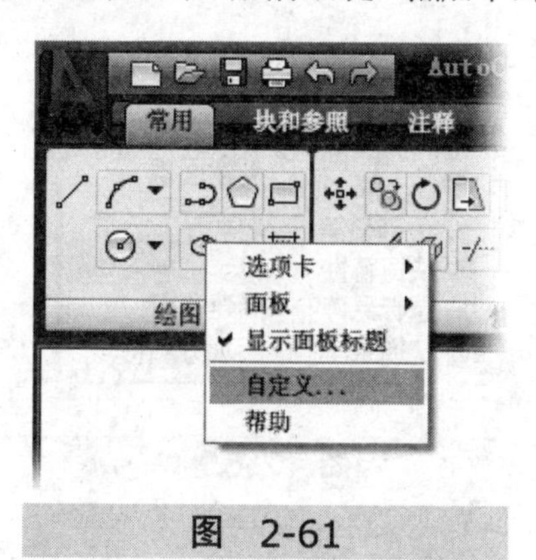

图 2-61

步骤4：在“自定义用户界面”对话框的“所有CUI文件中的自定义设置”窗格中，在“功能区面板”上单击鼠标右键。单击“新建面板”，如图2-62所示。

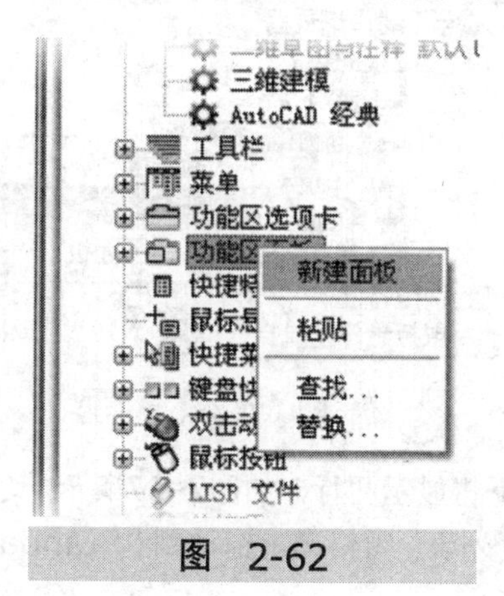

图 2-62

步骤5：输入“Standard”作为新面板的名称，如图2-63所示。

步骤6：在“Standard”面板上单击鼠标右键，然后单击“新建行”，如图2-64所示。

图 2-63

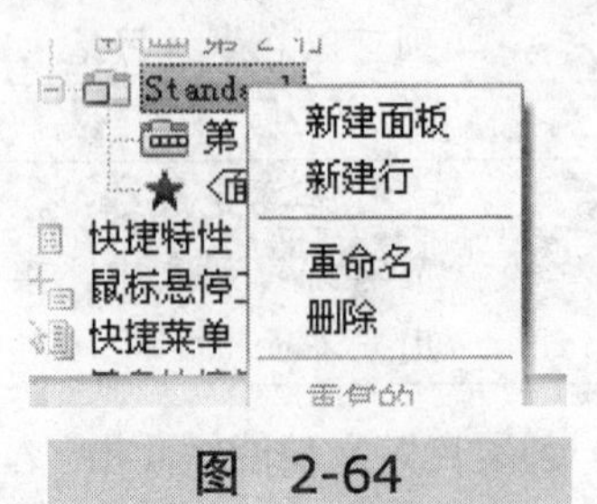

图 2-64

“第2行”添加在面板分隔符的下面。

步骤7：在“第1行”上单击鼠标右键，然后单击“新建子面板”，如图2-65所示。

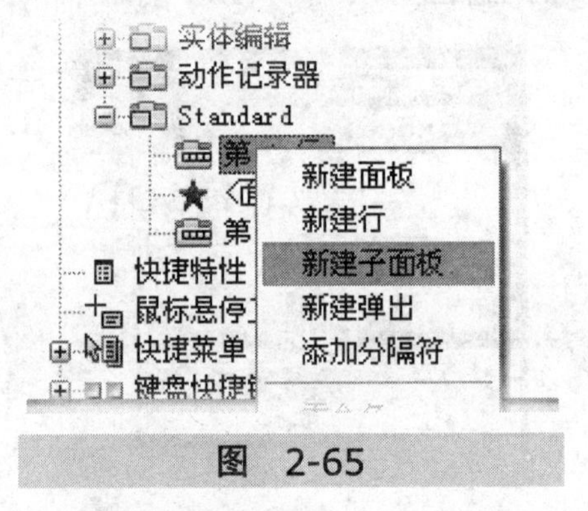

图 2-65

将在“第1行”中添加一个子面板。

步骤8：在“子面板1”上单击鼠标右键，然后单击“新建行”，如图2-66所示。

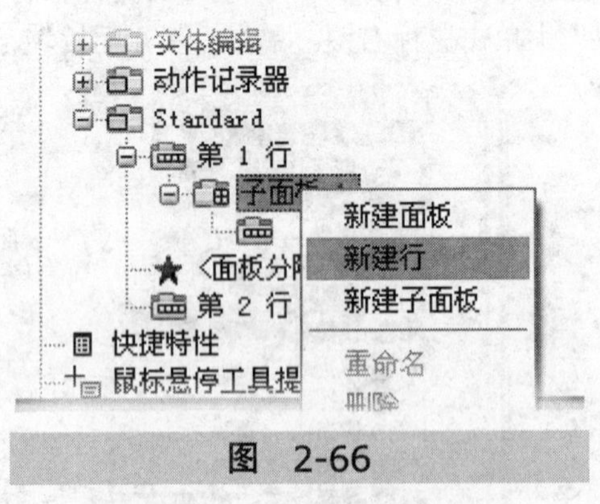

图 2-66

步骤9：在“子面板1”下将显示两行，如图2-67所示。

步骤10：将命令从“命令列表”窗格向上拖动到“Standard”面板上，如图2-68所示。

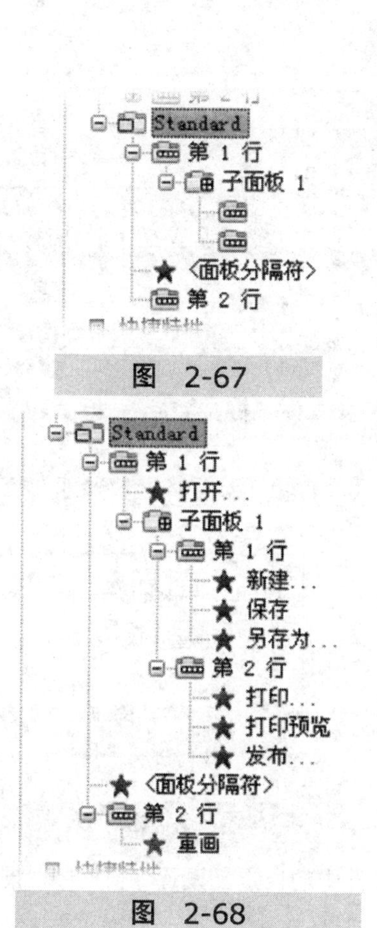

图 2-67

图 2-68

提示：使用位于命令列表上方的搜索工具，可以快速找到所需的命令，如图2-69所示。

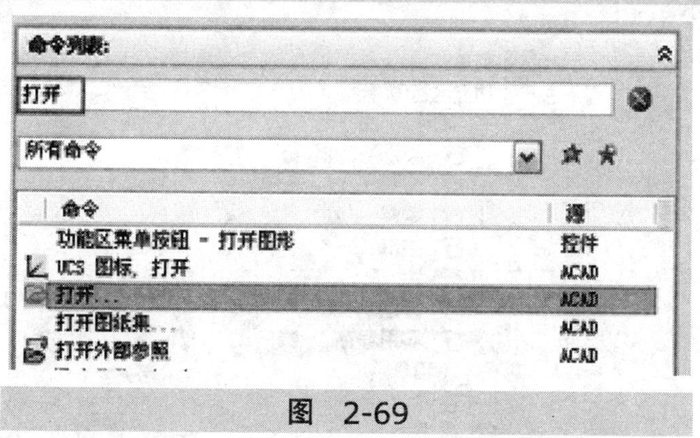

图 2-69

步骤11：选择“第1行”下的“打开”命令。在“特性”窗格中，更改外观设置以便与下图中的设置匹配，如图2-70所示。

特性

⊟ 显示	
名称	打开...
⊟ 外观	
方向	垂直
大小	大
显示标签	是

图 2-70

注意：随着这些设置的更改，“面板预览”窗格中的预览也随着更新，如图2-71所示。

图 2-71

步骤12：在“所有CUI文件中的自定义设置”窗格中，展开“功能区选项卡”节点以显示选项卡列表。

步骤13：选择“Standard”面板，然后将其拖动到“常用 －2D”选项卡，如图2-72所示。

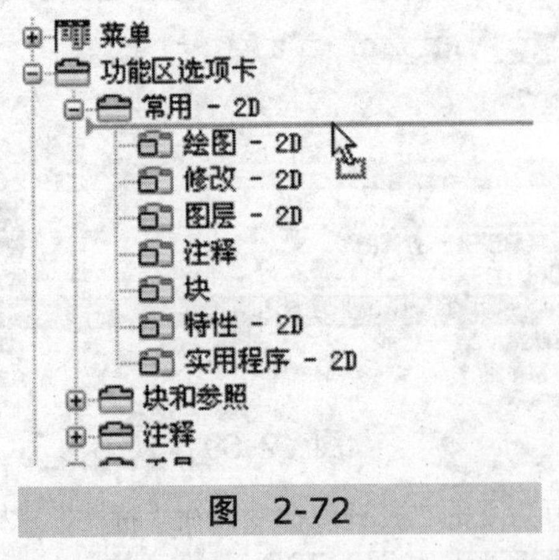

图 2-72

步骤14：在“自定义用户界面”对话框中，单击“确定”保存更改。

步骤15：“Standard”面板即被添加到“二维草图与注释”工作空间中“常用”功能区选项卡的末端，如图2-73所示。

图 2-73

步骤16：在“Standard”功能区面板上，单击展开节点以展开面板，如图2-74所示。

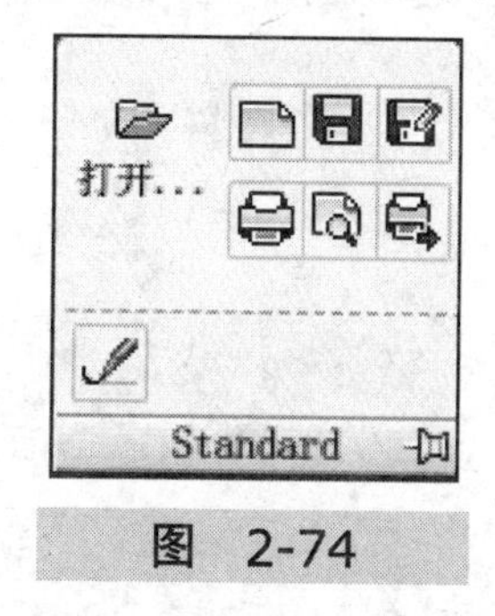

图 2-74

（2）自定义快捷特性

步骤1：在状态栏上，确认已启用快捷特性，如图2-75所示。

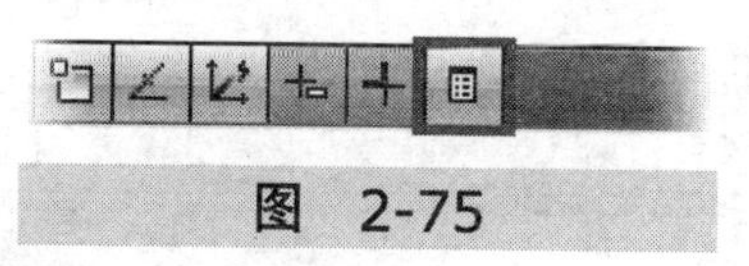

图 2-75

步骤2：选择图形内某个空地块中的填充图案。

步骤3：在“快捷特性”面板上，单击“自定义”，如图2-76所示。

图 2-76

步骤4：在“自定义用户界面”对话框中的对象类型列表上，单击“编辑对象类型列表”，如图2-77所示。

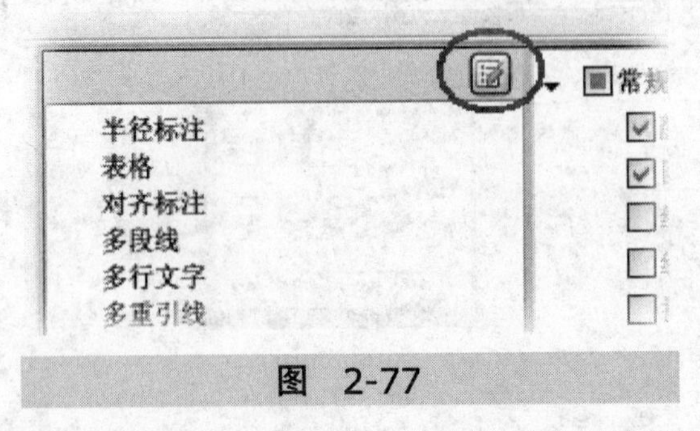

图 2-77

步骤5：在“编辑对象类型列表”对话框中，清除以下选项的复选框：

- 三点角度标注
- 对齐标注
- 角度标注
- 弧长标注
- 直径标注
- 折弯标注
- 直线
- 坐标标注
- 半径标注
- 转角标注

单击“确定”。

步骤6：更新的对象类型列表如图2-78所示。

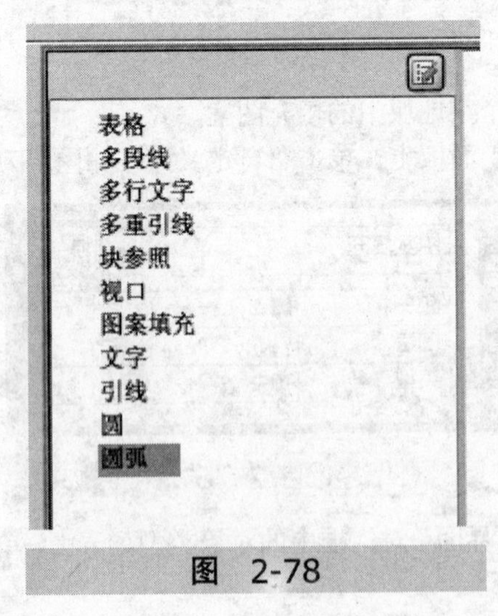

图 2-78

步骤7：从对象类型列表中选择“图案填充”。在特性显示列表的任意位置上单击鼠标右键。单击“全部取消选中”，如图2-79所示。

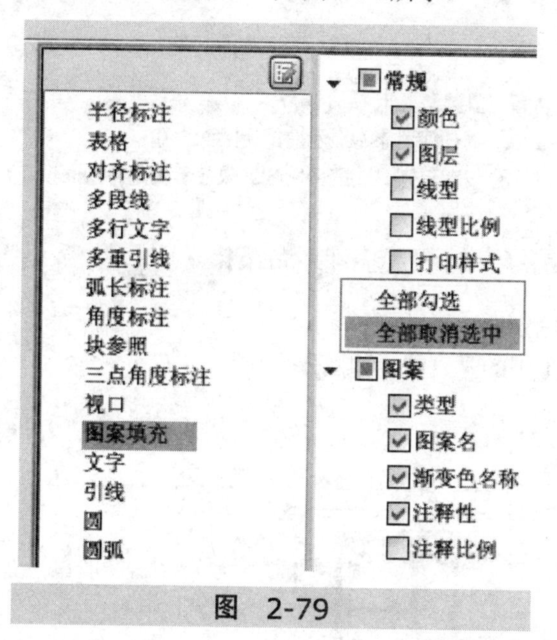

图 2-79

步骤8：在特性显示列表中，选中下列选项：

- 颜色
- 图层
- 类型
- 图案名
- 角度
- 比例
- 面积

单击“确定”。

步骤9：在状态栏中的“快捷特性”上单击鼠标右键。单击“设置”，如图2-80所示。

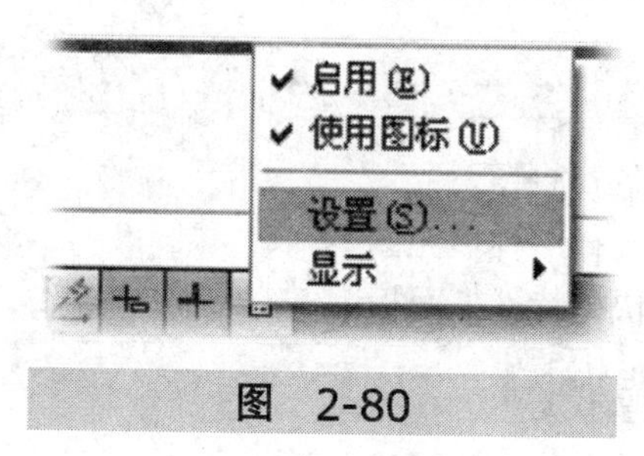

图 2-80

步骤10：在“草图设置”对话框中的“快捷特性”选项卡上，单击“按对象类型显示”区域中的“仅对已定义快捷特性的对象显示快捷特性面板”选项，如图2-81所示。

按对象类型显示

○ 对任何对象都显示快捷特性面板 (N)

◉ 仅对已定义快捷特性的对象显示快捷特性面板 (E)

图 2-81

步骤11：单击“确定”。

步骤12：选择图形中的垂直线，如图2-82所示。

注意：“快捷特性”面板不显示。

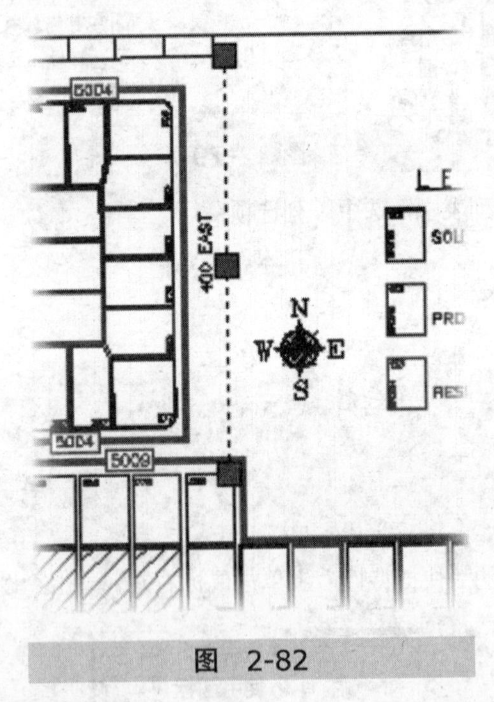

图 2-82

- 按Esc键清除选择。
- 从图形中选择一种填充图案。
- 移动到“快捷特性”面板上。

注意：该面板将展开，并在面板中显示为图案填充选择的特性，如图2-83所示。

图 2-83

步骤13：按Esc键清除选择。

（3）创建菜单搜索标记

步骤1：在功能区中“工具”选项卡上，单击“自定义设置”面板上的“用户界面”，如图2-84所示。

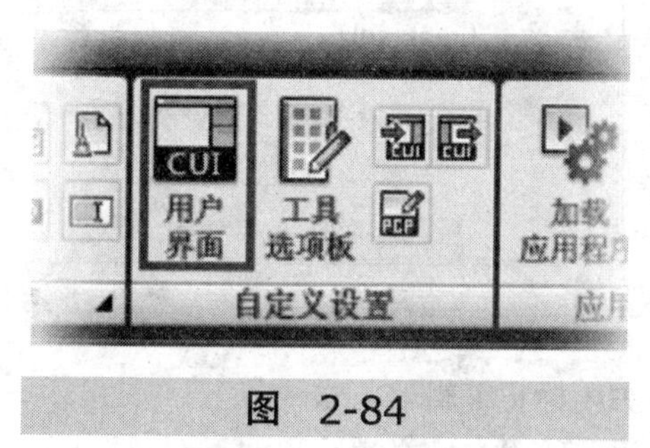

图 2-84

步骤2：在“自定义用户界面”（CUI）对话框的“命令列表”窗格中，单击“分解”，如图2-85所示。

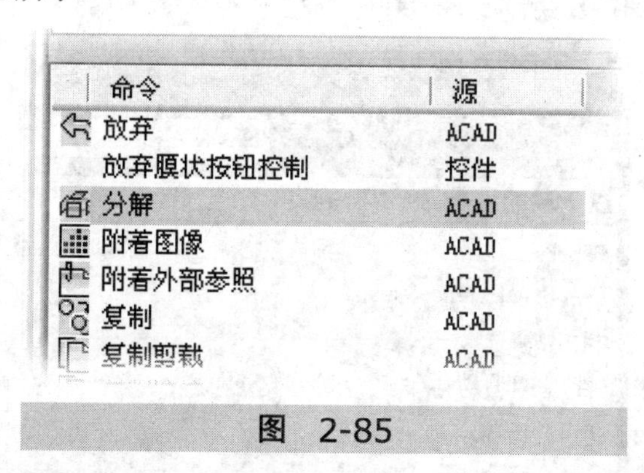

图 2-85

步骤3：在“特性”窗格的“标记”字段中，单击“标记编辑器”按钮，如图2-86所示。

特性

重置默认值

命令	
名称	分解
说明	将复合对象分解为其部件对象
扩展型帮助文件	
命令显示名	EXPLODE
宏	^C^C_explode
标签	
高级	
元素 ID	ID_Explode

图 2-86

步骤4：在“标记编辑器”中，输入“break”和“split”，如图2-87所示。

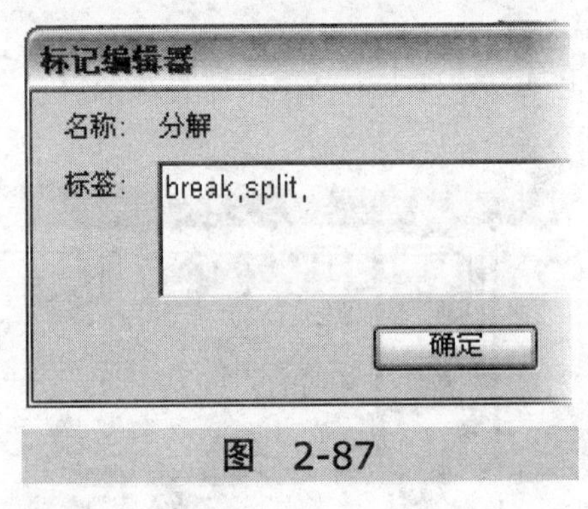

图 2-87

步骤5：单击“确定”关闭标记编辑器。

步骤6：单击“确定”以关闭“自定义用户界面”对话框。

步骤7：在菜单浏览器搜索字段中，输入“break”。在“相关结果”下将列出“分解”命令，如图2-88所示。

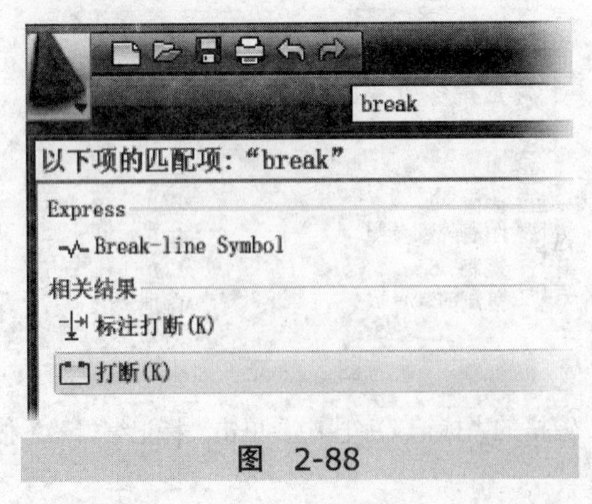

图 2-88

步骤8：将光标移到“分解”命令上，此时将显示工具提示。请注意，标记显示在工具提示中，如图2-89所示。

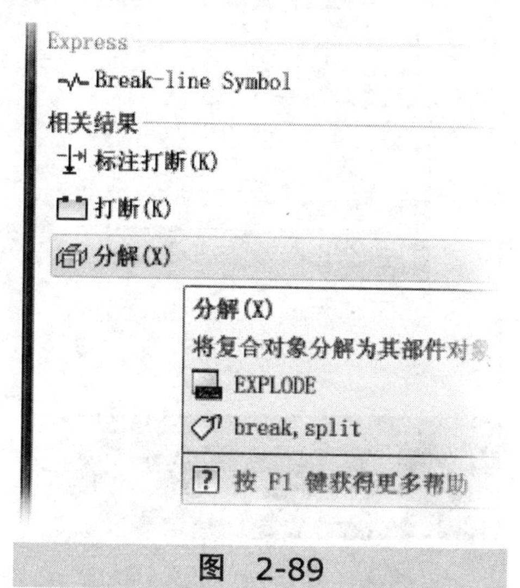

图 2-89

（4）自定义快速访问工具栏

步骤1：在快速访问工具栏上的任意位置处单击鼠标右键，然后单击“自定义快速访问工具栏”，如图2-90所示。

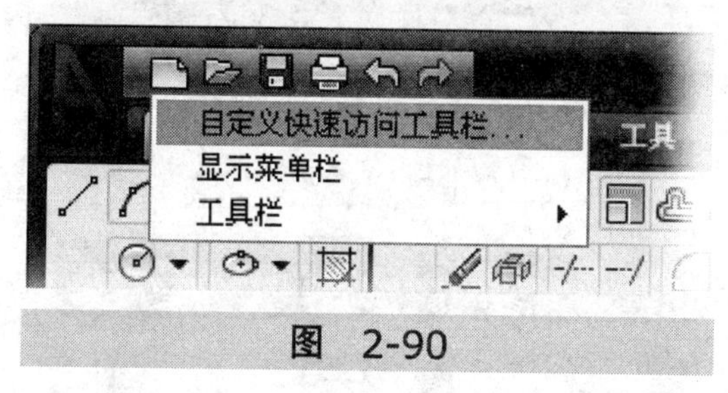

图 2-90

步骤2：在“自定义用户界面”对话框的“命令列表”窗格中，找到“另存为”命令，如图2-91所示。

步骤3：选择“另存为”命令并将其拖动到快速访问工具栏上，如图2-92所示。

步骤4：在“自定义用户界面”对话框的“命令列表”窗格中，找到“打印预览”。选择该命令并将其拖动到快速访问工具栏上，如图2-93所示。

步骤5：在“自定义用户界面”中单击“确定”，关闭对话框并保存更改。

- 在状态栏上，单击“切换工作空间”。
- 单击“三维建模”，如图2-94所示。

注意：对快速访问工具栏进行的更改不影响此工作空间。

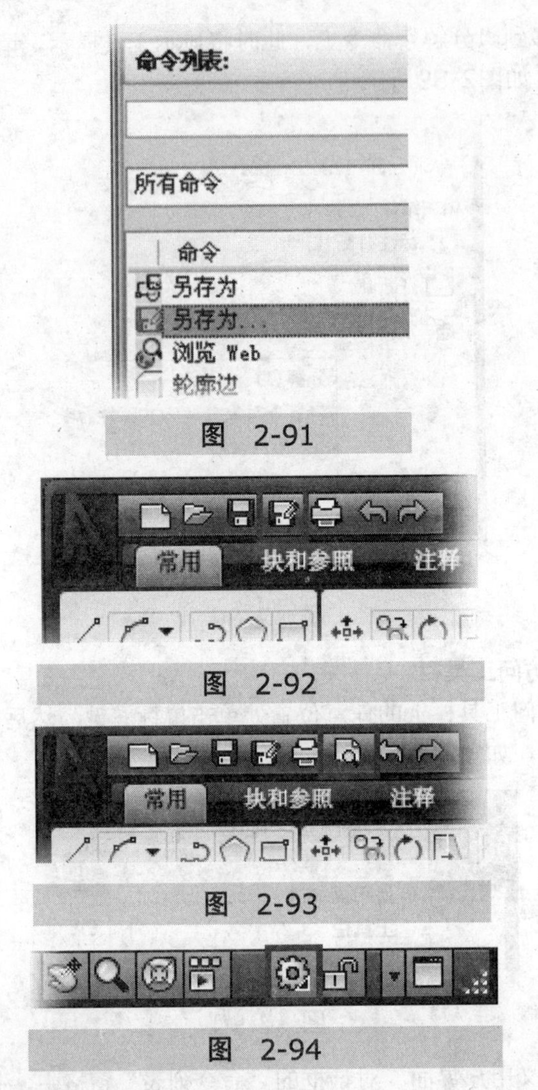

图 2-91

图 2-92

图 2-93

图 2-94

步骤6：关闭文件，而不保存更改。

（5）将AutoCAD界面重置为默认设置（可选）

步骤1：如果没有打开的图形，请创建一个新图形或打开一个现有图形。

步骤2：在功能区上的任意面板上单击鼠标右键，然后单击“自定义”。

- 在“自定义用户界面”对话框的“所有CUI文件中的自定义设置”窗格中的ACAD上单击鼠标右键，然后单击“重置ACAD.CUI”，如图2-95所示。
- 在“AutoCAD”对话框中单击“是”，会通知您即将使用原始安装的版本替换您的CUI文件。

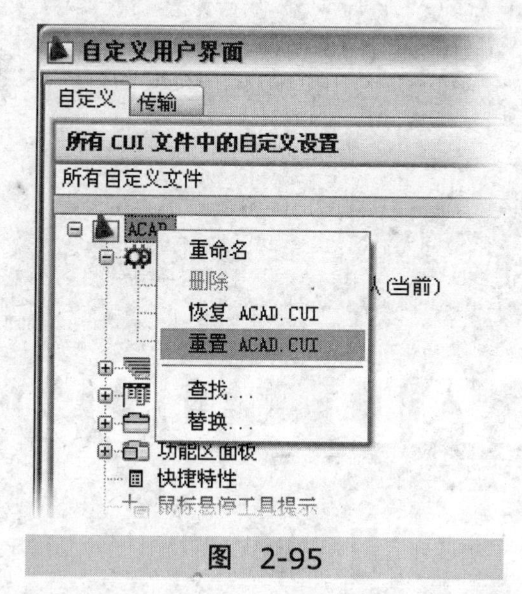

图 2-95

步骤3：单击“确定”以关闭“自定义用户界面”对话框。

2.3 本章小结

在本章中，学习了如何轻松地构建自定义动作宏，该动作宏可将日常例程中使用的步骤组合到单个程序中，且可以与其他AutoCAD 2009用户共享该程序。此外，还学习了如何使用“自定义用户界面”（CUI）对话框轻松地自定义界面。

学完本章后，您可以：

- 创建、编辑和执行动作宏。
- 自定义AutoCAD中用户界面的不同区域。

AutoCAD 2009 导航

第3章

在AutoCAD® 中的不同位置（例如：工具栏、面板、快捷菜单和菜单栏）有许多导航工具。AutoCAD 2009首次将这些工具组合到两个功能强大而直观的工具中。ViewCube和SteeringWheels将所有这些导航控件组合到基于视觉的单一对象中，无论您何时何地需要这些对象，它们都能保留在屏幕上。

您还可以轻松地添加令人难忘的电影效果、平移操作和缩放操作，以便向AutoCAD模型的演示中添加效果。使用新增的视图管理工具ShowMotion可以实现这些操作。

在本章中，将学习如何使用ViewCube和SteeringWheels导航控件，以及如何使用ShowMotion演示工具。

目标

完成本章后，您将能够：

- 使用ViewCube在三维设计环境中导航。
- 使用SteeringWheels查看控件及其选项，以便在二维和三维设计环境中导航。
- 使用ShowMotion创建和查看演示视图。

3.1 课程：ViewCube

3.1.1 概述

在本课程中，将使用ViewCube在三维设计环境中导航。首先了解其选项和功能，然后使用命令在您的设计环境中导航。

通过在三维空间中导航，可以查看三维几何体的各个部分。通过ViewCube，能够以直观而高效的方式快速执行这些任务，如图3-1所示。

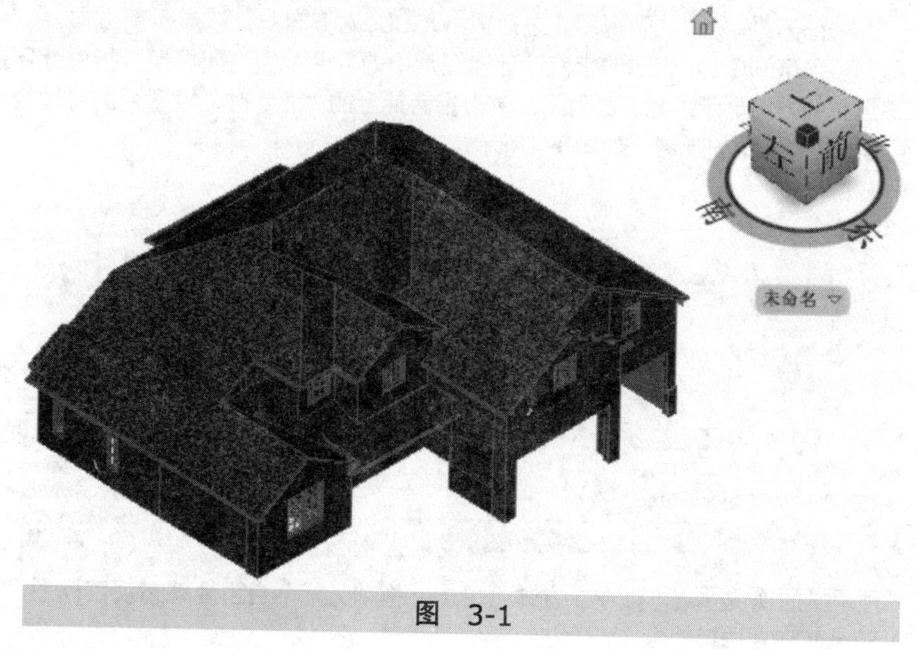

图 3-1

目标

完成本课程后，您将能够：

- 介绍ViewCube及其选项。
- 激活ViewCube并使用它在三维环境中导航。

3.1.2 关于ViewCube

ViewCube是一种交互式导航工具，可轻松更改三维模型的观察方向。可以在标准视图或等轴测视图之间快速更改。将图形设置为任何三维视觉样式（如“三维隐藏”、“概念”和“真实”视觉样式）时，ViewCube都是可用的。当二维视觉样式（如“二维线框”）处于活动状态时，不会出现ViewCube。

使用ViewCube的好处是，它在ViewCube工具上显示当前观察方向可帮助您跟踪在图形中的方向。了解ViewCube如何为您提供反馈以及如何调整显示选项，将有助于在三维模型视图中熟练导航。

（1）ViewCube说明

ViewCube是一种更改三维模型中视图的交互式工具。通过ViewCube，可以直观地查看模型的任何标准视图或等轴测视图。

ViewCube按下列两种状态之一显示：非活动和活动。首次选择三维视觉样式时，默认情况下，ViewCube在图形区域的右上角中显示为非活动状态。将光标移动到ViewCube上时，它变成活动状态，当光标经过立方体的不同部分时，聚光角会突出显示。若要切换视图，请单击一个聚光角以恢复关联的视图。之后ViewCube对齐自身，以显示新方向。

也可以使用ViewCube底部的指南针环在图形中的各个视图之间切换。指南针环根据为图形WCS定义的方向显示“北”。因此，单击指南针上的“北”时，模型视图将切换到已定义为模型的“北”视图的视图，如图3-2所示。

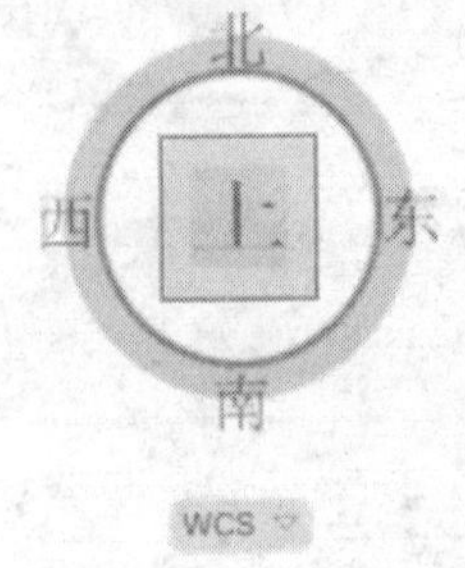

（a）以俯视图显示的非活动ViewCube

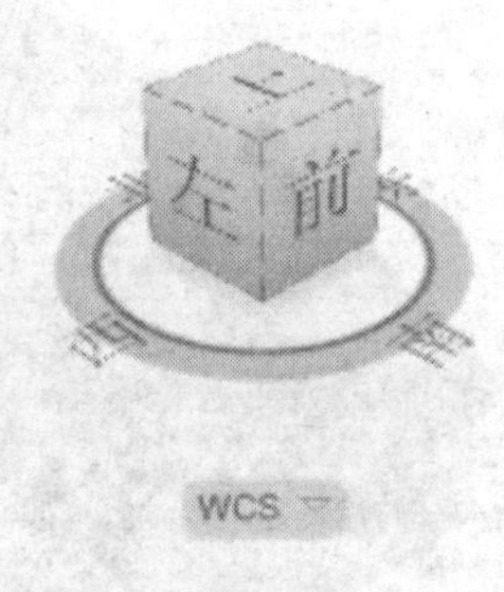

（b）以等轴测视图显示的非活动ViewCube

图 3-2

除了预定义的视点外，可以在立方体上单击并拖动光标，自由地动态观察模型。

（2）ViewCube选项

当ViewCube处于活动状态时，可以使用下列选项，如图3-3所示。

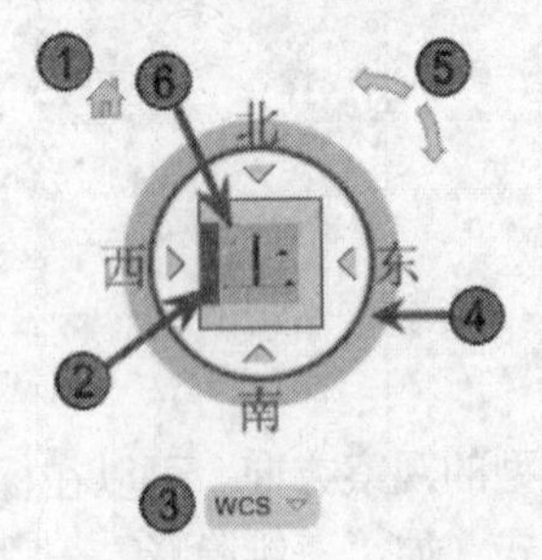

（a）以俯视图显示的活动ViewCube

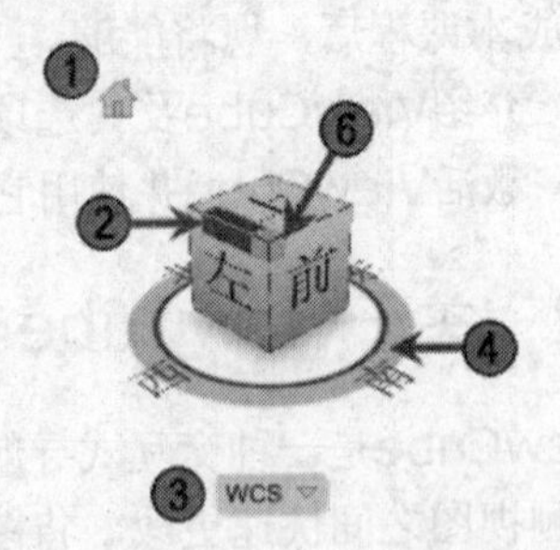

（b）以等轴测视图显示的活动ViewCube

图 3-3

❶ **主视图**　激活已设置为主视图的视图。可以通过ViewCube快捷菜单将当前视图设置为主视图。

❷ **聚光角**　将光标移动到边缘、拐角或侧面时突出显示。单击聚光角可激活图形中的对应视图。

❸ **坐标系**　指定坐标系（UCS或WCS）。也可以从此下拉菜单创建新的UCS。

❹ **指南针**　显示在图形中定义的“北”、“东”、“南”和“西”方向。可以单击指南针并沿其拖动以旋转视图。可以在ViewCube设置中关闭指南针。

❺ **旋转**　按所选方向（逆时针或顺时针）将当前视图旋转90°。在等轴测视图中，此选项不可用。

❻ **当前视图**　以暗灰色显示，指明这是图形中的当前视图。

（3）ViewCube示例

图3-4三维房屋模型图像显示了在ViewCube上选择特定聚光角时的变化。

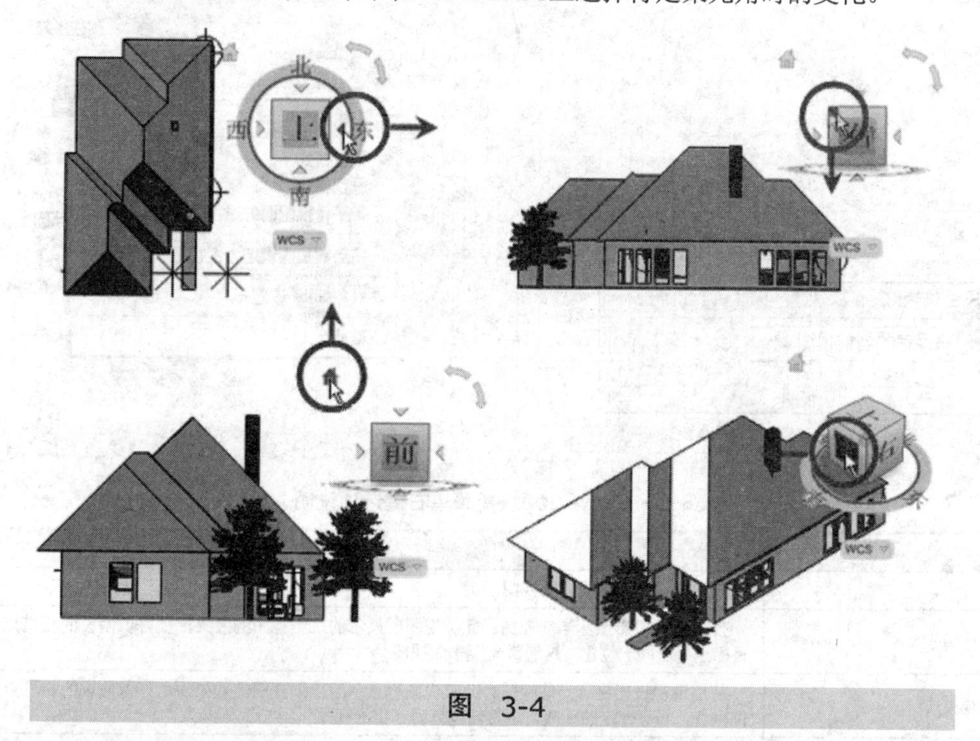

图　3-4

3.1.3　使用ViewCube

必须首先启用ViewCube，且视图必须使用三维视觉样式，ViewCube才能在图形中显示，然后可以使用“ViewCube设置”对话框（访问方法是在ViewCube上单击鼠标右键）控制ViewCube的显示和行为。此外，还可以指定立方体的默认位置、大小和不透明度。

（1）命令访问

 ViewCube显示 

命令：CUBE；NAVVCUBE。

菜单：“视图”>“显示”>“ViewCube”>“开”。

功能区：“默认”选项卡>“视图”面板>“ViewCube显示”，如图3-5所示。

必须激活“三维建模”工作空间，才能使“视图”面板在“默认”选项卡上可用。

（2）ViewCube快捷菜单

可以在ViewCube中的任意位置上单击鼠标右键以使用下列选项，如图3-6所示，选项说明见表3-1。

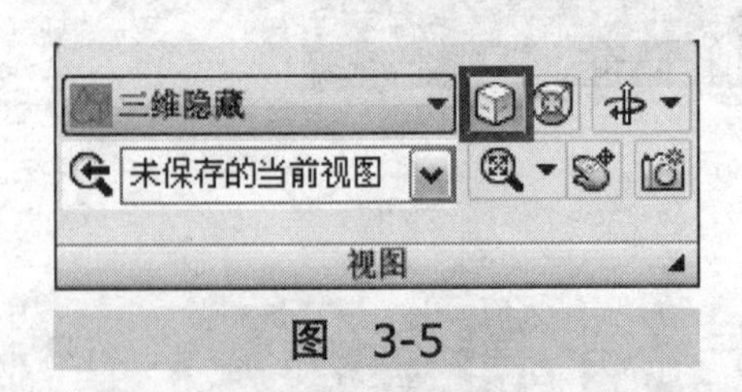

图 3-5

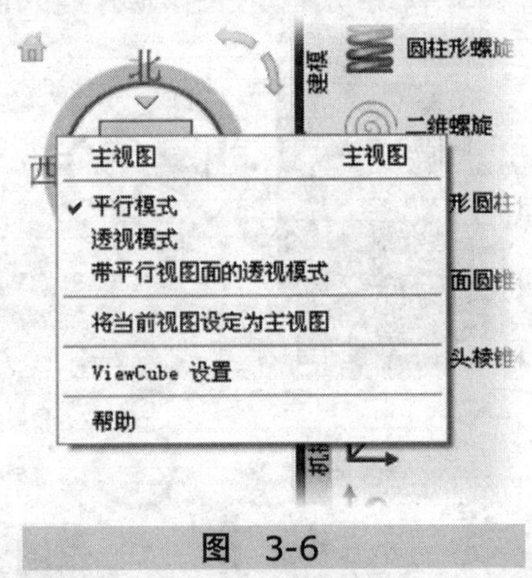

图 3-6

表3-1 ViewCube快捷菜单右键选项说明

选　项	说　明
主视图	激活已设置为主视图的视图
平行模式	使用平行投影显示当前视图。此类视图所显示的三维视图的效果，就好像假设的相机点与目标点处于同一位置。这通常显示平面视图
透视模式	使用透视投影显示当前视图。此类视图所显示的三维视图的效果，就好像假设的相机点和目标点之间有一定的距离。这将创建更为真实的视图
带平行视图面的透视模式	使用透视投影或平行投影自动显示当前视图，具体取决于视图。在当前视图为等轴测视图时，视图是使用透视投影显示的。在当前视图为面视图（如俯视图、左视图或前视图）时，视图是使用平行投影显示的
将当前视图设定为主视图	将当前视图设定为主视图
ViewCube设置	激活“ViewCube设置”对话框，可以在其中控制ViewCube的可见性和显示特性
帮助	激活ViewCube的AutoCAD帮助

（3）ViewCube设置

在“ViewCube设置”对话框中，当指定下列设置时，预览缩略图显示ViewCube的实时预览，如图3-7所示，选项说明见表3-2。

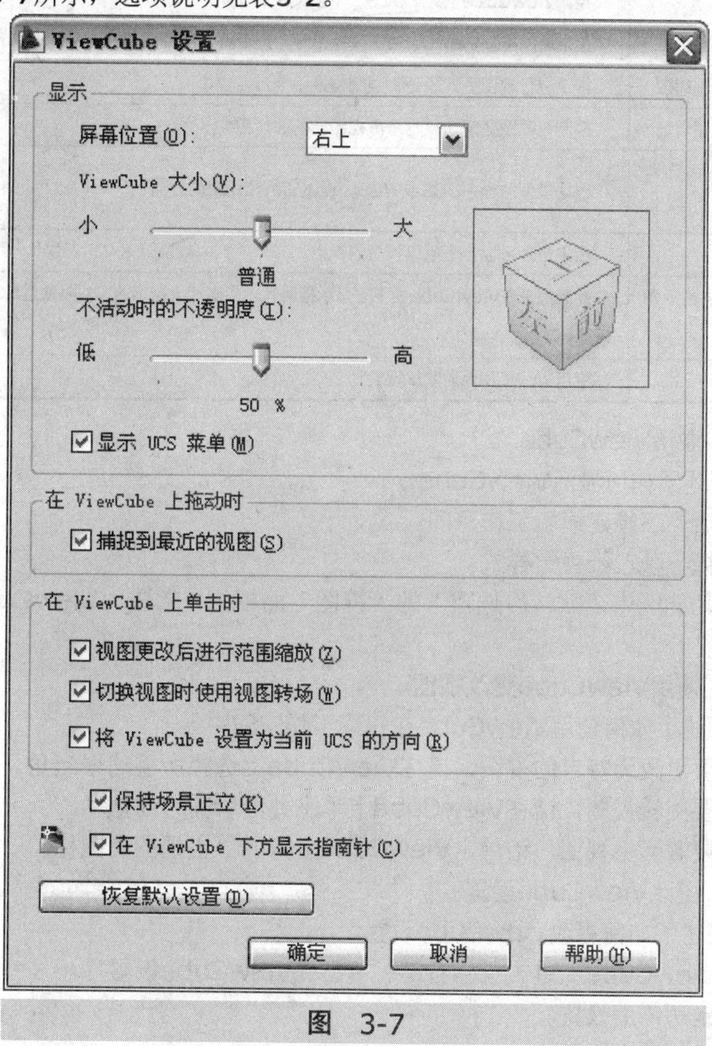

图 3-7

表3-2 “ViewCube设置”对话框选项说明

选　项	说　明
屏幕位置	指定应在视口的哪个角中显示ViewCube。可以将ViewCube放置在图形四个角的任意一个角中
ViewCube大小	控制ViewCube的显示大小
不活动时的不透明度	确定ViewCube处于非活动状态时的不透明度级别

续表

选　项	说　明
显示UCS菜单	控制ViewCube下的“UCS”下拉菜单的显示
捕捉到最近的视图	指定通过拖动ViewCube更改视图时，是否将当前视图调整为最接近的预设视图
视图更改后进行范围缩放	指定进行视图更改后是否强制模型适合当前视口
切换视图时使用视图转场	控制在视图之间切换时平滑视图转场的使用
将ViewCube设置为当前UCS的方向	根据模型的当前UCS或WCS，设置ViewCube的方向
保持场景正立	指定是否可以上下颠倒模型的视点
在ViewCube下方显示指南针	控制是否在ViewCube的下方显示指南针。指南针上指示的北向是通过NORTHDIRECTION系统变量定义的值
恢复默认设置	应用ViewCube的默认设置

（4）步骤：激活ViewCube

下列步骤概述了如何激活ViewCube。

步骤1： 激活“三维建模”工作空间。

步骤2： 选择一种三维视觉样式。

步骤3： 在功能区中“默认”选项卡的“视图”面板上，单击“ViewCube显示”以将其打开。

（5）步骤：使用ViewCube更改视图

下列步骤概述了如何使用ViewCube在三维工作空间中导航。

步骤1： 若要更改为特定的视图，请在ViewCube上选择所需的聚光角。

步骤2： 若要旋转视图，请在ViewCube上单击并沿所需方向拖动。

步骤3： 若要激活主视图，请单击ViewCube上方的“主视图”图标。

（6）步骤：更改ViewCube设置

下列步骤概述了如何更改ViewCube设置。

步骤1： 在ViewCube上单击鼠标右键。单击“ViewCube设置”。

步骤2： 指定所需的设置。

步骤3： 单击“确定”。

步骤4： 若要将当前视图设置为主视图，请导航到所需的视图。

步骤5： 单击鼠标右键，然后单击“将当前视图设定为主视图”。

3.1.4 练习：使用ViewCube在三维环境中导航

在此练习中，将打开一个包含三维模型的图形，激活“三维建模”工作空间，切换到三维视觉样式，然后使用ViewCube从图形中的不同角度查看三维模型，如图3-8所示。

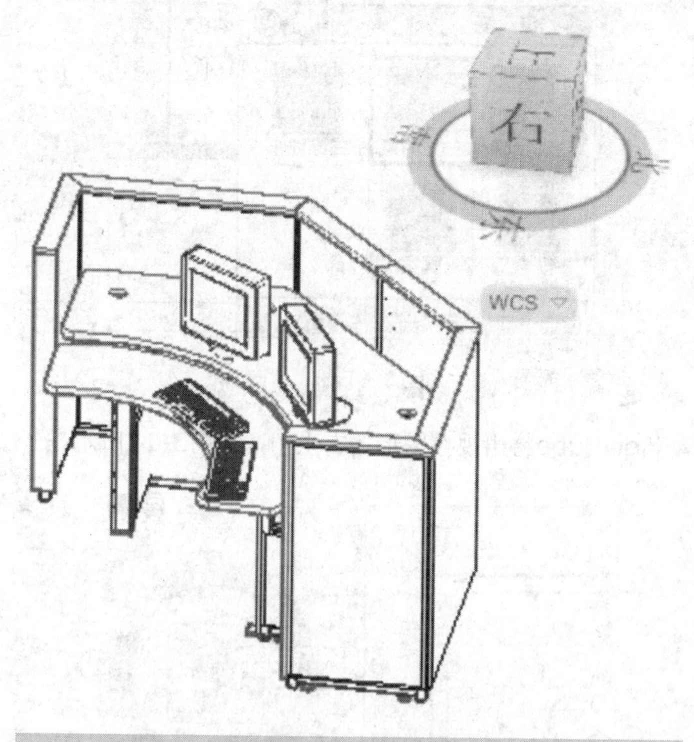

图 3-8

若要完成练习，请按照本书或联机练习中的步骤操作。在各章节和练习的联机列表中，单击“第3章：AutoCAD 2009导航”。单击“练习：使用ViewCube在三维环境中导航”。

（1）使用ViewCube

步骤1：打开“c_viewcube.dwg”。

步骤2：在状态栏上，单击“切换工作空间”。单击“三维建模”，如图3-9所示。

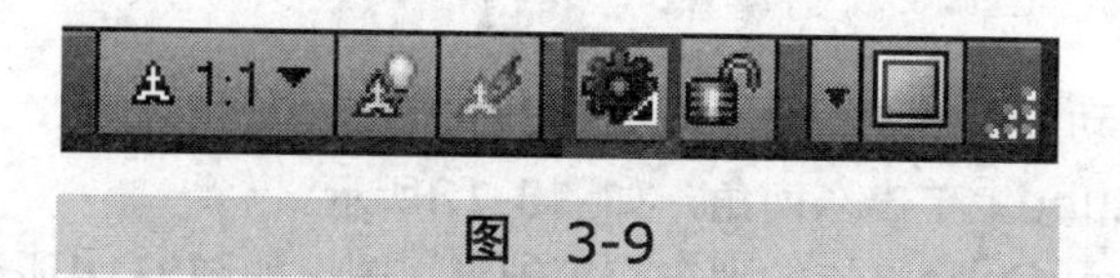

图 3-9

步骤3：在功能区中“默认”选项卡的“视图”面板上执行下列操作。

- 确认ViewCube已打开。
- 从“视觉样式”列表中选择“三维隐藏”，如图3-10所示。

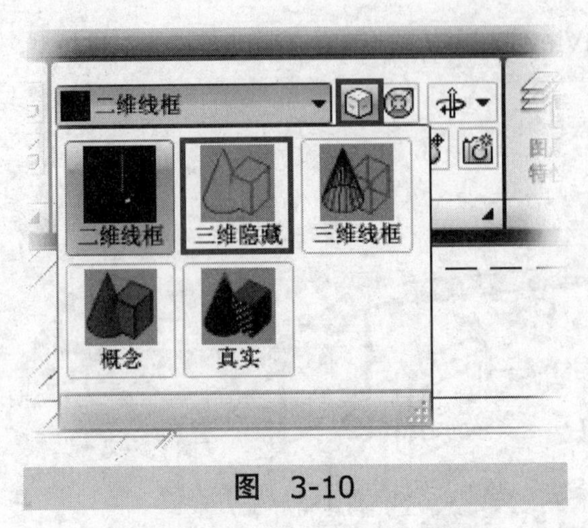

图 3-10

非活动ViewCube将出现在图形的右上角，如图3-11所示。

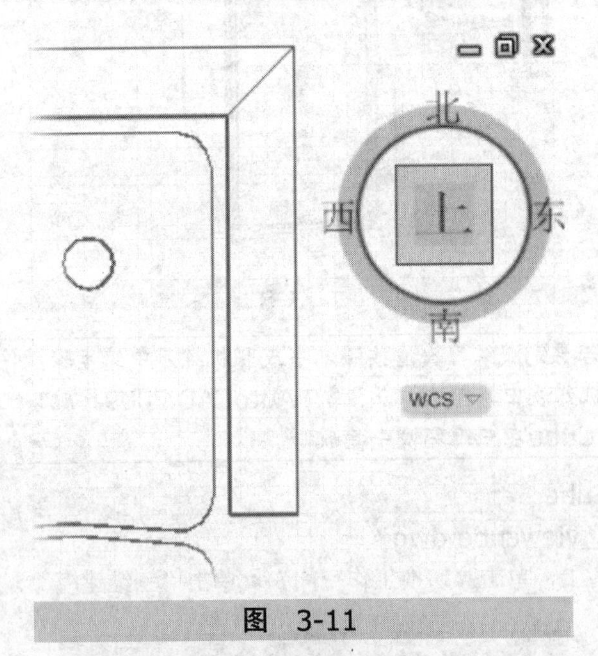

图 3-11

步骤4： 将光标移动到ViewCube上，如图3-12所示。

步骤5： 在ViewCube上单击东南角，如图3-13所示。

模型和ViewCube将旋转到东南等轴测视图，如图3-14所示。

步骤6： 在ViewCube上单击鼠标右键，然后单击“将当前视图设定为主视图”，如图3-15所示。

步骤7： 在ViewCube上，单击“上”，如图3-16所示。

步骤8：在ViewCube上，单击箭头，如图3-17所示。

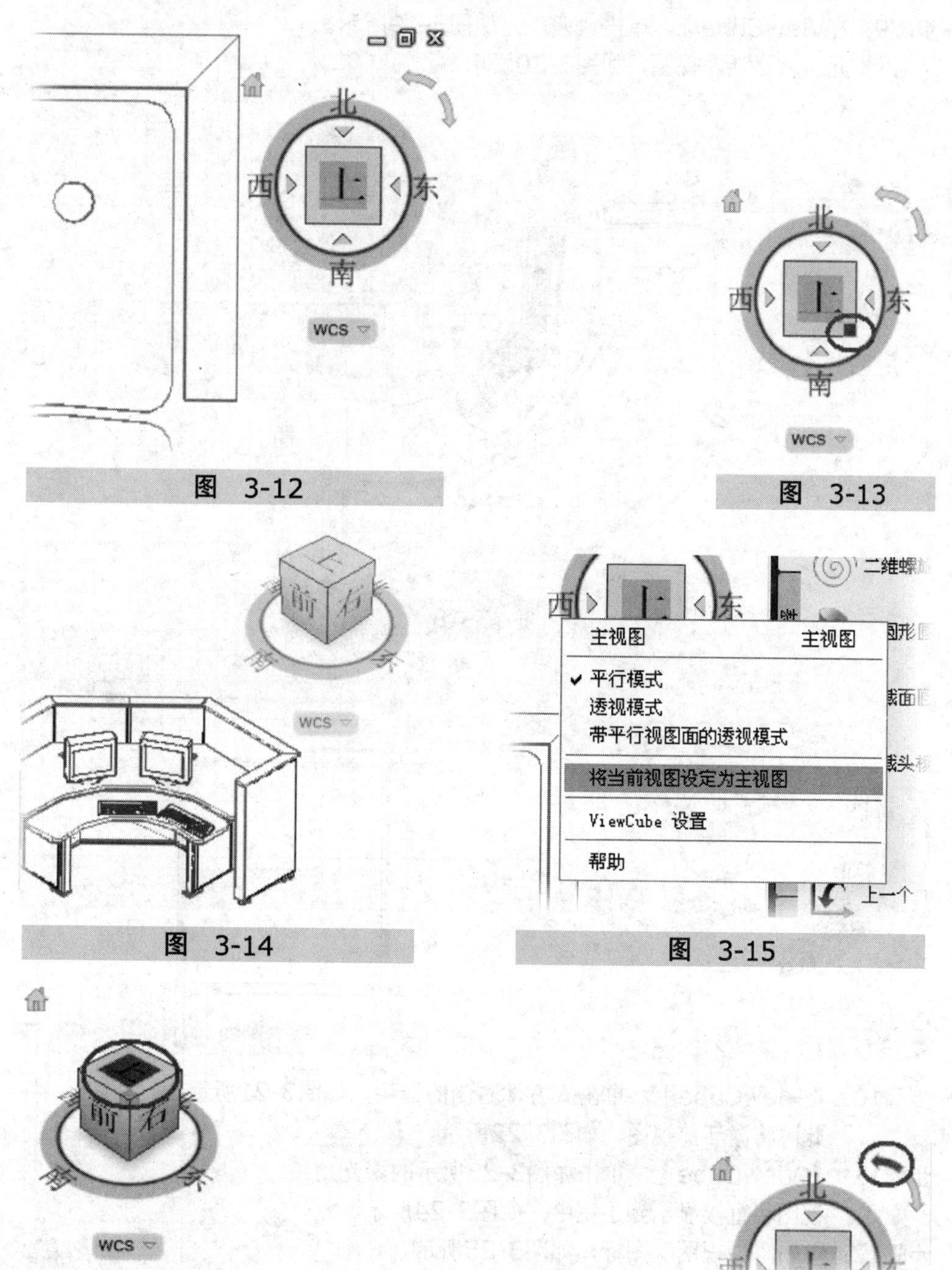

图 3-12

图 3-13

图 3-14

图 3-15

图 3-16

图 3-17

视图将按逆时针方向旋转90°，如图3-18所示。

步骤9：在ViewCube上，单击“西”，如图3-19所示。

此时将激活左视图，如图3-20所示。

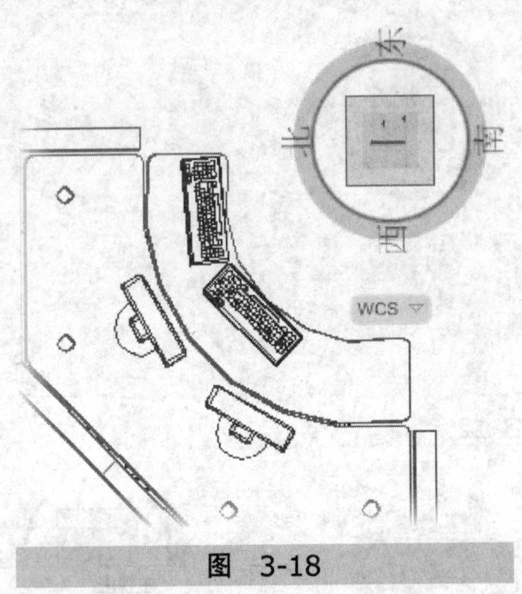

图 3-18

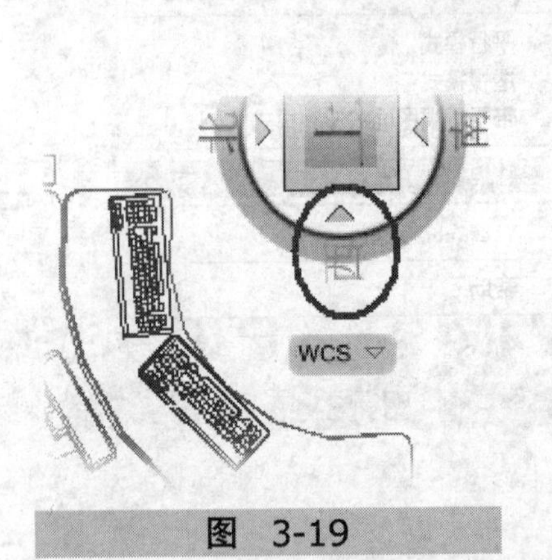

图 3-19

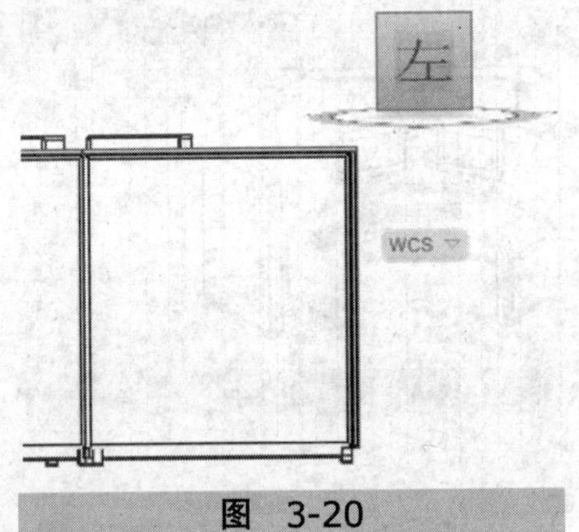

图 3-20

步骤10：在ViewCube上，单击立方体右侧的箭头，如图3-21所示。

此时将激活前视图，如图3-22所示。

步骤11：在ViewCube上，单击如图3-23所示的聚光角。

视图将直接显示到小室中，如图3-24所示。

步骤12：单击“主视图”图标，如图3-25所示。

此时将显示主视图，如图3-26所示。

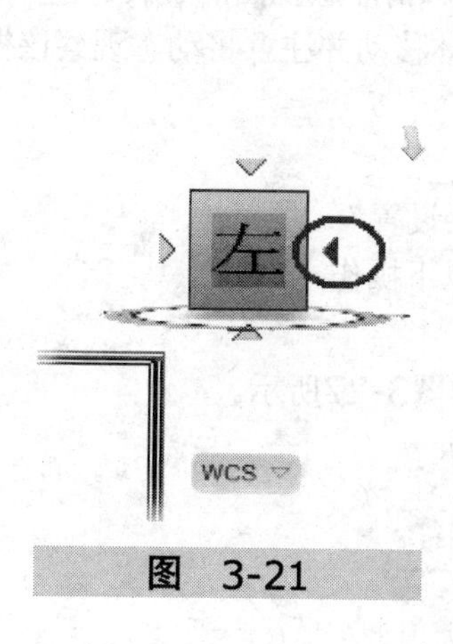

图 3-21

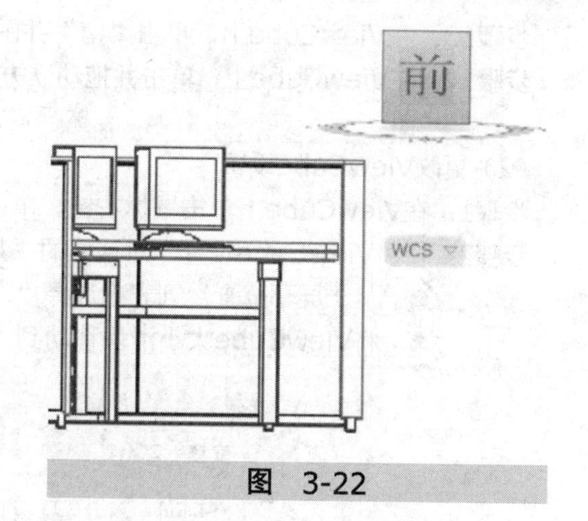

图 3-22

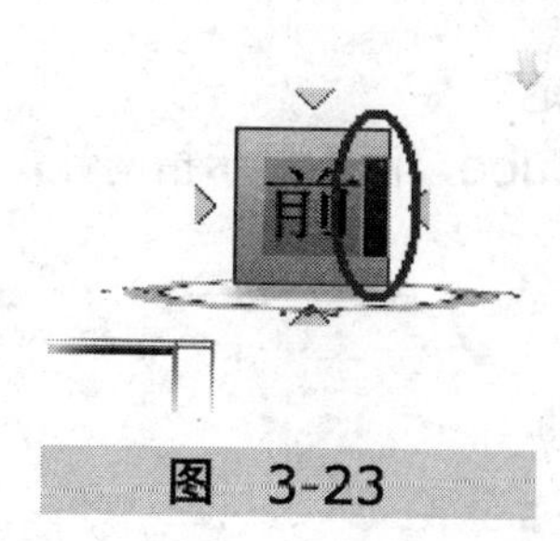

图 3-23

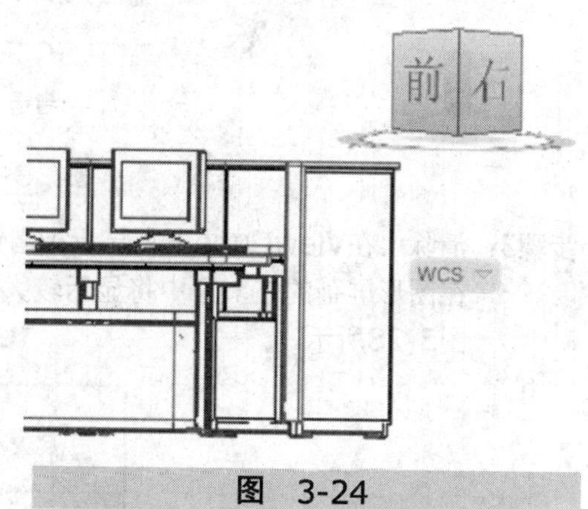

图 3-24

图 3-25

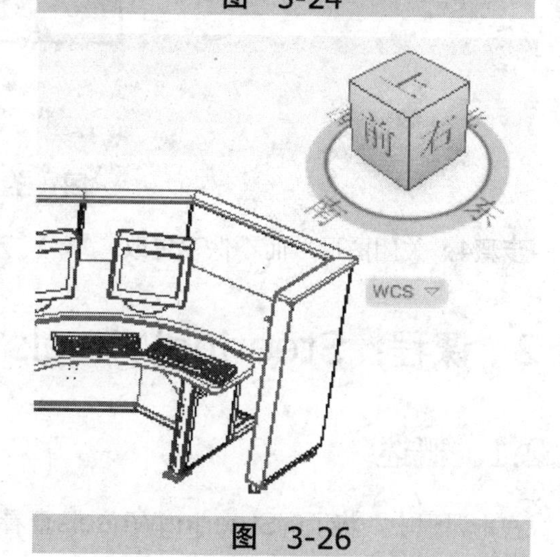

图 3-26

步骤13：在ViewCube上，单击“南”并围绕立方体拖动。请注意视图的旋转。

步骤14：在ViewCube上，单击并拖动立方体。围绕立方体移动并注意将动态观察该视图。

（2）更改ViewCube设置

步骤1：在ViewCube上单击鼠标右键。单击“ViewCube设置”。

步骤2：在“ViewCube设置”对话框的“显示”下执行以下操作。

- 从“屏幕位置”列表中选择“左上”。
- 将ViewCube大小滑块移动到“大”位置，如图3-27所示。

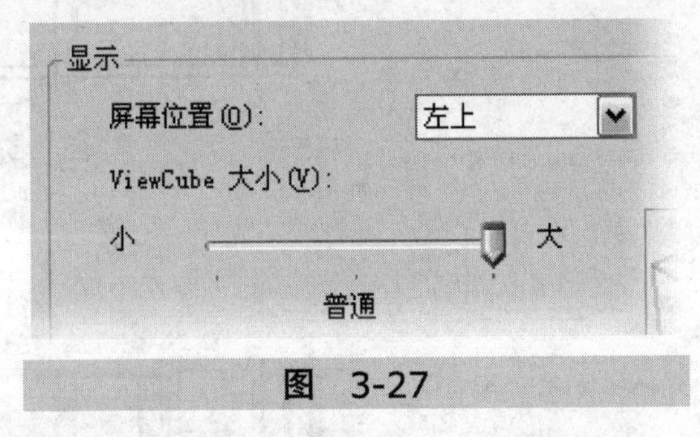

图 3-27

步骤3：清除“在ViewCube下方显示指南针”。单击“确定”。

在图形屏幕的左上角中将显示较大的非活动ViewCube，而不显示指南针，如图3-28所示。

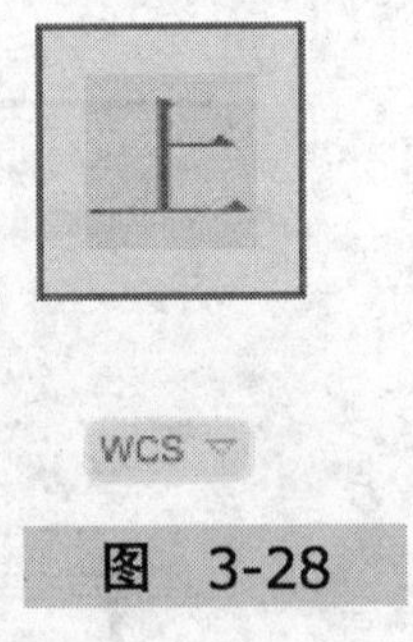

图 3-28

步骤4：关闭图形，而不保存更改。

3.2 课程：SteeringWheels

3.2.1 概述

在本课程中，将了解SteeringWheels查看控件及其选项，以便在二维和三维设计环境中导航。

在设计环境中导航会存在一系列独特的难题，尤其是在三维环境中。SteeringWheels导航工具提供了一个方便的图形界面，将多个导航工具组合为一个工具。在您移动光标时，SteeringWheels将在屏幕上跟随光标移动，因此您不必在工具栏、菜单或控制面板中访问这些工具。可以在图形中您注视的位置访问它们，如图3-29所示。

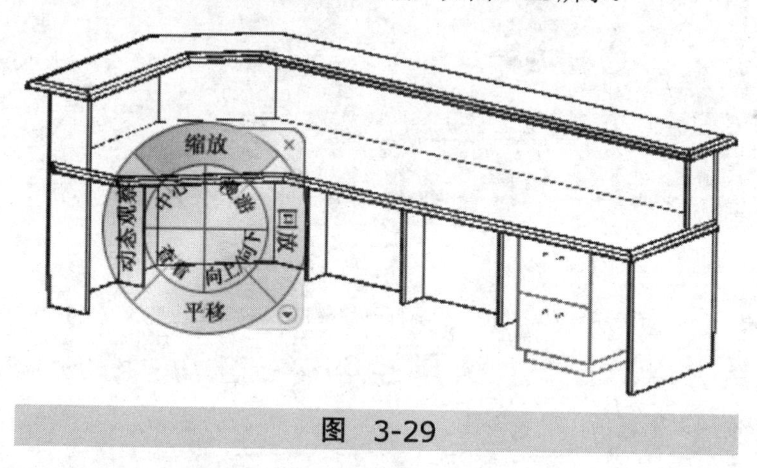

图 3-29

目标

完成本课程后，您将能够：

- 介绍各个SteeringWheels所提供的导航工具。
- 激活SteeringWheels并使用它在三维环境中导航。

3.2.2 关于SteeringWheels

SteeringWheels也称为导航控制盘或控制盘，可使您在单个界面中快速访问多个导航工具。

（1）控制盘说明

SteeringWheels是一个将多个导航工具组合为一个形如控制盘对象的界面，它处于活动状态时会在屏幕上跟随光标移动，直到取消激活它为止。

控制盘分为多个区域，这些区域称为“按钮”。控制盘上的每个按钮都表示一个特定的导航工具。通过单击表示所需导航工具的按钮可以访问该工具，然后拖动光标以查看所需的效果。

（2）控制盘类型

共有四个可用的SteeringWheels，每个SteeringWheels均配置有可供您使用的不同导航工具，具体取决于您是在二维还是三维环境中工作以及所做的工作类型。

熟练使用SteeringWheels后，可以选择将控制盘显示为小型化的小控制盘。小控制盘的大小与光标大致相同，在组成控制盘的按钮上不显示标签。每个小控制盘与对应的大控制盘具有相同的导航工具。二维导航SteeringWheels是唯一一个没有对应小控制盘的控制盘，如图3-30所示。

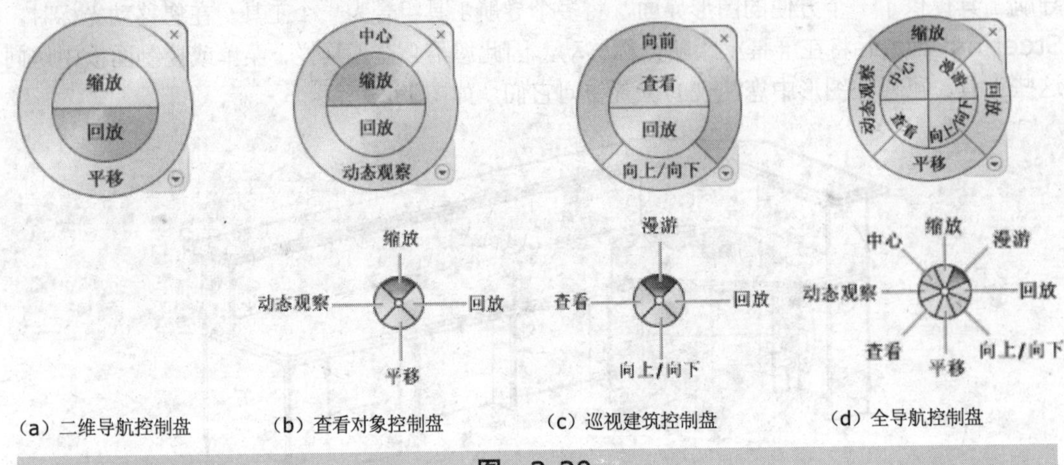

（a）二维导航控制盘　（b）查看对象控制盘　（c）巡视建筑控制盘　（d）全导航控制盘

图　3-30

对该命令使用以下选项，见表3-3。

表3-3　命令选项及其说明

控制盘	说　明
二维导航	用于图纸空间中模型的基本导航。此控制盘包含“缩放”工具、“平移”工具和“回放”工具，它是图纸空间中可用的唯一控制盘
查看对象	用于三维导航，从外部检查三维对象
巡视建筑	用于三维导航，在模型内部导航
全导航	用于任何模型的二维和三维全导航

（3）SteeringWheels动态观察工具的示例

图3-31显示了使用“动态观察”工具的步骤序列。

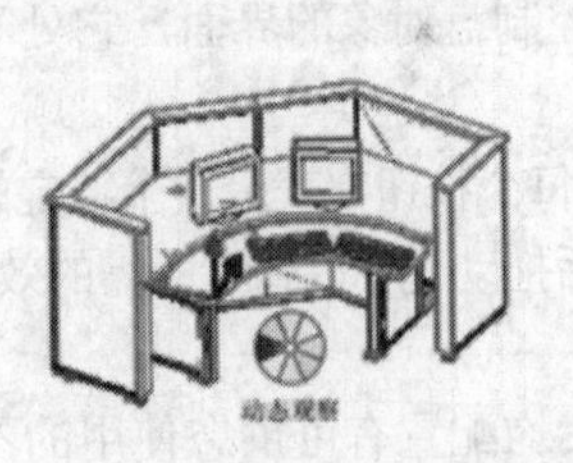

（a）“全导航控制盘（小）”上的“动态观察”工具　（b）围绕轴心点拖动图像　（c）生成的视图

图　3-31

3.2.3 使用SteeringWheels

可以从状态栏、“视图”菜单或者通过在图形区域中单击鼠标右键来激活SteeringWheels。首次激活SteeringWheels时，将显示“首次使用”信息气泡，通过该信息气泡，可以选择并尝试不同的SteeringWheels。

使用“SteeringWheels设置”对话框（访问方法是在控制盘中的任意位置上单击鼠标右键），可以控制SteeringWheels的显示和行为。

（1）命令访问

SteeringWheels 。

命令：NAVSWHEEL。

菜单：“视图”>“SteeringWheels”。

快捷菜单：SteeringWheels。

状态栏：SteeringWheels，如图3-32所示。

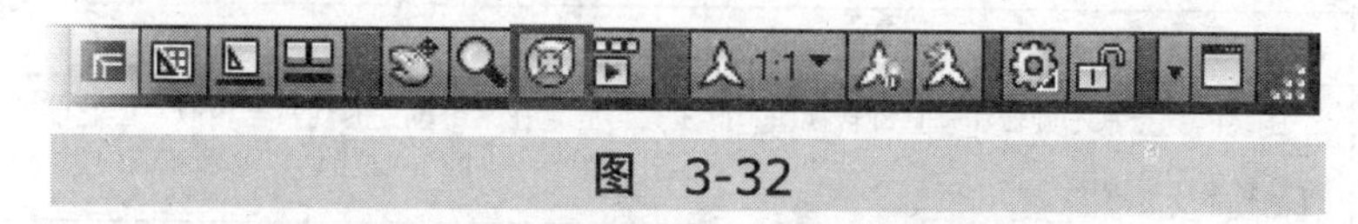

图 3-32

功能区：“默认”选项卡>“视图”面板>“SteeringWheels”，如图3-33所示。

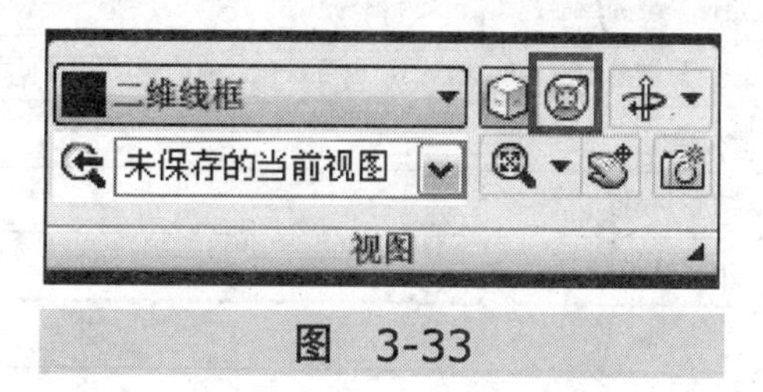

图 3-33

必须激活“三维建模”工作空间，才能使“视图”面板在“默认”选项卡上可用。

（2）导航工具

显示控制盘后，将光标移动到任何控制盘的工具上可显示工具提示，工具提示说明使用此工具需要执行的操作。

对于大多数工具的使用，都是在所需的按钮中单击，然后在图形窗口中拖动即可更改当前视图。释放鼠标键后，将返回到控制盘。此外，只需单击“缩放”工具、“中心”工具和回放”工具即可执行所需的操作，如图3-34所示。

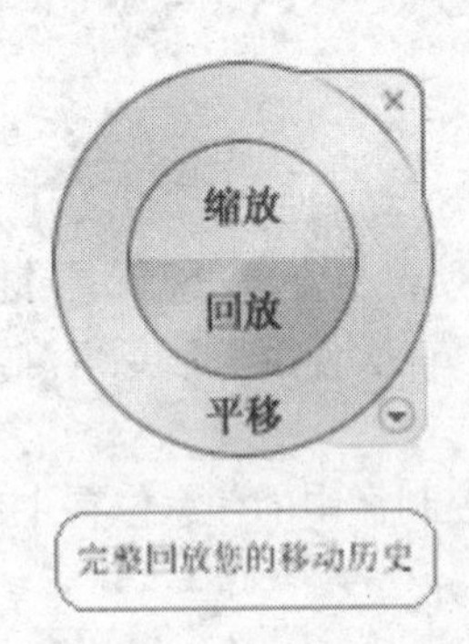

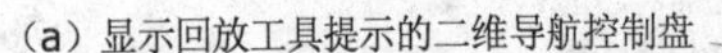
(a) 显示回放工具提示的二维导航控制盘

(b) 显示漫游工具提示的全导航控制盘

图 3-34

在导航控制盘的各种按钮上提供了下列导航工具，见表3-4。

表3-4 导航工具

选 项	说 明
中心	将模型上的某个点指定为当前视图的中心。它还可用于更改某些导航工具所使用的目标点
向前	调整当前视点和模型的已定义轴心点之间的距离
查看	围绕固定点水平旋转和垂直旋转视图。此工具与固定在某个位置的观察器相似，但它能够以头部为轴心进行旋转来环视视图
动态观察	根据“中心”选项确定的固定轴心点，围绕模型旋转当前视图
平移	通过平移重新定位模型的当前视图
回放	恢复上一个视图。只需单击所需的缩略图，也可以在以前的视图之间向后或向前移动
向上/向下	沿屏幕的Y轴滑动模型的当前视图
漫游	对在模型中漫游进行模拟
缩放	调整当前视图的缩放比例

在使用“漫游”工具时，可以通过按住Shift键暂时切换到“向上/向下”工具。

（3）“首次使用”气泡

首次激活SteeringWheels时，它将固定到图形的左下角。将光标移动到它上面时，将显示控制盘的“首次使用”气泡。“首次使用”气泡介绍控制盘的用途以及如何使用它们。从固定位置移动SteeringWheels后，就不会显示气泡，如图3-35所示。

（4）SteeringWheels菜单

可以单击控制盘上的菜单箭头图标，或者在控制盘中的任意位置上单击鼠标右键来显示SteeringWheels菜单，该菜单包含下列选项，如图3-36所示，选项说明见表3-5。

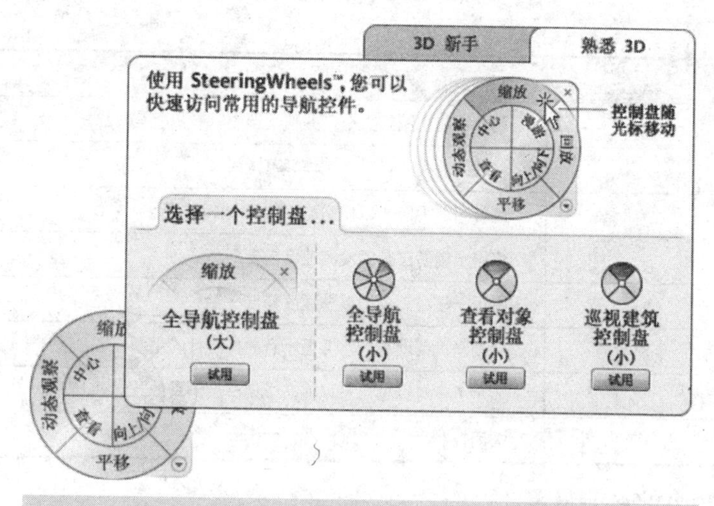

图 3-35

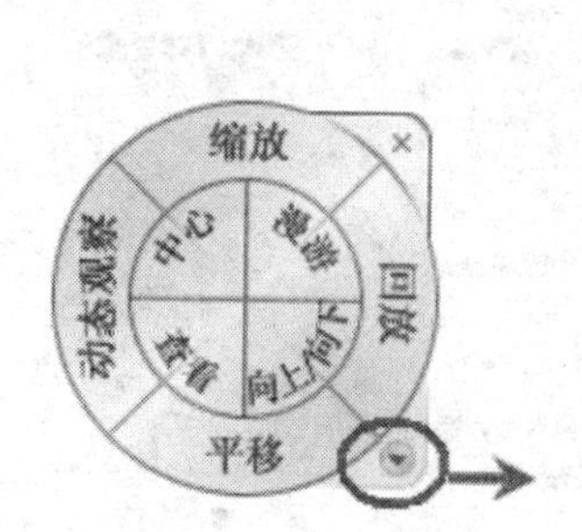

（a）SteeringWheels菜单箭头图标

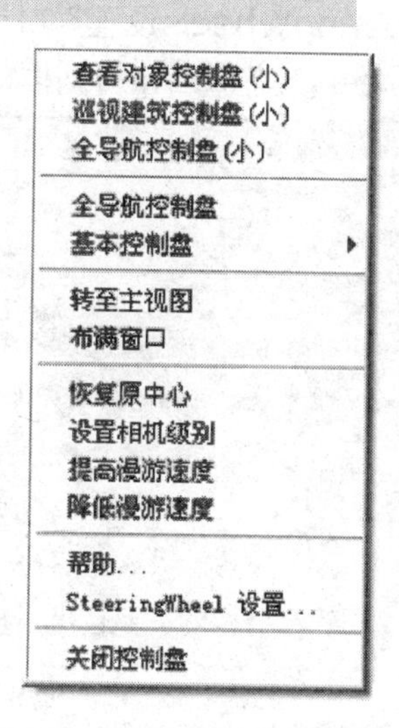

（b）SteeringWheels菜单

图 3-36

表3-5 SteeringWheels菜单选项说明

选　项	说　明
小控制盘	显示“查看对象控制盘（小）”、“巡视建筑控制盘（小）”或“全导航控制盘（小）”
全导航控制盘	显示全导航控制盘
基本控制盘	显示“查看对象”或“巡视建筑”导航控制盘
转至主视图	恢复随模型保存的主视图

续表

选　项	说　明
布满窗口	调整当前视图的大小，并使其居中以显示所有对象
恢复原始中心	将视图的中心点恢复到模型范围内
使相机水平	旋转当前视图，以便它与XY的平面相关联
提高漫游速度	将用于漫游工具的漫游速度提高到两倍
降低漫游速度	将用于漫游工具的漫游速度降低一半
帮助	启动联机帮助系统，并显示有关控制盘的主题
SteeringWheels设置	显示一个对话框，可以在其中调整控制盘的首选项
关闭控制盘	关闭控制盘

（5）SteeringWheels设置

使用“SteeringWheels设置”对话框可以指定SteeringWheels的外观和设置。可以从SteeringWheels菜单激活该对话框，如图3-37所示，选项说明见表3-6。

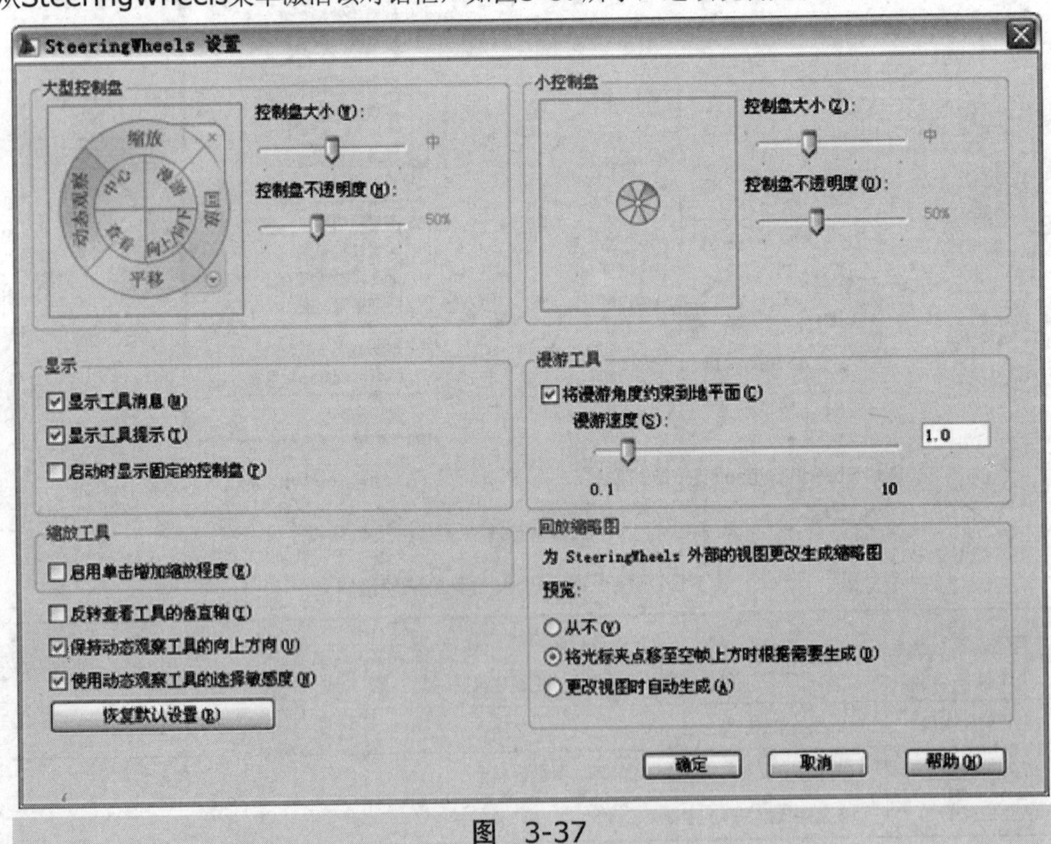

图　3-37

表3-6 SteeringWheels设置选项说明

选　项	说　明
控制盘大小	指定大控制盘和小控制盘的大小
控制盘不透明度	确定大控制盘和小控制盘的不透明度级别
显示工具消息	指定在使用工具时是否显示工具消息。工具消息出现在控制盘的下方，说明使用该工具所需的操作
显示工具提示	指定当光标移动到控制盘的按钮上时是否显示工具提示
启动时显示固定的控制盘	指定在激活控制盘时，是否在图形左下角的固定位置中显示控制盘。将鼠标移动到此位置中的控制盘上时，将显示“首次使用”气泡
启用单击增加缩放程度	使您可以通过单击缩放工具在图形中进行放大。当前视图将按25%的比例进行放大
反转查看工具的垂直轴	确定拖动鼠标的方向，以便在使用查看工具时向上或向下移动当前视图的源点和目标点
保持动态观察工具的向上方向	指定在使用动态观察工具时是否可以倒置模型的视点
使用动态观察工具的选择敏感度	指定是否将在显示控制盘之前选择的对象用于定义动态观察工具的轴心点
将漫游角度约束到地平面	控制在使用漫游工具时是否可以沿Z方向调整当前视图
漫游速度	设置使用漫游工具时的移动速度
为SteeringWheels外部的视图更改生成缩略图预览	指定是否以及何时为回放工具生成缩略图预览

（6）步骤：激活特定的控制盘

下列步骤概述了如何在图形中激活特定的SteeringWheels。

步骤1：在状态栏上单击“SteeringWheels”。

步骤2：在SteeringWheels上单击鼠标右键以激活SteeringWheels菜单，如图3-38所示。

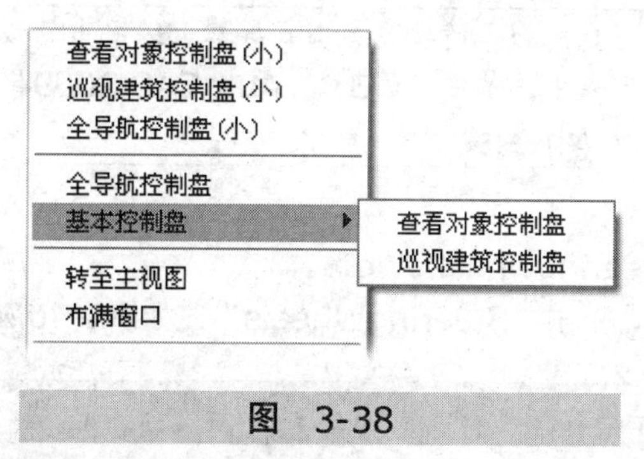

图 3-38

步骤3：选择所需的控制盘。

（7）步骤：使用控制盘上的导航工具

下列步骤概述了如何使用SteeringWheels上的导航工具。

步骤1：将光标移动到控制盘的按钮上。

步骤2：单击所需的按钮，然后拖动光标以执行对应的导航操作。

（8）步骤：更改SteeringWheels设置

下列步骤概述了如何更改SteeringWheels设置。

步骤1：在SteeringWheels上单击鼠标右键以激活SteeringWheels菜单。

步骤2：单击“SteeringWheels设置”。

步骤3：在“SteeringWheels设置”对话框中，指定所需的设置。

步骤4：单击“确定”。

3.2.4 练习：使用SteeringWheels

在此练习中，将打开一个包含三维模型的图形，激活SteeringWheels并在它们之间切换，然后使用其上的导航工具以不同方式查看三维模型。还将更改SteeringWheels设置以控制SteeringWheels工具的工作方式，如图3-39所示。

图 3-39

若要完成练习，请按照本书或屏幕上练习中的步骤操作。在屏幕上的章节和练习列表中，单击“第3章：AutoCAD 2009导航”。单击“练习：使用SteeringWheels”。

（1）使用导航工具

步骤1：打开“c_steeringwheel.dwg”。

步骤2：在状态栏上，单击“SteeringWheels”，如图3-40所示。

图 3-40

步骤3：将光标移动到图形区域中。控制盘将锁定到光标。

步骤4：在控制盘上单击鼠标右键。单击“SteeringWheels设置”。

步骤5：在“SteeringWheels设置”对话框中的“缩放工具”下，选中“启用单击增加缩放程度”复选框。单击“确定”。

步骤6：将控制盘移动到图形中的汽车上，如图3-41所示。

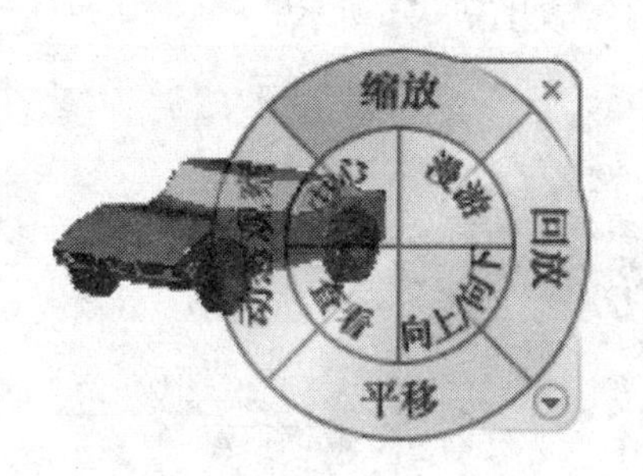

图 3-41

步骤7：单击“缩放”。光标的位置被用作中心点，图形中显示的汽车向近处移动，如图3-42所示。

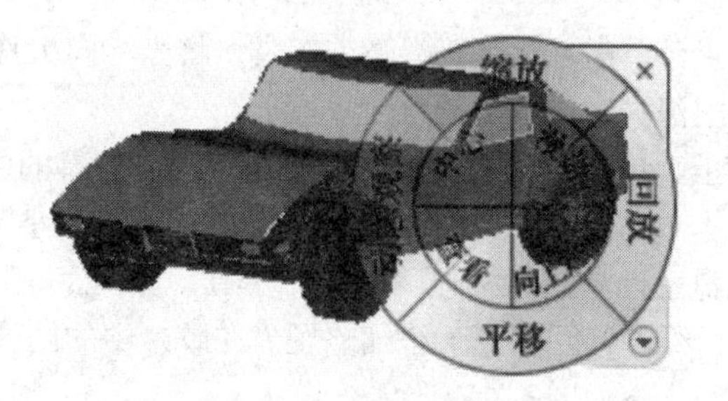

图 3-42

步骤8：在控制盘上，单击并按住“中心”工具。将轴心点移动到汽车的中心上，然后释放鼠标键。汽车将移动到屏幕中心，所选点被定义为图形的轴心点，如图3-43所示。

图 3-43

步骤9：在控制盘上，单击并按住“向上/向下”工具，此时将显示垂直距离指示器，如图3-44所示。

步骤10：向下拖动光标，直到橙色指示器位于“顶部”和“底部”之间的中间位置。汽车在屏幕中上移，如图3-45所示。

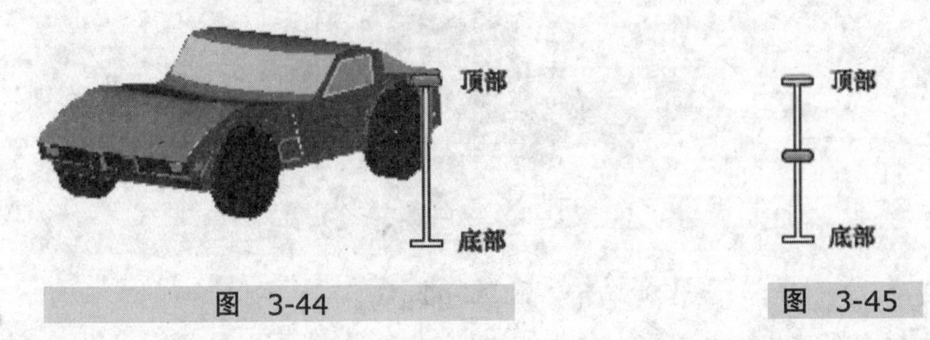

图 3-44　　图 3-45

注意：您可能必须将光标向下拖离屏幕。光标将出现在屏幕顶部，并在橙色指示器继续在垂直距离指示器上向下移动时向下移动。

步骤11：在控制盘上，单击并按住“漫游”工具。将光标向上移动，再向右移动。在汽车从屏幕中消失时，释放鼠标键。

步骤12：在控制盘上，单击“回放”工具。汽车将回到屏幕的中心处。

步骤13：在控制盘上单击鼠标右键。单击“全导航控制盘（小）”以显示小控制盘。

步骤14：在小控制盘上，单击并按住“回放”工具，如图3-46所示。

步骤15：在胶片上，缓慢移回到第一个缩略图。在胶片中的图像间移动时，图形中的视图将发生变化，如图3-47所示。

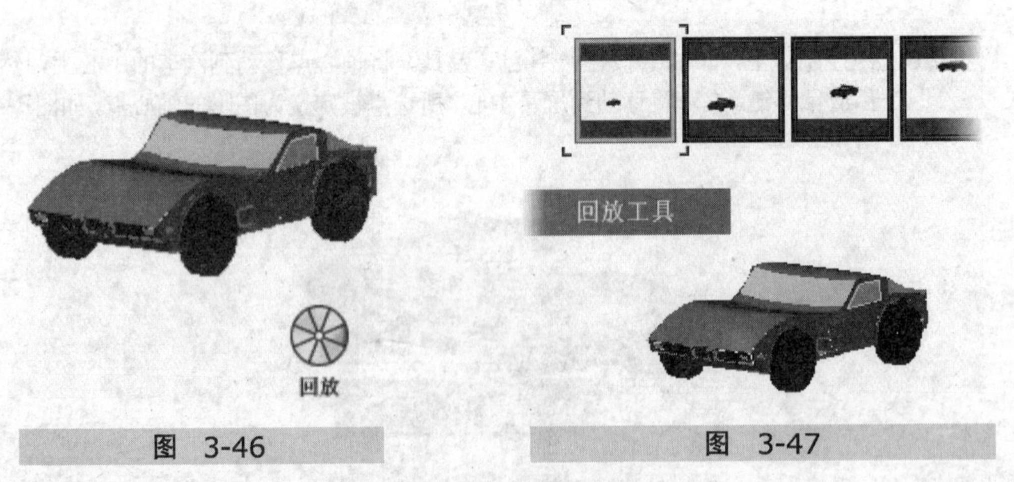

图 3-46　　图 3-47

步骤16：在控制盘上单击鼠标右键。单击“布满窗口”。

注意：汽车将填满整个窗口。

步骤17：在控制盘上单击鼠标右键。单击“基本控制盘”>“查看对象控制盘”。

步骤18：在控制盘上，单击并按住“动态观察”工具。在屏幕上四处移动，并留意所显示内容的变化。

步骤19：关闭图形，而不保存更改。

（2）在房屋中漫游

步骤1：打开“c_steeringwheel_house.dwg”。

步骤2：在状态栏上，单击“SteeringWheels”，如图3-48所示。

图 3-48

步骤3：将光标移动到图形区域中。

注意：控制盘将锁定到光标。

步骤4：激活“全导航控制盘”。

步骤5：在控制盘上，单击并按住“中心”工具。将轴心点移动到模型的中心，如图3-49所示。

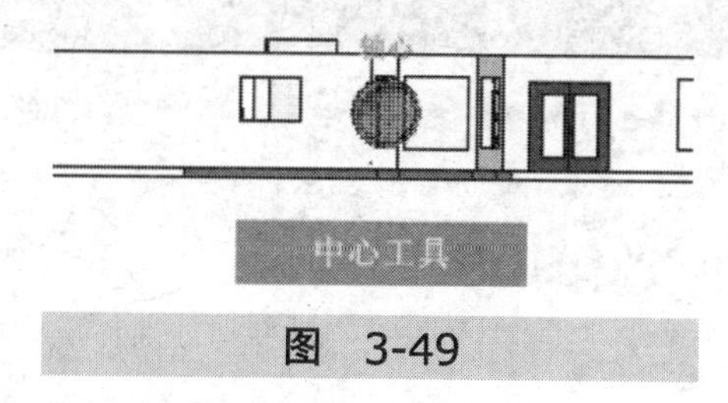

图 3-49

步骤6：若要在房屋中漫游，请执行下列操作。

- 在控制盘上，单击并按住“漫游”工具。
- 向前门拖动并通过前门。
- 继续在模型内四处拖动光标以查看不同的房间，如图3-50所示。

步骤7：单击并按住“回放”工具。请注意，在胶片中保存了房屋内的几个快照，如图3-51所示。

步骤8：单击胶片上的快照之一，以使其成为图形中的当前视图。

步骤9：单击并按住“漫游”工具以查看建筑物的其他部分。

步骤10：在漫游时，按住Shift键以显示垂直距离指示器。

步骤11：上下移动光标。请注意，视图将随着光标的移动而移动。

步骤12：释放Shift键。

步骤13：按Esc键关闭SteeringWheels。

步骤14：关闭图形，而不保存更改。

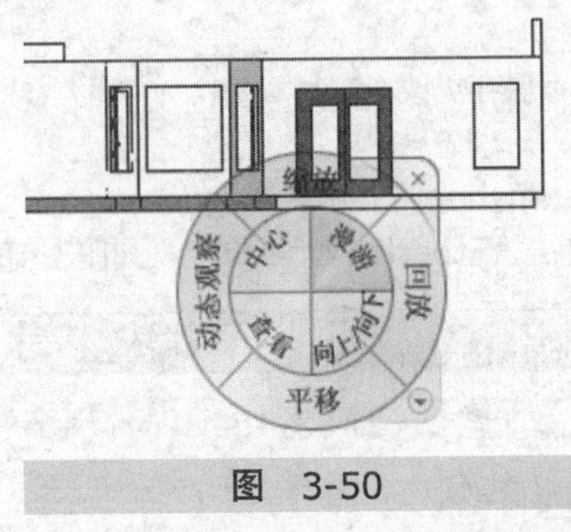

图 3-50

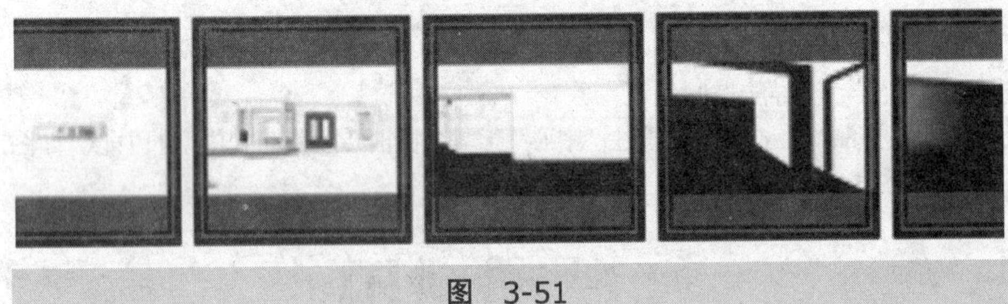

图 3-51

3.3 课程：ShowMotion

3.3.1 概述

在本课程中，将学习如何使用ShowMotion创建并查看演示视图。

在演示过程中导航到图形的不同区域可能会很麻烦。ShowMotion提供了可用于快速切换图形中不同视图的工具，以达到演示目的。使用ShowMotion中的“新建快照”工具可以创建快照。在创建快照时可以采用多种效果，包括将电影式相机移动作为静止快照中的转场或作为录制的漫游，如图3-52所示。

目标

完成本课程后，您将能够：

- 使用ShowMotion播放演示视图。
- 创建新的演示视图以用于ShowMotion。

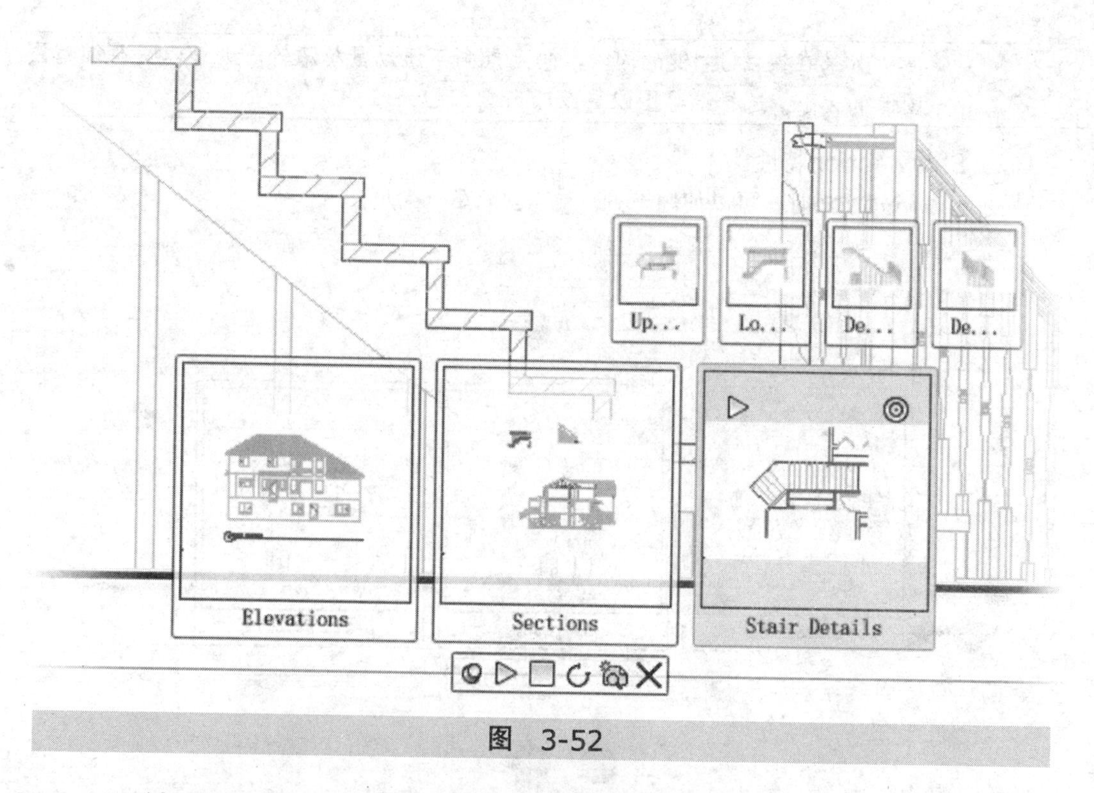

图 3-52

3.3.2 使用ShowMotion查看演示视图

使用ShowMotion控制面板可以在当前图形的命名视图之间进行可视导航。激活ShowMotion控制面板将显示在图形中定义的每个命名视图的缩略图图像。为命名视图分配类别后，命名视图将按类别显示。使用ShowMotion，可以播放在某一类别的所有视图间自动循环的幻灯片放映。可以选择循环播放幻灯片放映，以便它可以反复从头开始播放，直到您停止播放为止。必要时，也可以暂停放映。

（1）命令访问

 ShowMotion 。

命令行：NAVSMOTION。

菜单：“视图”菜单>“ShowMotion”。

状态栏：ShowMotion，如图3-53所示。

图 3-53

如果在按住Ctrl键的同时，向上或向下滚动鼠标滚轮，则可以更改缩略图图像的大小。选择缩略图以更改为所需视图。

（2）ShowMotion特性

显示ShowMotion时，可以使用下列选项，如图3-54所示。

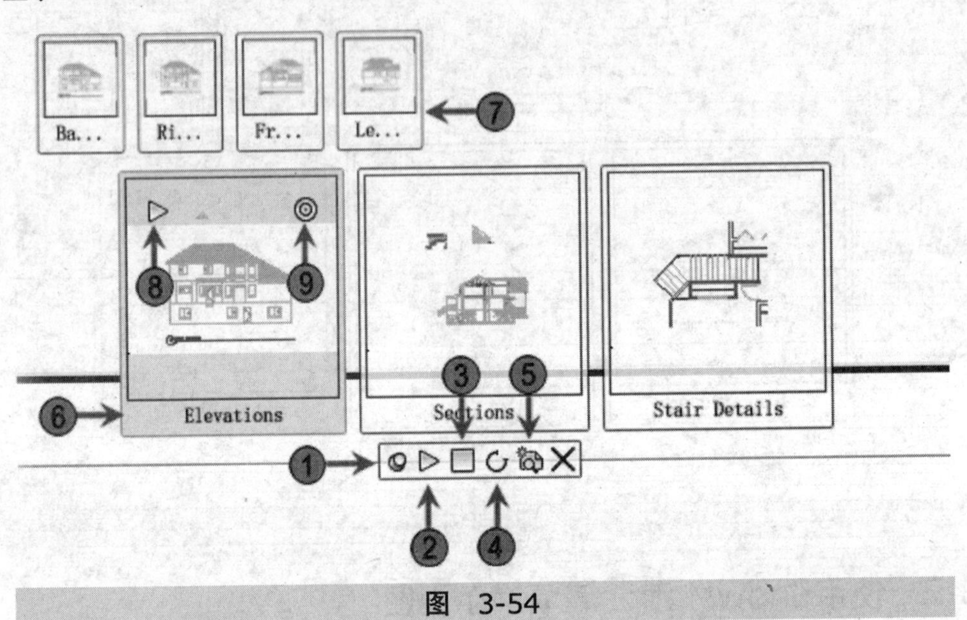

图 3-54

❶ 固定ShowMotion　锁定“ShowMotion”控制面板，以便在处理图形时此面板保持可见状态。

❷ 全部播放　当前图形自动循环访问所选类别中的所有视图。

❸ 停止　停止ShowMotion。

❹ 打开循环/关闭循环　控制动画是否连续播放分配给视图的转场和运动。

❺ 新建快照　激活“新建视图/快照特性”对话框，可以在该对话框中创建新的视图/快照。

❻ 类别　显示图形中每种视图类别的缩略图图像。将鼠标移动到不同的类别上时，将在其上方显示属于该类别的视图。

❼ 视图　显示在所选类别中定义的命名视图。选择所需的视图以便在图形区域中将其激活。

❽ 播放　可用于播放快照和视图类别。将光标移动到缩略图上时，“播放”按钮将出现在缩略图的左上角。在播放期间，“播放”按钮将替换为“暂停”按钮。单击“暂停”按钮可暂停播放。暂停播放后，“暂停”按钮将替换为“播放”按钮。

❾ 开始　　可用于在修改快照或视图类别时将相机移动到关键位置。当光标悬停在视图类别缩略图上时，“开始”按钮将出现在缩略图的右上角中。若要将相机移动到视图类别的第一个快照的开始位置，请单击“开始”按钮。

也可以在任一视图或类别缩略图上单击鼠标右键，以访问快捷菜单。通过快捷菜单可以排列、删除和编辑视图的特性，如图3-55所示。

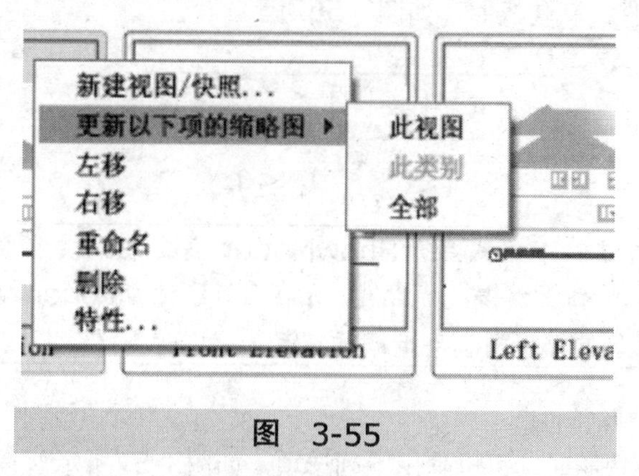

图 3-55

（3）步骤：使用ShowMotion播放演示视图

下列步骤概述了如何使用ShowMotion播放演示视图。

步骤1：在状态栏上，单击“ShowMotion”。

步骤2：若要使用图形中的所有视图播放动画，请单击ShowMotion控件上的“全部播放”。

步骤3：若要使用某一类别中的所有视图播放动画，请单击类别缩略图上的“播放”。

步骤4：若要更改动画中的视图顺序，请在所需视图上单击鼠标右键，然后选择“左移”或“右移”以重新定位该视图。

3.3.3 使用ShowMotion创建演示视图

使用ShowMotion，可以将移动和转场添加到命名视图和捕获的相机位置。这些动画视图称为快照。有三种类型的快照：静止、电影式和录制的漫游。每种快照类型具有不同的快照特性。

- 静止快照由单个存储的相机位置组成。通过“视图管理器”创建新的命名视图时，“静止”快照类型是分配给命名视图的默认类型。
- 电影式快照利用单个相机位置，并应用了其他电影式相机移动。
- 录制的漫游允许您单击所需的动画并沿其路径进行拖动。

按类别将快照组合在一起时，将创建动画序列。

（1）**命令访问**

 **新建快照**。

命令行：NEWSHOT。

ShowMotion快捷菜单：新建视图/快照。

ShowMotion控件：新建快照，如图3-56所示。

图 3-56

可通过以下方式显示ShowMotion快捷菜单：在状态栏中的“ShowMotion”按钮上单击鼠标右键，或在激活ShowMotion控件的情况下，在任何视图或类别的缩略图上单击鼠标右键。

（2）**新建视图/快照特性**

创建或编辑视图/快照时，可以使用下列选项，如图3-57所示。

❶ **视图名称** 指定视图的名称。

❷ **视图类别** 指定命名视图的类别。从列表中选择一种视图类别，输入新类别，或者将此选项保留为空。

❸ **视图类型** 指定视图类型：“静止”、“电影式”或“录制的漫游”。在图纸空间中创建快照时，视图类型“录制的漫游”不可用。

❹ **视图特性** 此选项卡包含视图的其他设置，如定义视图边界、UCS、视觉样式和背景。

❺ **转场** 定义播放视图时使用的转场类型并设置转场的时间长度。

❻ **运动** 定义在播放视图时使用的运动行为。根据视图类型的不同，会提供不同的选项。

❼ **预览** 预览分配给视图的转场和运动。

❽ **循环** 连续播放分配给视图的转场和运动。

（3）**步骤：使用ShowMotion创建演示视图**

下列步骤概述了如何创建新的视图/快照。

步骤1：在状态栏中，在“ShowMotion”上单击鼠标右键。单击“新建视图/快照”。

步骤2：对于“视图名称”，输入新视图/快照的所需名称。

步骤3：对于“视图类别”，从列表中选择一种类别或输入新类别。

步骤4：从“视图类型”列表中选择所需的类型。

步骤5：在“快照特性”选项卡的“转场”下，选择转场类型和持续时间。

步骤6：在“运动”下，根据所选的视图类型指定所需的值。

步骤7：在“视图特性”选项卡的“边界”下，选择当前窗口以便将当前显示用作新视图或者为新视图定义边界。

步骤8：在“设置”下，指定希望与新视图关联的“UCS”、“活动截面”和“视觉样式”。

步骤9：在“背景”下，指定背景图像。

步骤10：单击“确定”。

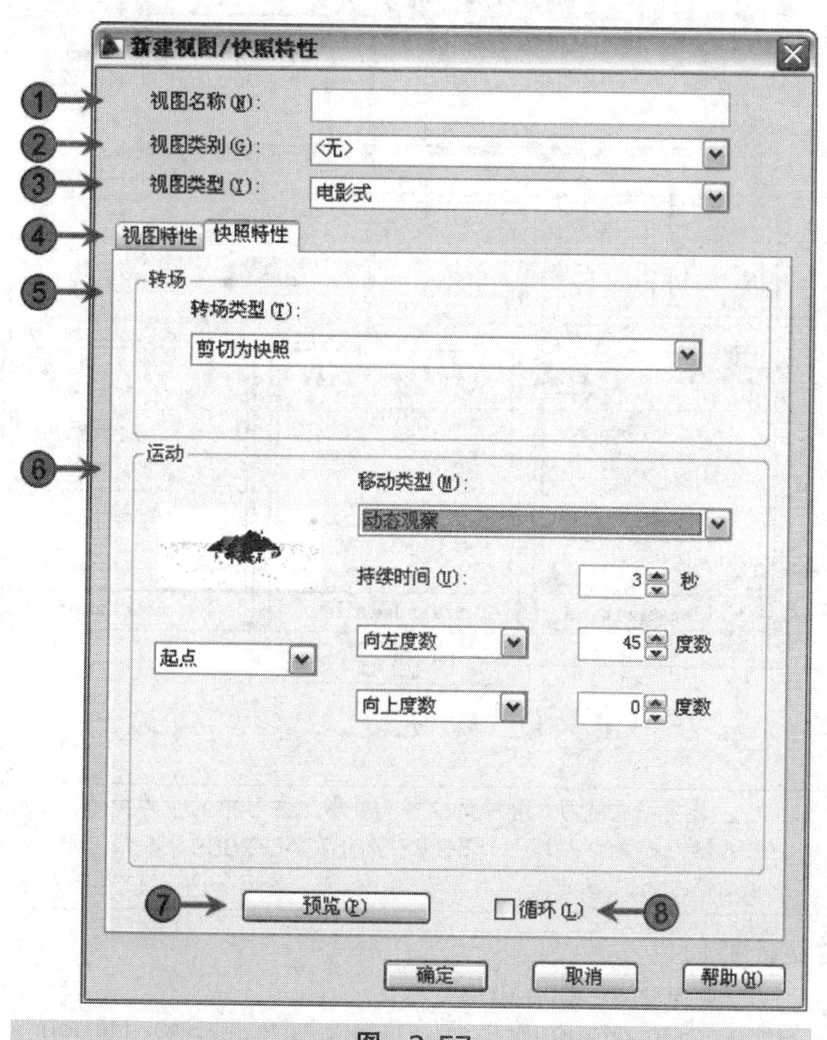

图 3-57

3.3.4 练习：使用ShowMotion

在此练习中，将使用ShowMotion工具查看图形的预定义命名视图，还将使用ShowMotion工具在图形中创建新视图，如图3-58所示。

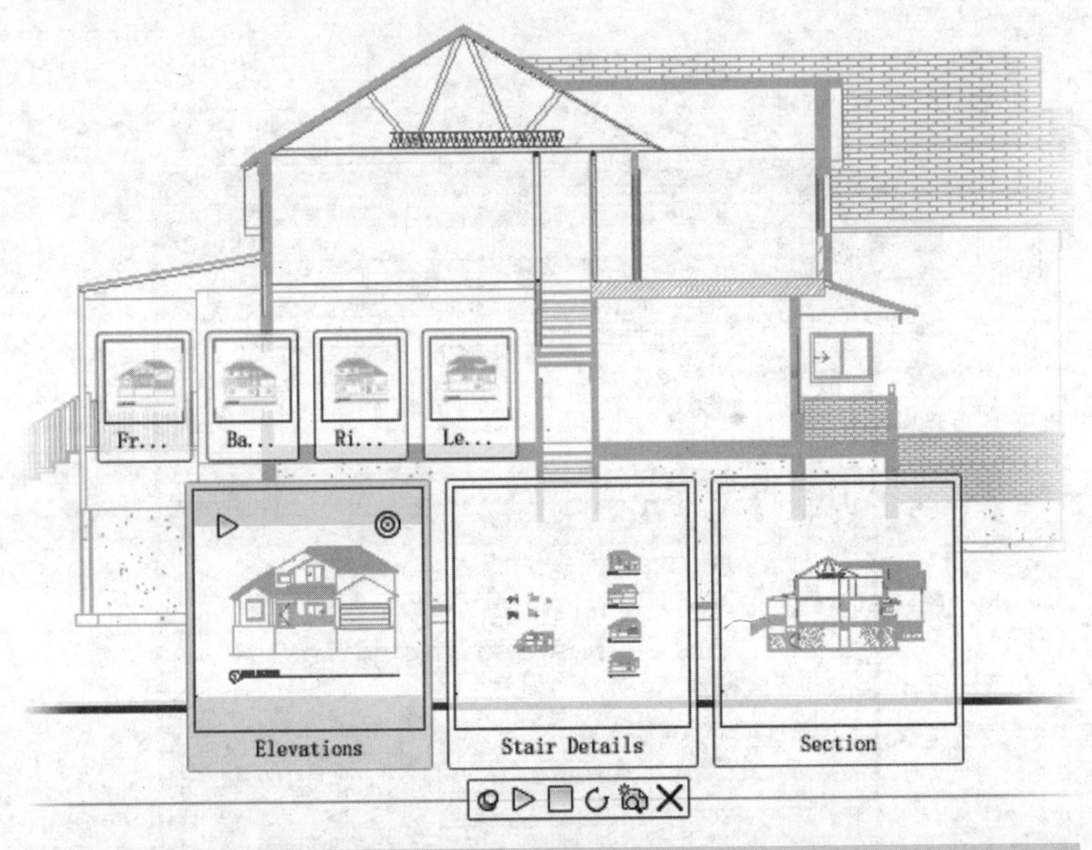

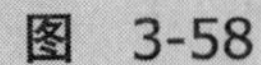

图 3-58

若要完成练习，请按照本书或屏幕上练习中的步骤操作。在屏幕上的章节和练习列表中，单击“第3章：AutoCAD 2009导航”。单击“练习：使用ShowMotion”。

（1）创建新快照

步骤1： 打开“c_showmotion.dwg”。

步骤2： 若要显示ShowMotion控件，请在状态栏上，单击“ShowMotion”，如图3-59所示。

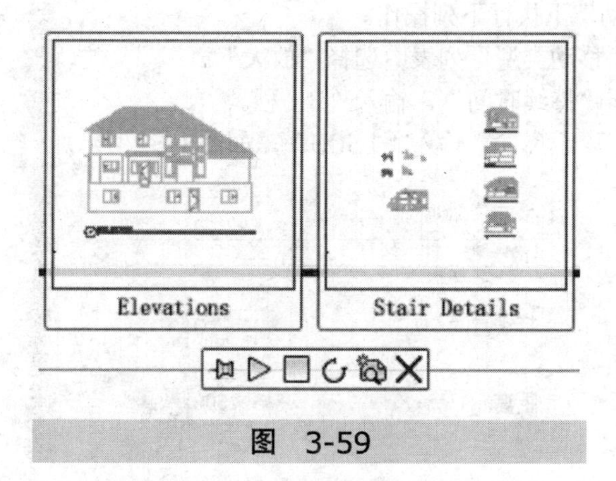

图 3-59

步骤3：在ShowMotion控件上，单击“固定ShowMotion”。

步骤4：在ShowMotion控件上，单击“新建快照”。

步骤5：在“新建视图/快照特性”对话框中执行下列操作。

- 在“视图名称”中输入“Building Section”。
- 在“视图类别”中输入“Section”。
- 从“视图类型”列表中选择“电影式”，如图3-60所示。

图 3-60

步骤6：在“快照特性”选项卡上执行下列操作。

- 从“转场类型”列表中选择“从白色淡入此快照”。
- 将“转场持续时间”设置为“0.5”，如图3-61所示。

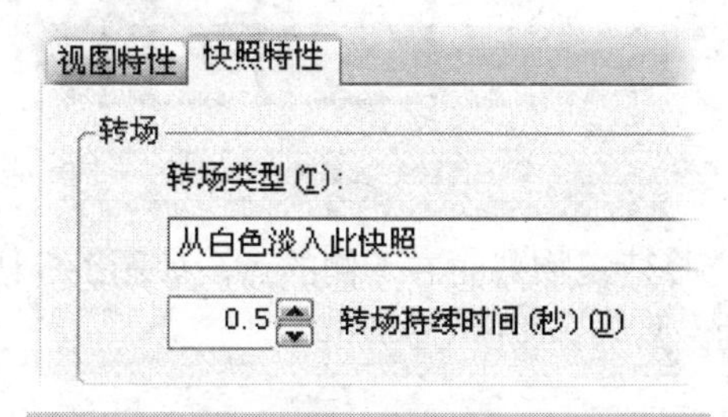

图 3-61

步骤7：在“运动”下执行下列操作。

- 从“移动类型”列表中选择“放大”。
- 对于“持续时间”，输入“3”秒。
- 对于“距离”，输入“1500”，如图3-62所示。

移动类型(M):
放大
持续时间(U): 3 秒
距离(S): 1500

图 3-62

步骤8：在“视图特性”选项卡上，单击“定义窗口”。

步骤9：对于第一个角，选择建筑物截面左上侧的点，如图3-63所示。

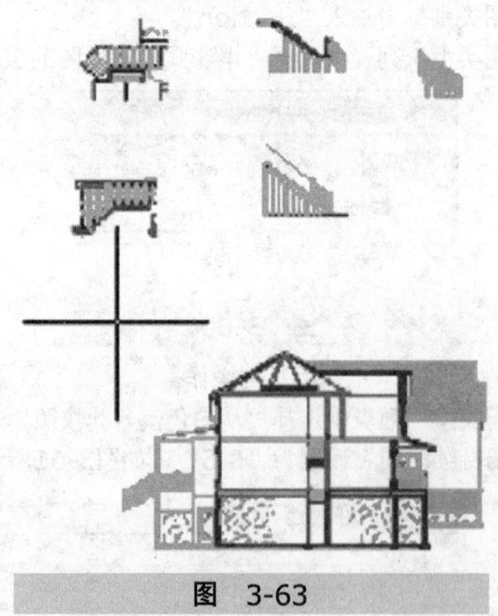

图 3-63

步骤10：对于对角，选择建筑物截面右下侧的点，如图3-64所示。

注意：窗口外的所有内容均灰显，如图3-65所示。

步骤11：按Enter键接受选择。

步骤12：单击“确定”退出“新建视图/快照特性”对话框。

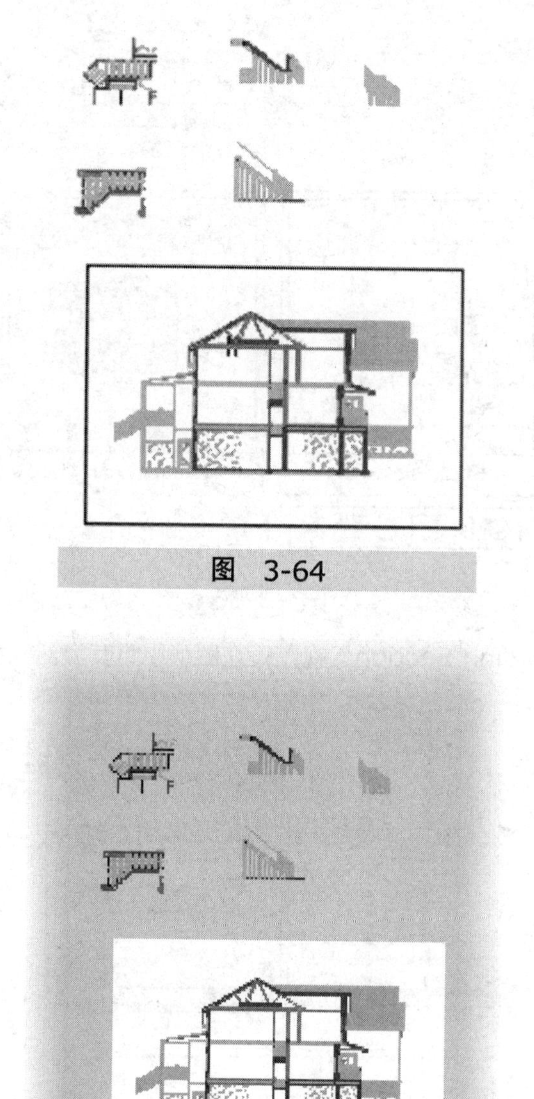

图 3-64

图 3-65

（2）使用ShowMotion更改视图

步骤1：在ShowMotion控件上，将光标移动到“Section”类别上，如图3-66所示。

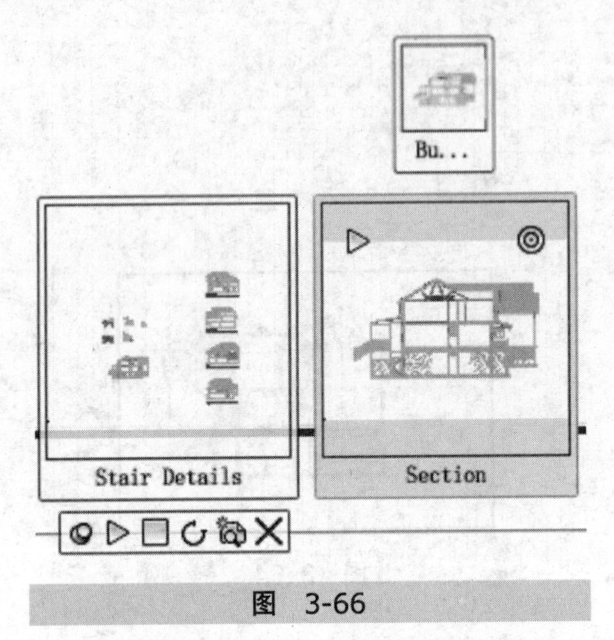

图 3-66

步骤2：单击“Building Section”视图，在图形中将其激活，如图3-67所示。

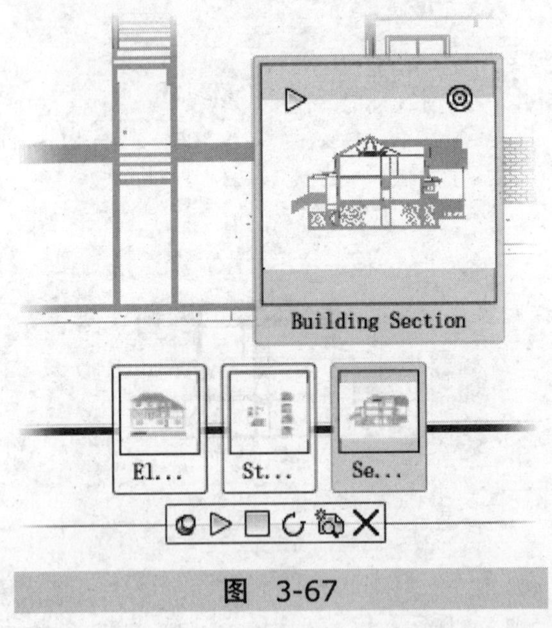

图 3-67

步骤3：在“Building Section”预览图像上，单击“播放”以查看快照。

步骤4：将光标移动到“Elevations”类别上，以展开该类别中的视图，如图3-68所示。

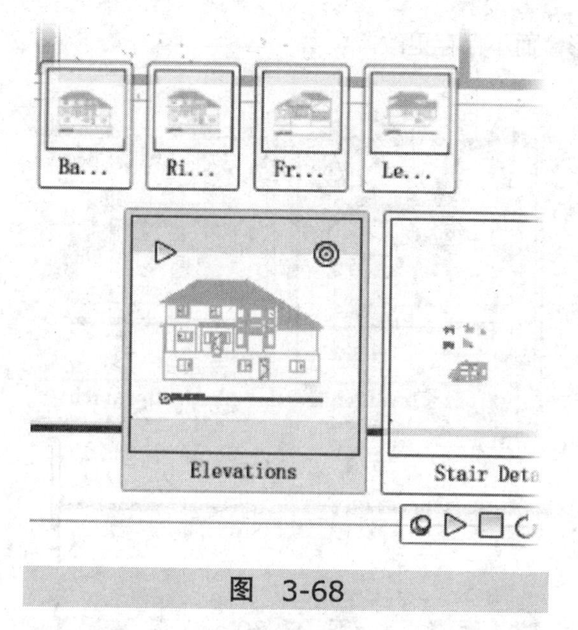

图 3-68

步骤5：在“Front Elevation”上单击鼠标右键。单击“左移”，如图3-69所示。

图 3-69

步骤6：重复步骤5，将“Front Elevation”放置在最左侧，如图3-70所示。

步骤7：在ShowMotion控件上，单击“全部播放”。图形中的所有视图依次显示，像放映幻灯片一样。快照将按其排列顺序进行播放。

步骤8：在ShowMotion控件上，单击“关闭ShowMotion”。

步骤9：关闭图形，而不保存更改。

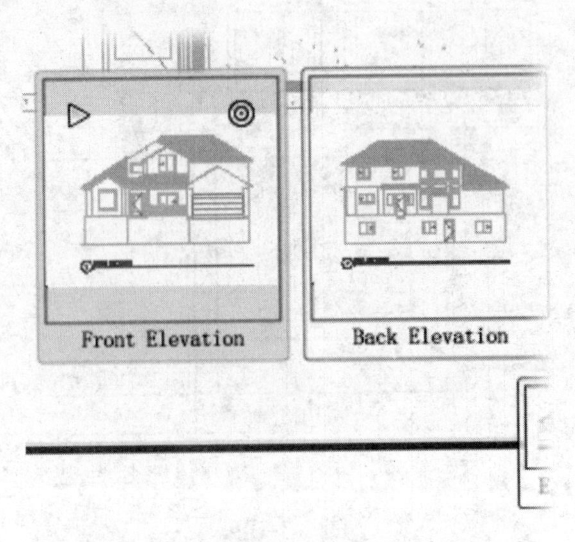

图 3-70

（3）创建录制的漫游

步骤1：打开“c_recorded walk.dwg”。

步骤2：在状态栏中，在“ShowMotion”上单击鼠标右键。单击“新建视图/快照”。

步骤3：在“新建视图/快照特性”对话框中执行下列操作。

- 在“视图名称”中输入“Interior”。
- 在“视图类别”中输入“Walk Through”。
- 从“视图类型”列表中选择“录制的漫游”，如图3-71所示。

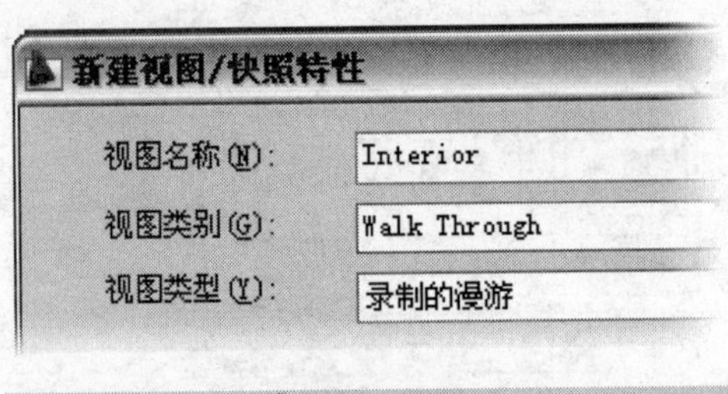

图 3-71

步骤4：在“快照特性”选项卡上执行下列操作。

- 从“转场类型”列表中选择“从白色淡入此快照”。
- 单击“开始录制”。

步骤5：在围绕图形拖动时，单击并按住鼠标键。

注意：将光标移动得离中心点越远，漫游就移动得越快；将光标移动得离中心点越近，漫游就移动得越慢。

步骤6：单击“预览”以查看录制的漫游。可以通过重复步骤4和步骤5重试以上操作。

步骤7：单击“确定”，退出对话框。

步骤8：在状态栏上，单击“ShowMotion”。

步骤9：将光标移动到“Walk Through”类别上。在“Interior”快照预览图像上，单击“播放”，如图3-72所示。

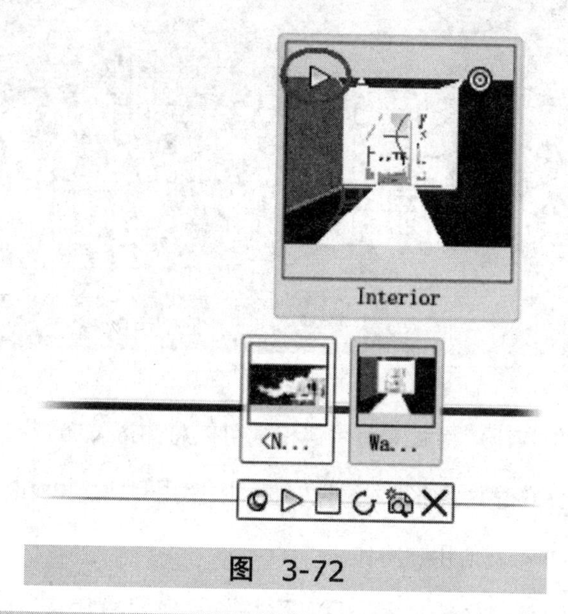

图 3-72

注意：录制的快照在图形中播放。

步骤10：关闭图形，而不保存更改。

3.4 本章小结

在本章中，学习了如何使用ViewCube和SteeringWheels导航控件，以及如何使用ShowMotion演示工具。

学完本章后，您可以：

- 使用ViewCube在三维设计环境中导航。
- 使用SteeringWheels查看控件及其选项，以便在二维和三维设计环境中导航。
- 使用ShowMotion创建和查看演示视图。

DWFx简介

第4章

DWFx是一种新的DWF™格式，使用该格式可以将图形发布到Web，并与没有安装特殊浏览器插件的用户共享这些图形。此外，还可以使用TrueView或Autodesk® Design Review进行查看图形并与其他用户协作。

在本章中，将学习如何轻松地发布DWFx并与其他用户共享，以及如何将Autodesk DesignReview与AutoCAD® 结合使用。

目标

完成本章后，您将能够：

- 利用DWFx格式交换数字设计数据。

4.1 课程：使用DWFx

4.1.1 概述

在本课程中，将利用DWFx格式交换数字设计数据。首先，将了解DWFx格式以及它与DWF的差异，然后了解用于创建和共享标记的选项。

DWFx格式为您提供了一种与其他用户共享设计数据的精简而高效的方法。了解此格式如何适合共享设计数据的策略，是实施这些类型策略的关键一步，如图4-1所示。

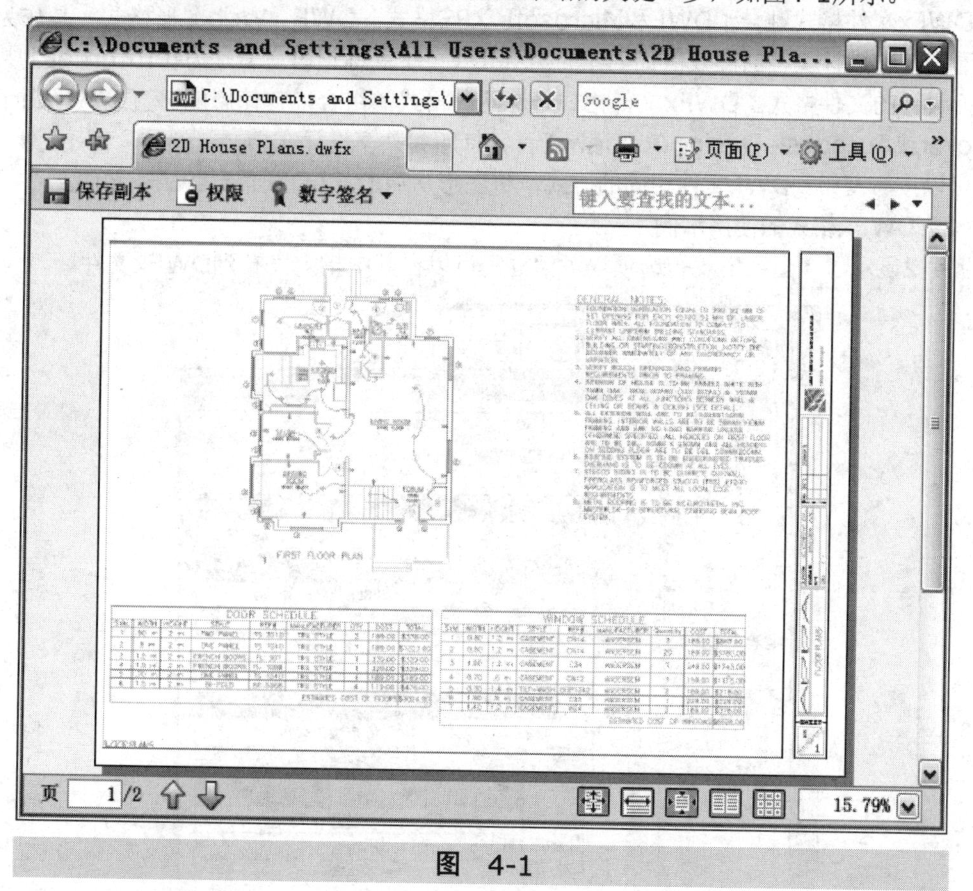

图 4-1

目标

完成本课程后，您将能够：

- 介绍DWFx格式以及它与其他类似格式的差别。
- 演示如何使用DWFx格式共享数字设计数据。

4.1.2 关于DWFx

DWFx文件除具有与常规DWF文件相同的功能外，还具有其他功能，可以使用Autodesk Design Review查看、红线圈阅和打印DWFx文件。此外，DWFx文件与Microsoft XPS（XML Paper Specification）格式兼容，通过该格式，能够发布任何人都可以使用Internet Explorer打开、查看和打印的图形。Windows Vista操作系统将Microsoft XPS作为一个标准选件安装，从而可以轻松共享DWFx设计文档。

（1）DWFx格式的定义

DWFx文件格式融合了DWF和Microsoft XPS格式。DWF（Web图形格式）是作为一种查看和打印设计文档的高效格式创建的。XML（可扩展标记语言）是为在Internet上共享数据而设计的文件格式。DWFx文件格式是这两种格式的组合，它使您能够直接从Internet Explorer或Autodesk Design Review查看、打印和共享设计文档。

可以按与发布到DWF文件相同的方式，将图形从AutoCAD发布到DWFx文件。

（2）DWFx格式的使用示例

图4-2显示了“图纸集发布选项”对话框，可以在其中指定发布到DWFx文件。

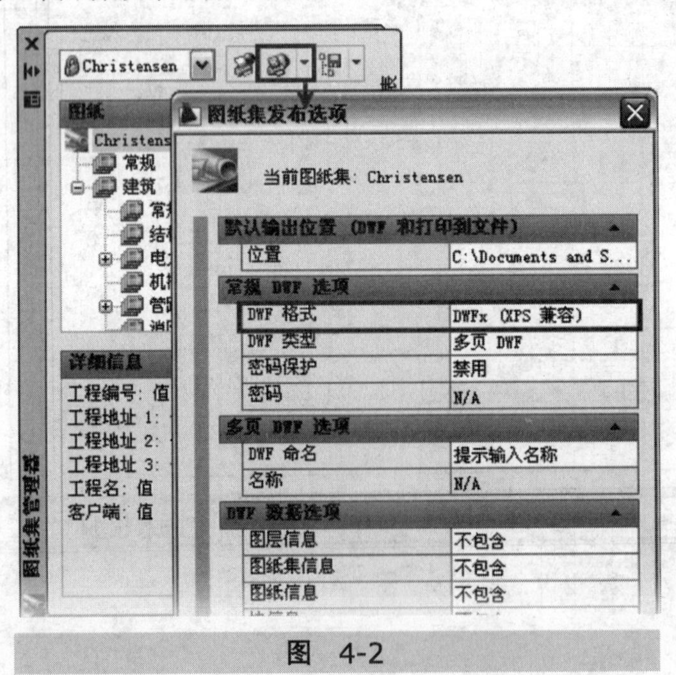

图 4-2

4.1.3 使用DWFx格式

DWFx文件最适用于与客户、同事以及可能需要访问设计数据但可能无法访问AutoCAD

的所有人员共享设计文档。您会发现，在与DWF相关的所有功能[包括标记、外部参照（DWFATTACH）、发布和打印]中，DWFx都随DWF一起列出。图4-3显示了在“发布”对话框中选择的DWFx文件选项。

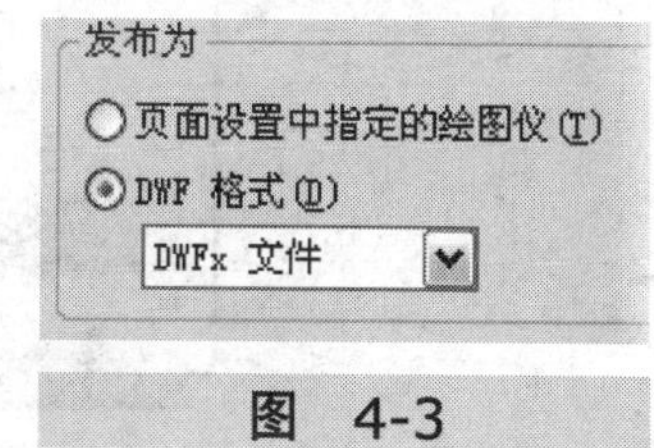

图 4-3

（1）发布到DWFx文件

与发布DWF文件类似，可以发布单张和多张图纸DWFx文件，以及二维和三维DWFx文件。使用Autodesk Design Review可以将DWFx文件发布到Web，并可以查看和执行DWFx中的标记；可以将DWFx文件作为参考底图附加在图形中，从而能够在参考底图上使用对象捕捉来定位点；还可以将DWFx文件发布到Web。执行此操作时，会将DWFx文件插入到已完成的Web页中，在插入时会对其大小进行优化以便对于大多数浏览器设置都能很好地显示。

DWF和DWFx图层信息

默认情况下，图层信息不随DWF或DWFx文件一起发布。如果希望在Design Review中显示图层信息，或者在AutoCAD中将图层信息作为参考底图参考时，请在“发布”对话框的“发布选项”中调整“图层信息”选项。

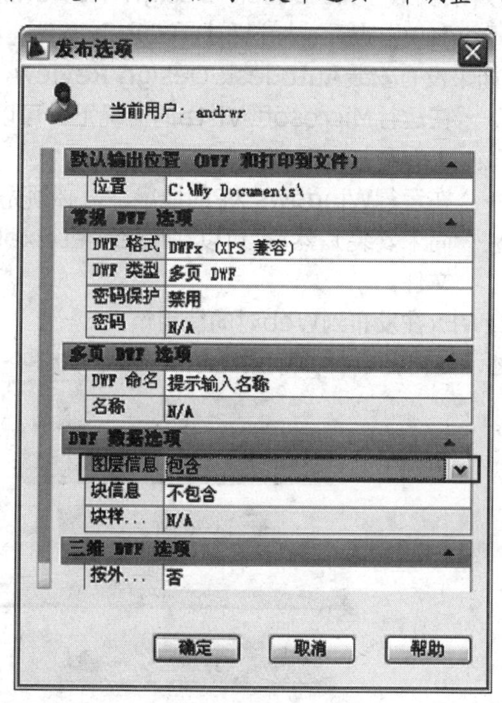

（2）过程：共享您发布的DWFx

下列步骤概述了如何使用DWFx文件，如图4-4所示。

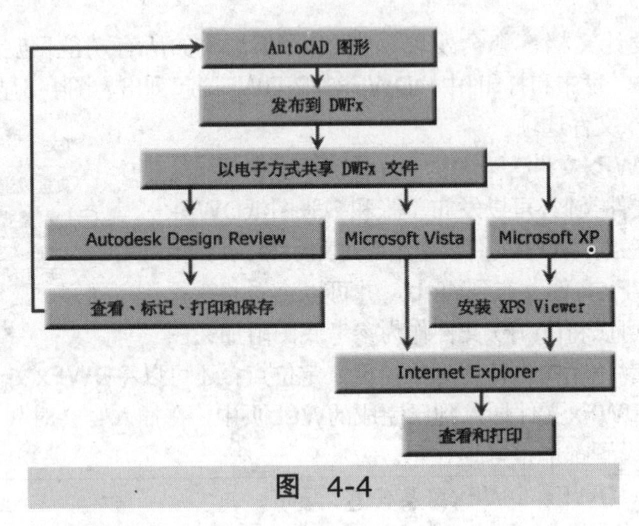

图 4-4

步骤1：将所需的图形发布到DWFx文件中。

步骤2：与符合下列条件之一的用户以电子方式共享图形。

- 如果安装了Autodesk Design Review，则可以在Autodesk D
Review中查看、标记和打印DWFx文件，保存DWFx文件并返回
- 如果没有安装Autodesk Design Review，则执行下列操作。
  - 在运行Microsoft Vista的情况下，可以在Internet Explor
查看和打印DWFx文件。
  - 在运行Windows XP的情况下，必须先下载并安装XPS Viewer（如
尚未安装）。然后，可以在Internet Explorer中打开、查看和打印DWF
文件。

（3）过程：DWFx在发布到Web时的使用情况

下列步骤概述了如何在Web上使用DWFx文件，如图4-5所示。

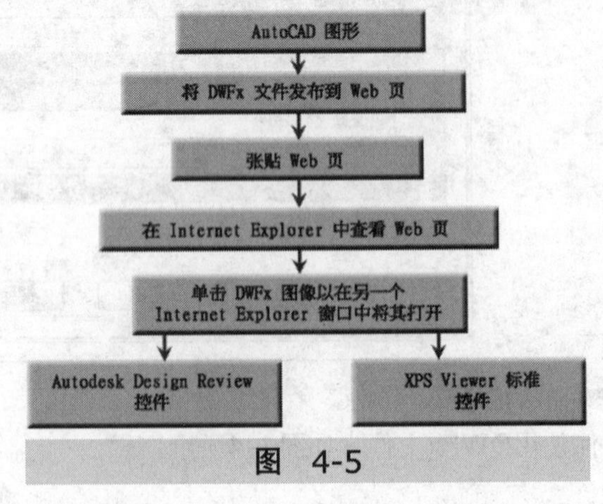

图 4-5

步骤1：将所需的DWFx文件发布到Web页。

步骤2：张贴包含DWFx图像的Web页。

步骤3：可以在Internet Explorer中打开Web页。

步骤4：在Web页上，单击DWFx图像将其打开。

- 如果安装了Autodesk Design Review，则DWFx文件将在加载了DWF Viewer控件的Internet Explorer中打开。
- 如果未安装Autodesk Design Review，则DWFx文件将在含有标准XPS Viewer选项的Internet Explorer中打开。

（4）**指导原则**

为了正确使用DWFx文件，建议您遵循下列特定惯例。

- 如果使用的是Windows XP，则必须先从Microsoft网站下载并安装Microsoft XPS Viewer，才能使用Internet Explorer打开DWFx文件。默认情况下，Windows Vista已安装了XPS Viewer。
- DWF Viewer无法查看DWFx文件。此外，Volo Viewer也无法查看DWFx文件。
- 无法编辑图形中的DWFx参考底图，也无法将其绑定到图形。

4.1.4 练习：发布DWFx文件

在本练习中，将一个具有多个布局的图形发布到DWFx文件，然后在Internet Explorer中打开并查看图形，还将在Autodesk Design Review中打开一个DWFx文件。创建几个红线圈阅标记并保存，然后再返回到AutoCAD，如图4-6所示。

必须安装Autodesk Design Review和Microsoft XPS Viewer，才能正确完成本练习。

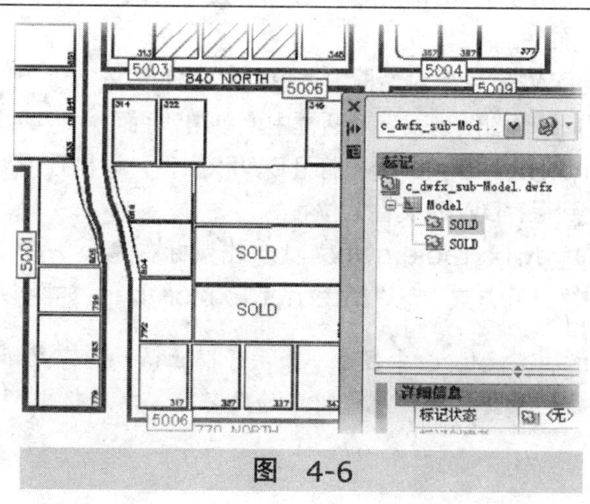

图 4-6

若要完成练习，请按照本书或屏幕上练习中的步骤操作。在屏幕上的章节和练习列表中，单击“第4章：DWFx简介”。单击“练习：发布DWFx文件”。

（1）将图形发布到DWFx

在本练习中，将图形发布到DWFx，并在Internet Explorer中打开该DWFx文件。

步骤1：打开“c_dwfx_table.dwg”。

步骤2：在功能区中“输出”选项卡的“发布”面板上单击“发布”，如图4-7所示。

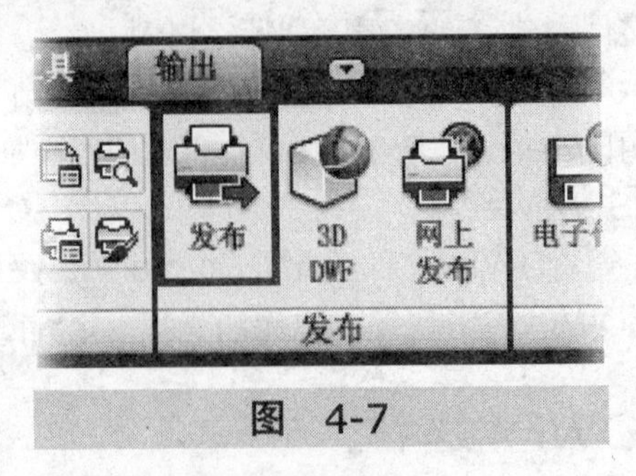

图 4-7

步骤3：在“发布”对话框中，设置下列选项。

- 在“添加图纸时包含”下，清除“模型选项卡”。
- 请确认已选中“布局选项卡”选项。
- 在“发布为”下，单击“DWF格式”并从“DWF格式”列表中选择“DWFx文件”。
- 在“发布控制”下，清除“在后台发布”。

步骤4：单击“发布”。

步骤5：在“指定DWF文件”对话框中，单击“选择”。

步骤6：在“发布-保存图纸列表”对话框中，单击“否”。

步骤7：若要在Internet Explorer中打开DWFx文件，请执行下列操作。

- 导航到保存DWFx文件的位置。
- 在“c_dwfx_table.dwfx”上单击鼠标右键。
- 单击“打开方式”>“Internet Explorer”，如图4-8所示。

注意：可能会在Internet Explorer中显示一条关于防止活动内容显示的消息。如果出现此消息，请单击该消息并单击“允许阻止的内容”，然后单击“是”以允许活动内容运行。

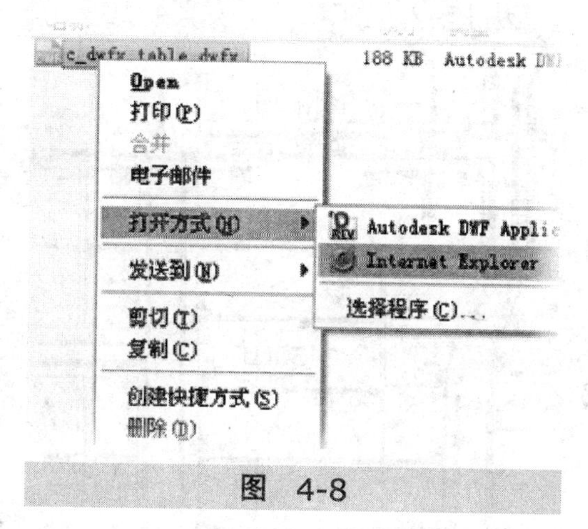

图 4-8

使用Microsoft Internet Explorer查看DWFx文件。

步骤8：关闭Internet Explorer和Windows资源管理器。关闭图形，而不保存更改。

（2）往返传输处理DWFx文件

在本练习中，将在AutoCAD和Autodesk Design Review之间往返处理DWFx文件。为了完成本练习，需要在计算机上安装Autodesk Design Review。

步骤1：在AutoCAD中打开“c_dwfx_sub.dwg”。

步骤2：在功能区中“输出”选项卡的“打印”面板上，单击“打印”。

步骤3：在“打印”对话框中，设置下列选项。

- 在“打印机/绘图仪”下，从“名称”列表中选择“DWFx ePLOT（XPS Compatible）.pc3”。
- 在“图纸尺寸”下，选择“ANSI C（22.00×17.00）”。
- 在“图形方向”下，选择“横向”。
- 单击“确定”。

注意：如果“图形方向”选项不可见，请通过按Shift+Alt+>展开“打印”对话框。

步骤4：在“浏览打印文件”对话框中，导航到所需位置，然后单击“保存”。

步骤5：打开Windows资源管理器，然后导航到保存DWFx文件的位置。双击“c_dwfx_sub-Model.dwfx”。

步骤6：在Autodesk Design Review中，单击“创建文本标记”，如图4-9所示。

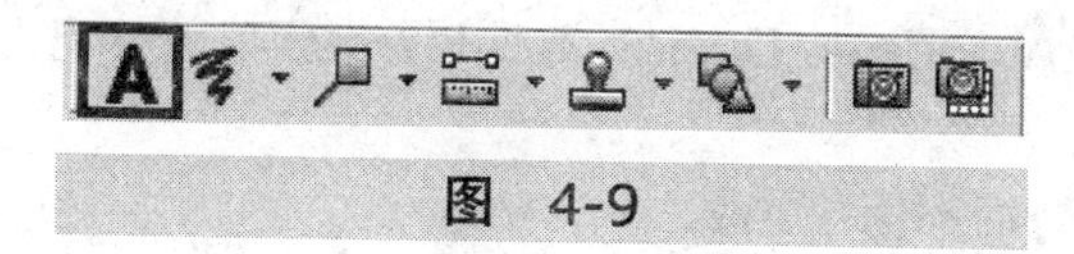
图 4-9

步骤7：在图形的两个地块中输入“SOLD”，如图4-10所示。

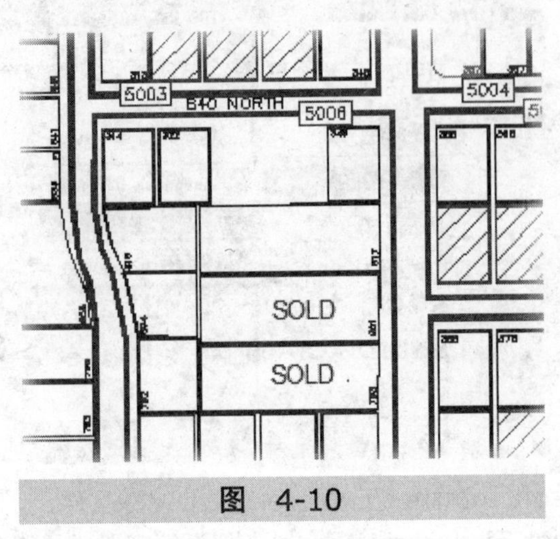

图 4-10

步骤8：在Autodesk Design Review的主工具栏上，单击“保存”。关闭Autodesk Design Review。

步骤9：在AutoCAD中，在菜单浏览器上单击“文件”>“加载标记集”，如图4-11所示。

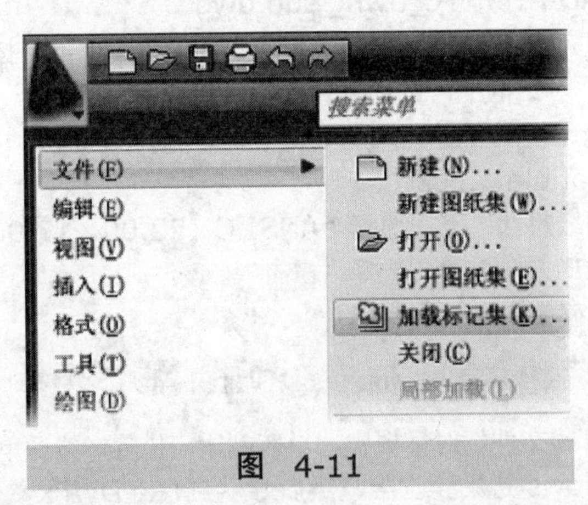

图 4-11

步骤10：在“打开标记DWF”对话框中，选择“c_dwfx_sub-model.dwfx”，然后单击“打开”。

步骤11：在“标记集管理器”中展开“模型”。

步骤12：要查看在Autodesk Design Review中创建的标记，请在“模型”下双击“SOLD”。

步骤13：关闭图形，而不保存更改。

4.2 本章小结

在本章中，学习了如何轻松地发布DWFx并与其他用户共享，以及如何将Autodesk Design Review与AutoCAD结合使用。

学完本章后，您可以：

- 利用DWFx格式交换数字设计数据。

附录 其他支持和资源

有多种资源可帮助您最大限度地发挥Autodesk® 软件的作用：

- Autodesk开发的课件（AOTC和AATC）
- Autodesk服务和支持
- Autodesk速博应用
- Autodesk咨询服务
- Autodesk合作伙伴
- Autodesk授权培训中心（ATC®）
- Autodesk学生设计联盟
- Autodesk认证
- Autodesk商店
- 一些有用的链接

1. Autodesk开发的课件

Autodesk每年都会发布许多课程教材，帮助各个专业知识程度的用户利用Autodesk软件提高自己的工作效率。

来自Autodesk的教材是Autodesk授权培训中心(ATC)和经销商的首选课堂培训材料。这些培训材料也非常适合自控进度的独立学习。

(1) Autodesk提供两类教材：

① Autodesk Official Training Courseware（AOTC） 是Autodesk开发的实践学习教材，它涵盖了最重要的软件特性和功能。

② Autodesk Authorized Training Courseware（AATC） 是与重要的Autodesk合作伙伴合作开发的教材，它包含数量不断增长的本地语言版本课程。

(2) 学习实战项目，提高动手能力

学员将模拟真实的项目，完成面向工作的各种实践练习。多数课程都随附了试用版软件。

(3) 适合所有级别

Autodesk的课程教材适合各种技能级别的人员学习。无论您是初学者、高级用户，还是正在寻找转换和迁移学习材料的用户，都有适合您的课程：

- 基础 这些课程讲解基础知识。
- 转换 这些课程帮助您顺利地升级和迁移。
- 高级 这些课程重点介绍帮助提高工作效率的高级技巧。
- 解决方案系列 将基于过程的方法应用于实际项目。

(4) 特定角色的学习途径

Autodesk教材适用于多种基于角色的学习途径，因此您可以集中精力学习与工作和职业最为密切的技能和认证培训内容。在每种学习途径中，您将学习一系列按照自然进度循序渐进的课程，从而将理论和实践技能有机地结合起来。与路线图类似，每种学习途径都向您提供了一条清晰、有效的路线，帮助您实现职业目标。

若要着手按您个人的学习途径学习，请与您当地的Autodesk授权培训中心(www.autodesk.com.cn/atc) 联系。ATC讲师将指导您通过一系列步骤加深对产品的了解，并帮助您获取Autodesk认证（www.autodesk.com.cn/certification）。

(5) 内容涵盖大多数Autodesk产品

- AutoCAD® Architecture
- AutoCAD® MEP
- Revit® Architecture
- Autodesk® Vault
- AutoCAD®
- AutoCAD LT®

- Revit® MEP
- Revit® Structure
- AutoCAD® Civil 3D®
- AutoCAD® Land Desktop
- AutoCAD® Electrical
- AutoCAD® Mechanical
- Autodesk® Inventor®（非独立产品）
- Autodesk® Inventor® Professional
- Autodesk® Productstream®
- AutoCAD® Raster Design
- AutoCAD® Map 3D
- Autodesk® MapGuide® Studio
- Autodesk® MapGuide® Enterprise
- Autodesk® VIZ
- Autodesk® 3ds Max®
- Autodesk® Maya®
- Autodesk® NavisWorks®

（6）数字站点许可证

需要为大量学员提供培训？借助教材数字站点许可证，您可以自行打印教材，这将灵活地满足您的培训计划，及适应各种入学水平。有关更多信息，请与您的Autodesk经销商联系，或通过电子邮件AOTC.feedback@autodesk.com直接与Autodesk联系。

（7）查找教材

您可以在Autodesk授权培训中心或Autodesk经销商提供的培训课程中查找教材，也可以直接从Autodesk商店（store.autodesk.com）购买。若要查找有关最新Autodesk官方课程教材的最新信息，请访问www.autodesk.com/aotc，浏览“教材目录”中的各个课程和主题。

（8）欢迎反馈

欢迎您向AOTC.feedback@autodesk.com发送电子邮件，提出您对Autodesk教材的意见、今后课程的建议或是普通咨询。您的反馈对我们非常重要！

2. Autodesk服务和支持

利用Autodesk和Autodesk授权合作伙伴提供的创新购买方法、随附产品、咨询服务、支持和培训，加快实现投资回报，提高工作效率。它们能帮助您快速工作及保持竞争优势。有了这些工具，无论您身处何种行业，都能让购买软件的投资发挥最大效用。有关更多信息，请访问www.autodesk.com/servicesandsupport。

（1）知识库

搜索支持数据库，获得问题解答、即时补丁程序、小窍门和Service Pack。您可以通过Autodesk服务和支持主页访问知识库，网址为：www.autodesk.com/servicesandsupport。

（2）联系经销商

有关符合您要求的产品支持计划的信息，请与附近的经销商联系。您可以在我们的经销商查找页面上寻找您附近的经销商：www.autodesk.com/reseller。

（3）讨论组

在业内人士云集的论坛上探讨疑问、共享信息。有关更多信息，请访问讨论组专区：www.autodesk.com/discussion。

3. Autodesk速博应用

通过Autodesk® 速博应用，可以从提高的效率、可预测的预算和简化的许可管理中受益。客户可以通过专门面向速博应用成员的电子下载、物理分发、增量式产品增强和独占式许可条款来获得Autodesk软件的最新版本。社区资源非常丰富，其中既包括直接来自Autodesk技术专家的Web支持，也有可帮助用户拓展技巧的自控进度式培训，这使得Autodesk速博应用成为优化Autodesk软件投资的最佳方式。

- Autodesk速博应用提供了预测软件成本的途径。无论客户选择一年期订购还是签订多年合同，整个合同期的成本是已知的。
- Autodesk速博应用使软件许可证的管理更加轻松。客户拥有更高的灵活性，其雇员无论是在办公室还是在家中，都可以使用速博应用软件。更棒的是，满足特定条件时，设计人员可以同时运行软件的早期版本和当前版本。
- 一切努力，都只为保持高效。利用Web支持，可以直接与Autodesk支持技术人员一对一地沟通，解决有关安装、配置和故障排除的问题。Web和电子邮件通信让支持直达您的桌面。
- 利用e-Learning课程，客户可以轻松便捷地了解大多数当前产品及早期版本的特性和功能。您登录速博应用中心，或在大多数产品中通过信息中心直接访问e-Learning后，可以从多种联机教程中选择所需内容。这些简明教程可以根据需要提供，它们弥补了Autodesk授权培训中心或Autodesk授权经销商提供的深度培训的不足。
- 有关更多信息，请访问www.autodesk.com.cn/subscription。

4. Autodesk咨询服务

使用Autodesk咨询服务，加速投资回报。Autodesk咨询服务提供了全面的业务咨询服务，帮助您确定业务需求，向您推荐正确的Autodesk® 和合作伙伴的产品与服务，以及协助您配置和实现最佳解决方案。有关更多信息，请访问www.autodesk.com/consulting。

5. Autodesk合作伙伴

（1）开发人员中心

我们建立了开发人员中心，帮助软件开发人员寻找可靠的工具、技术和支持，以便获得竞争优势。无论您计划自定义Autodesk软件供内部使用，还是计划开发一个商业应用程序，Autodesk都将为您提供所需的信息和支持。有关更多信息，请访问www.autodesk.com/developer。

（2）Autodesk开发人员网络（AND）

ADN成员包括商业软件开发人员、咨询人员和客户，他们利用Autodesk技术来开发软件，帮助其组织获得竞争优势。无论是开发简单的实用程序、插件或集成，还是开发大型应用程序，您都能凭借ADN成员身份获得Autodesk软件工程师的直接支持，以及开发软件和市场工具，这些都是取得成功所必需的。有关更多信息，请访问www.autodesk.com/joinadn。

（3）经销商中心

Autodesk经销商了解您的设计流程和业务需求，且具备各种行业和应用环境的专业知识。无论是实施和自定义，还是学习和培训，经销商服务都可以帮助您利用Autodesk软件获得最高效率。若要了解更多信息及查找您附近的经销商，请访问www.autodesk.com/ resellers。

（4）合作伙伴产品和服务

Autodesk有上千家软件开发合作伙伴，遍布全球，我们一直密切合作。在“合作伙伴产品和服务”目录中，您可以搜索和查找全球范围内Autodesk合作伙伴的详细信息。在您可以想到的每个专业设计领域中，这些合作伙伴都进一步增强了我们各种可互操作的全集成解决方案。有关更多信息，请访问www.autodesk.com/partnerproducts。

6. Autodesk授权培训中心

让Autodesk软件帮助您进一步提高效率。Autodesk授权培训中心（ATC）提供由讲师引导的实践课程培训，帮助您最大限度地发挥Autodesk产品的作用。Autodesk建立了全球授权培训中心网络，提供Autodesk认可的高质量培训。其中不少ATC提供最终用户认证考试。您可以通过以下网址查找附近的考试中心：www.autodesk.com.cn/atc。

每天都有成千上万的客户在接受培训，学习如何利用Autodesk软件更快地实现自己的想法。通过授权培训中心的培训，您可以更好、更巧妙地使用Autodesk软件产品。ATC都经过精心挑选，并处在严密监督之下，确保您能得到富有成效的高质量培训。

ATC是您获得Autodesk授权课程的最佳来源，这些课程是根据当今专业设计人员的需求和挑战而量身定制的。

查找授权培训中心

我们在全球范围内拥有2000多家ATC，必有一家距离您较近。请访问ATC查找页面，查找您附近的Autodesk授权培训中心，网址为：www.autodesk.com.cn/atc。若要了解提供有哪些ATC课程，请访问www.autodesk.com.cn/atc。

7. Autodesk学生设计联盟

“学员工程和设计”社区的学员和教员可以利用免费的Autodesk软件、自控进度的教程、全球讨论组和论坛、招聘启事以及更多资源。立即加入学生设计联盟，成为下一代设计的领军人物。网址为：http://mydesign.edu.cn。

注意：免费产品受下载软件时随附的最终用户许可协议的条款和条件的限制。

8. Autodesk认证

利用Autodesk认证获得竞争优势。Autodesk认证可以证明，您具有使用Autodesk产品所需的知识和技能。它可以向您的潜在雇主展示您的软件使用技能、扩展您的职业机会，以及提高您的信誉度。

（1）认证的益处

- 具有唯一序列号的证书。
- 有权使用官方Autodesk认证徽标。
- 可以选择在Autodesk认证用户数据库中显示您的认证状态。

（2）有关详细信息：

请访问www.autodesk.com/certification，了解更多信息并开始您的认证之旅。

9. Autodesk商店

从Autodesk商店可以在线购买Autodesk软件和各种培训工具。在store.autodesk.com可以找到教材、DVD、用户指南、入门指南、手册、教程和更多资源。

注意：只有美国和加拿大用户可以通过Autodesk商店购买Autodesk软件。

10. 一些有用的链接

教材：
www.autodesk.com/aotc

咨询服务：
www.autodesk.com/consulting

认证：
www.autodesk.com.cn/certification
查找经销商：
www.autodesk.com/reseller
查找授权培训中心：
www.autodesk.com.cn/atc
查找授权培训中心课程：
www.autodesk.com.cn/atc
服务和支持：
www.autodesk.com/servicesandsupport

讨论组：
discussion.autodesk.com
博客：
www.autodesk.com/blogs
社区：
www.autodesk.com/community
学生设计联盟：
http://mydesign.edu.cn/

欢迎订阅化工版工程软件应用类图书

书　　名	定　　价
Autodesk Inventor Professional 2008 机械设计实战教程	119.00
Autodesk 系列产品开发培训教程	89.00
Autodesk Revit Architecture 三天速成教程	98.00
Autodesk Revit Architecture 高级应用	98.00
Autodesk Revit Architecture 工业建筑三天速成	68.00
AutoCAD 2008 中文版电气设计及实例教程	46.00
AutoCAD 2008 中文版园林设计及实例教程	42.00
AutoCAD 2008 中文版机械设计及实例教程	48.00
AutoCAD 2008 中文版室内设计及实例教程	48.00
Autodesk Inventor Professional R9/R10 认证考前辅导	25.00
Autodesk Inventor Professional R9/R10 培训教程	39.00
Autodesk AutoCAD 2006/2007 初级工程师认证培训教程	46.00
Autodesk AutoCAD 2006/2007 工程师认证培训教程	34.00
Autodesk AutoCAD 2006/2007 工程师认证考前辅导	28.00
Autodesk AutoCAD 2006/2007 初级工程师认证考前辅导	32.00
Autodesk Civil 3D 2006 认证培训教程	39.00
AutoCAD 2006 机械制图技能训练教程	24.00
AutoCAD 2006 机械制图教程	21.00
AutoCAD 2007 3DS MAX 8.0 Lightscape 2004 Photoshop CS2 建筑一体化设计	45.00
AutoCAD 2007 中文版机械设计教程	39.00
AutoCAD 2007 中文版入门实例教程	39.00
AutoCAD 2007 中文版时尚 100 例	39.00
AutoCAD 2007 中文版建筑设计教程	35.00
AutoCAD 2007 中文版室内设计教程	39.00
中、高级制图员（土建类）技能测试考试指导 AutoCAD	22.00
机械标准图样 AutoCAD 2006 精确画法及技巧	29.00
Inventor 10 中文版机械设计精彩实例与进阶教程	38.00

以上图书由**化学工业出版社　机械·电气分社**出版。如要以上图书的内容简介和详细目录，或者更多的专业图书信息，请登录www.cip.com.cn。如要出版新著，请与编辑联系。

地　　址：北京市东城区青年湖南街13号（100011）

购书咨询：010-64518888（传真：010-64519686）

编　　辑：010-64519276

投稿信箱：jiana@cip.com.cn